我本善良

WOBEN SHANLIANG

王文思 著

敦煌文艺出版社

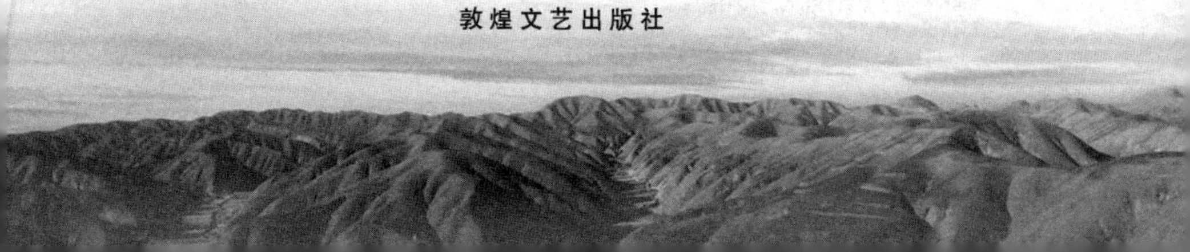

图书在版编目（CIP）数据

我本善良 / 王文思著. -- 兰州 : 敦煌文艺出版社，2019.3（2022.1重印）
ISBN 978-7-5468-1718-7

Ⅰ. ①我… Ⅱ. ①王… Ⅲ. ①中篇小说－小说集－中国－当代 Ⅳ. ①I247.5

中国版本图书馆CIP数据核字（2019）第056066号

我本善良
王文思　著

责任编辑：侯君莉
封面设计：马吉庆
版式设计：石　璞

敦煌文艺出版社出版、发行
地址：（730030）兰州市城关区读者大道568号
邮箱：dunhuangwenyi1958@163.com
0931-8773258（编辑部）
0931-8773112　8773235（发行部）

三河市嵩川印刷有限公司印刷
开本 880 毫米×1230 毫米　1/32　印张 9.875　插页 1　字数 200 千
2019 年 5 月第 1 版　2022 年 1 月第 2 次印刷
印数：1 001～3 000

ISBN 978-7-5468-1718-7
定价：52.00 元

泪流成歌（代序）

郝觉民 / 文

我与王文思相识是今年夏天的事。那天早晨天气很好，窗外艳阳朗照，使人神清气爽。我泡上一杯绿茶，坐到办公桌前开始了一天的工作。这时进来一位头发鬈曲、皮肤白皙、五官娇小、容貌清秀的小伙子。他说话声音很小，腼腆得如一个小姑娘，开口说是找我。从他说话的口音中我已闻出了故乡浓浓的泥土味。我知又是从老家来省城打工或上学的老乡，定是有什么困难来找我，于是热情相待。他落座后从随身带的包内取出一封信很恭敬地递给了我。信是我上大学时的一位文友加同乡写来的。文友现已是省内知名的青年诗人，在故乡的一所中学当语文老师。文友在信中说，对面的这个小青年是他的学生，叫王文思，西和人，今年二十一岁，现在西北师范大学文学院上学，希望我能够在文学上给予指导和生活上给予帮助。

说实话，这几年我接触过不少痴迷文学的大学生。他们的想法大多都有些幼稚，且文笔又稍欠火候。我能做的就是尽力帮他们发几篇小稿子，让他们在毕业求职时多一个筹码。于是我问他带作品了没有，他说带了。说着竟从随身背的包内掏出了厚厚一摞稿纸，足有半尺多厚。他说这是他刚刚写出的一部三十万字的长篇小说，正准备出版，特拿来向我请教。我想，又是一个愚得可爱的人。

我拿着那厚厚一摞手稿随意地翻阅着，三十多万字，每个字一笔一画，都写得极其认真，看来作者是下了番苦功的。慢慢地，我竟被作品中精彩的片段吸引住了，我被震撼了！为刚才的怠慢和漠然感到羞愧。王文思却不容我缓过神来，就开始了对我连环炮式地发问。他所提问题或是他这几年在文学创作中遇到的，或是苦苦思索不得其解的，有许多是文学与社会之间的问题。好在我上大学时所学的文学理论还未丢失殆尽，加之有几年的文学实践和社会经历，因此在这些问题上给他释疑解惑共同切磋还能蒙混过去，但还是弄得我只有应付抵挡之力。两个多小时的谈话是愉快的，也是艰涩辛苦的，因为我自放弃文学写作以来，已有好几年没与人就文学谈过如此多的话，也没有更多地思考过这些问题。这次谈话是纯理论的，就文学而论文学。但从谈话中，我发现王文思是一个可塑之才。因为他傻，傻得几乎痴呆；因为他愚，愚得十分可爱。对于从事文学并想有所成就的人来说，需要的正是这种傻和愚。而如我般不能成大器者，皆缺乏的就是这种精神。

王文思走时留下了他的小说手稿，这对我是一种信任。我花了两天的时间集中精力读完了这部长篇小说。可以说，我被小说的情节深深打动了，也被小说中所揭示的社会现实震撼了，我真不敢相信这部小说竟出自一个二十一岁的学生之手。两天来我处在阅读的快感中不能自拔，以致故事中那情那景那人时时浮现在我的面前。这部名叫《土殇》的小说写的是西部农村的一段故事，故事的主人公发强是一名中学生，他犯了一个美丽的错误，就是强烈地爱上了他的语文老师剑梅。但在那个落后闭塞的小镇，人们认为：“老师和学生结婚，就等于儿子和他娘结婚，那是欺天的事！”世俗观念如一把不见利刃的剑在无情地刺痛着、扼杀着发强和剑梅之间的爱情。发强很痛苦，他认为真正的爱情是没有任何附加条件的，只要两个人真诚地相爱了，就应该结合，然而现实不允许他们这么做，发强以自杀的方式向这种陈腐的观念发出了最无力的呐喊，但他最后还是失败了……故事情节是凄婉动人的，也是感人至深的。但我并不认为这是这部小说的成功之处，因为伤感的爱情悲剧在文学作品中已太多太滥了。我认为这部作品真正让我感动的是作品的一条附线，也即故事的背景——发生在秦人发祥地坩埚镇上的猖獗的盗墓活动。原本安静祥和的村庄、原本纯朴善良的村民，由于有了“出土文物”而一夜之间变得面目全非。有人发财了，有人埋在了古墓里，有人进了监狱；圣洁的校园内放不下一张安静的课桌，“人类灵魂的工程师”成了文物贩子……于是毒品来了，妓女来了，纯朴没有了，本真丢失了；一切都变得庸俗冷酷，人们都变得贪婪疯狂……这难道就是人类最后的归宿和结局吗？我读得喘不过气来。作品浓郁的忧患意识已深深地浸染了我，我看到了人性自私的本质，看到了人类精神家园的迷失。我们该如何守护自己的灵魂家园，该如何给人类保留一方净土呢？当洪水来临时，人类的挪亚方舟又在何处呢？

我没想到一个只有二十一岁的青年学生却思考着如此深刻博大的问题，也正因为如此，这部小说也就有了出版发行的价值。虽然作者对小说结构的把握和情节的安排多少有些稚嫩和有悖于生活常理，还有许多地方的处理让人有扼腕遗憾之处。但从作者对地方风土人情的精彩描写和对民俗事象恰如其分的运用，以及文中带有浓浓乡土气息的方言俚语和逸闻趣事，都显出了作者具有小说创作的潜质和深厚的文字功底。

我看完小说后当即给他打了电话，谈了我对小说的感受，并对小说的标题和部分内容提出了我自己的看法。他很谦虚地接受了我的意见，并很快就赶到了我的办公室，就这部小说我们又再次进行了长时间的探讨和交流。由于彼此距离的拉近和关系的熟络，他向我讲起了他的过去，这才使我了解到他艰难困苦的生活和坎坷波折的心路历程。

王文思出身于西和县石堡乡大坡村，后举家迁居本县长道镇西团村。家中有兄弟四人，两个哥哥都已成家，父母身体不好，家中的生活来源就靠几亩薄田。由于陇南山大沟深、落后闭塞，自然条件极其恶劣，祖祖辈辈靠天吃饭，他家的贫寒境况就可想而知。为了供他上学，年幼的弟弟过早地辍学加入了南下打工的队伍中，年迈的父母还不得不在烈日下的田地耕作。王文思说他一想起这些他的心就碎了，他觉得自己太无能，纯粹是一个寄生虫。他说他将来要是挣了钱，一定要好好报答父母。

王文思的文学创作之路是从一次语文考试考了“1分”开始的，当时他感到十分羞耻，于是发奋主攻语文，后来迷上了写作文，再后来就写上了小说，并深深地沉迷其中，直至高考落榜才使他知道了偏科的后果。他说那是他第一次感受到失败的苦涩，但他当时已出于对文学的狂热痴迷状态，深陷其中不能自拔，于是他愚蠢地向家里撒了谎，说他考上了大学。这对于山沟沟里的人来说不啻是件惊天动地的大喜事，老父亲在欣喜之余就开始东跑西颠地为他四处筹措学费了。这样他就怀揣着父亲借来的八百元钱只身上了兰州，成了西北师大文学院的一名自考生。说起这件事时，他说他不后悔，因为他不撒这个谎他就走不出山沟沟，就看不到外面广阔的世界。但他很愧疚，觉得对不起父母。他现在只有咬紧牙坚持下来，待将来有出息时，再向父母解释清楚这一切。

到了大学，他才发现自己对文学的无知和幼稚。他发奋读书，以弥补自己多年来看少写多造成的“营养不良”。但由于家境贫寒，使他不能像许多同龄人一样过得轻松，他生活中过多的是沉重。他要为学费发愁，要为一日三餐发愁，他不能过多地向家中张口，因为他知道父母已被他榨得一干二净。由于是自考生，奖学金、助学金、特困生困难补助都与他无缘，好在有许多好心的同学帮助他，使他能够勉强维持着继续走完求学路。他的性格越发变得内向了，也更孤僻了，他痛苦，他孤独，他曾多次在暗夜中痛哭失声，于是创作的欲望在他胸中激荡，文学的灵感如他那疯长的胡须直往外窜。他需要呐喊，需要言说，需要得到别人的理解，需要得到别人的承认。他产生了强烈的创作冲动，他拿起了笔，开始了这部长篇小说的创作。

刚开始写作时，他几乎封闭了自己，除了上课、吃饭外，就是写作。他很少跟别人来往，写得疲惫时就找一些自己喜欢的书来读，一边学习一边构思，一边构思一边写作。王文思说他创作进入高潮时，也正是他生活最艰苦的时候。学校食堂里的饭菜太贵他吃不起，他就自己做饭吃，三个辣椒一锅面他就吃了近三个月。由于做饭太费时间，他就去吃牛肉面，一天两碗，但这样又太费钱，后就改为一天两个大饼。为了保证营养，他请求一个会宁的同学回家时从家中带来一瓶肉臊子，把热大饼从中间掰开，臊子往里面一夹，那就是世界上最可口的食物。这样过了一阵子，他连两个大饼也保不住了，他又和几个关系好的同学一块做饭吃，他什么都不管只管洗锅。就是在这样的困窘中，他的长篇小说初稿完成了，取名《暗恋》。当他将小说拿去请教师长时，人们除了对他的精神表示赞赏外，对作品却没有多少肯定的评价。这对他是一个沉重的打击，他痛苦，甚至有些绝望了。这时学校放假了，看着同学们欢呼雀跃、收拾行李回家，而他却连回家的路费都没有。在一位回族同学的介绍下，他去了火车站附近的一家清真牛肉面馆当了一名勤杂工，一天三元钱，饭什么时候想吃就吃，不限量也不定量。清真餐馆一般不要汉族人当勤杂工，他能去是沾了同学的光。他说他在牛肉面馆打工的这段日子是他在兰州唯一不饿肚子的日子。

由于牛肉面馆处于繁华路段，客流量大，生意十分兴隆，每天光面粉就要用掉十几袋。王文思一天要收碗、洗碗、剥蒜苗、洗萝卜、择香菜、拖地、拉水，杂七杂八的活他都得干。早晨四点半起床，干到晚上十点多钟，一天下来就累得腰酸背痛、筋疲力尽。到了晚上睡觉时，六个人挤一张床，房子是铁皮做的，很闷热，人的气味和残汤剩饭的气味熏得他直想吐，根本睡不着觉。他就去火车站溜达，以一个局外人的眼光看这灯火通明的城市，看着熙熙攘攘的人流，他感想很多，思绪也很复杂。他一直要到十二点多才回去睡觉，感觉还没闭上眼睛铁门就被老板踏响了，紧接着就是叫声，坐起来后在床上闭着眼睛穿衣服。在这样的环境下，王文思硬是坚持下来。至开学时，他干了五十天，拿到了一百五十五元钱的工资。

有了这次的打工经历，他很快从创作失败的阴影中走了出来，他又重新拿起了笔。白天他要上课，属于自己的时间只有晚上，而晚上宿舍里面又很乱，他就在校园附近的农村以极其便宜的价格租了一间民房。民房窄小阴暗，十分破旧，当时正值雨季，屋子四处漏雨，晚上根本无法入睡。他说有一天晚上雨特别大，他睡的床的上方刚好漏雨，他就躺在床上用手端着一个洗脸盆接雨，最后困极了，在不知不觉中他睡了过去，第二天醒来时，洗脸盆丢在一边，他自己躺在一片水洼之中。寒冬来临了，天气很冷，房子里没生火，他在民房里一坐就是一个通宵，困极了就在光板床上躺一会儿，头下枕的是卷起来的报纸，身上盖的也是旧报纸，刚睡着就被冻醒了，冻醒了再接着写。当时他的手和脚都冻肿了，一进有暖气的房子就痒得难受。他的生活失去了规律，他不知道什么时候该吃饭，什么时候该睡觉，饿极了，就蒸一锅米饭，一顿舀一勺，倒些开水就是一碗泡饭，一锅米饭他要吃一周时间。他的肠胃感染了，大便除了拉血再没有别的东西。晚上睡不着觉，只好抱着肚子蹲着。他说他一个人曾大哭过好几次，问自己为什么要这样，他自己也回答不上来。

在那片属于自己的天地里，他开始了对文学梦的再次追寻。他的长篇小说在这里修改完成了，这次书名为《灾陨》。他又开始抱着他的小说四处求教了。这次许多老师对他的作品给予了肯定，提出了一些修改意见，并建议争取出版发行。他兴奋极了，就四处去联系出版社，出版社看了书稿让他修改后答应出版，但要费用自理，自己包销，出版费要一万多元，他既激动又无可奈何。但他还是决定自费出版。他又再次对小说进行了修改，但只改了一小部分学校就放寒假了，他还是不想回家，但父母盼望他回家过年，他的身体也已虚弱到了极点。他回家了，在家中一边养病一边抄改稿子。在家庭温暖的关怀下，在父母的精心照顾下，他的身体恢复了，稿子也抄改好了，他把自己要出书的事给家里人说了，父母都很高兴，说就是砸锅卖铁也要支持他。

王文思说他这次回家对他感触最大的一件事是除夕上坟祭祖时，爷爷硬要他跟着去，说他能考上大学是祖上积的阴德。当他拿着香烛纸钱跟在爷爷身后从村中闲聊的人群中走过时，爷爷原本佝偻的身板挺直了，背着手昂着头，俨然一副很荣耀的样子。而他的腿却抖得厉害，脚步沉重、心里发虚、神色麻木，低着头不敢和别人的目光接触，他觉得他不是去祭祖，而是去地狱。当香烛纸钱点燃后，鞭炮响起来了，在弥漫的硝烟笼罩了整个墓园时，他这个罪恶的后裔在心里边给祖先做了忏悔。他说他从小是个很老实的孩子，没想到现在却撒了这么大的谎，而且不知要延续到什么时候。但他只能这样做，要不然他的求学生涯就会结束，他就无法沿着自己的幻想去寻找梦境。

开学了，父亲没有为他借到钱。看着父母焦急的样子，他只拿了半袋面和一百元钱就出门了，母亲把二百元悄悄地放进他的口袋里。他回到了学校，这已是第二学年的第二学期了。他还欠着学校两年的学费，一万多元的出版费也毫无着落，他甚至连交宿舍费的钱也没有了。这时许多好心人又向他伸出了援助之手，班主任让他住进了学生公寓，住宿费由全班同学分摊。当时学校图书馆正往逸夫图书馆搬书，学校安排让他负责打扫旧馆卫生，一天工作八小时可得二十五元钱，干了六天半，挣了一百六十元。学校校报的主编安排他负责整个师大的校报分发工作，三十九栋教职工家属楼，九栋学生公寓，一栋楼一栋楼往上爬，最少也要三天，七千多份报纸在三天内必须分发完毕。一个月两次，一次七十五元，一个月可挣一百五十元。在文学院的微机室里打工，一个星期十小时，一月五十元。就这样，王文思一边用打工挣来的微薄收入维持着艰难的生活，还一边在积攒着一万多元的出版经费。

说起这些时，王文思一直都笑着，我知道他的笑很苦涩，很辛酸，因为在这个原本应该无忧无虑的年龄里他比同龄人承受着更多的东西。听了他的这些叙述，我有些不敢相信他那瘦小的身躯竟能承担住如此的生活重压，这些事情对于我的震撼要远远胜于他的作品给我的震撼。我想起初次见他时他穿一件皱巴巴的衬衫和洗得发白的长裤，赤着脚穿一双破烂的凉鞋。我理解了他的困窘和无奈、他的毅力和执着。他真的让我很感动。在现今的社会环境下，文学已不再是“吃香”的行业，那种一篇作品走红文坛的时代已一去不复返了。文坛比起前十几年的喧嚣和热闹，现在更多的是平静和孤寂。已没有多少人去关注文学了，也已没有多少前辈肯花精力扶掖后进了，成名的在用字数计算着能挣多少稿费，未成名的在为成名而苦苦挣扎。文学道路是苦难之路，走上这条道路，就注定了终身的贫困、孤独与痛苦。而这条路也是一条羊肠小道，是一座独木桥，如我般没有毅力者皆会被挤出这条道路。而王文思就正在这条道路上蹒跚而行。我知道他能成功，这不仅仅因为他扎实的文学功底，更重要的是他对文学的执着和吃苦的精神、克服困难的毅力和必胜的信心。

转眼一个炎热的夏天过去了。在深秋的一个早上我又一次见到了王文思。一见面他就捧出了一本印刷精美的小说呈现在我的面前。我拿过书翻着，近四百页的书，加之《土殇》的书名，给人以厚重的感觉，我知道这本书的分量，它不但凝聚着王文思几年的心血和汗水，更承载着他的期冀和梦想。

我没想到他的书会出得如此之快。他说上次从我这回到学校后，他就下定决心要自费出版。在朋友的帮助下，他与华夏文艺出版社取得了联系，出版社看了书稿后同意出版，并根据他的情况免去了出版费用，但印刷一千册需要七千元的印刷费用，这得由他自己承担。家里没有分毫的资助，他就向老师和同学们借，有借一千元的、有借二百元的、有借三十元的，许多人都向他伸出了援助之手，但还是没能筹集够印刷费。这时他听说如果自己在电脑上把文稿录出来，最少要便宜八百元。为了节约那八百元，他就利用在文学院微机室值班的机会，自己往电脑里面输入文稿。他是那种干什么都很缓慢的人，字打得更是辛苦。暑假到了，他没有回家，他坐在电脑前连录带改整整花了两个月时间（王文思很感触地说，他现在才明白，文章不是写出来的，而是改出来的）。最后将软盘交给了印刷厂，并预付了一半印刷费，书就算印出来了。

这部小说由西北师大文学院院长、古典文学研究专家、博士生导师赵逵夫教授作序，著名诗人、文学评论家、文学院副院长彭金山教授作跋。在扉页上，作者以“我要寻找人类丢失的本真”为题记，表达了作者的创作初衷和忧患意识。彭金山教授在《跋》中写道：“读王文思的《土殇》，我看到了市场经济大潮中，某些地域经济与文化关系的失衡和由此带来的一些人精神家园的迷失，看到了虽是幼小的心灵，却也经历着如何剧烈的动荡，看到了青春的困惑与骚动。”“小说以西北一个偏远小镇上发生的事情和各色人物的表现，形象地刻画出了在物欲横流金钱至上中一些人价值观的严重倾斜，以及给下一代的心灵所罩上的浓重的阴影，提出了关系到社会主义精神文明建设的一个不容忽视的问题”。小说中“无论是瘟疫一样弥漫开来迅速升起的盗挖古墓的犯罪活动，还是师生间不该发生的恋情，一切都来得那样突然，那样的猝不及防。小说用质朴的文笔反映了改革开放年代发生在秦人故土上不该发生的愚昧和躁动，读来使人感到沉重和不安。同时，小说以更多篇幅生动地描写了一个纯真少年的一方心田，一个乡村中学生的生活世界。从发强与花花两小无猜的感情骚动到对女教师张丽君的朦胧之恋，再到与剑梅、兰兰等人的感情纠葛，都真实地再现了一个生活在黄土地上的男孩子单调的生活和并不单调的情感经历。应该说，对于未成年人的性心理、性意识，《土殇》无疑是别具价值的。小说试图对纯真之恋和贪财盗墓这对立的两极的呈示中，启发人们良知的发现，找回人类丢失的本真”。

在记忆中，王文思说“我常常把文学称作苦难者的事业，因为我在里面得不到什么却要努力去做，这是个很难理清的矛盾，我就在这里面活着，成了一个愚得可爱的人”。“两年来，我就这样磨炼着自己的意志，我对自己的要求很严格，把好多与自己无关的责任都追加于自己，心灵便蒙上了一层纱，我开始了虚幻的追寻。其实，我也觉得很累，但我还是选择了这样的生活”。

读着这些发自肺腑的文字，怎能不让人感动？我愈发觉得手中书的沉重。王文思对生活是敏感的，同时对生活也进行着严肃的思考。《土殇》写盗挖先秦古墓，以“土”为名，写其“殇”。由于那些愚昧无知的乡民随着欲望的无限膨胀，流失的不仅仅是国家珍贵的文物，更多的是良心的远去，道德的沦丧。“人情没有了，真情流失了，爱情被金钱强奸了，本真却远离了人体……留下的只是一具具陌生的躯体”。作者想问：灿烂的文化留存到今天，都被无情地践踏摧毁！

穿透历史，我们该如何面对现实？

“我要去寻找人类丢失的本真。”王文思如是说，也如此做。他用稍显稚嫩的笔鞭挞着生活的阴暗、人性的劣根。我不能给这部作品的价值妄下定义，但我相信，王文思对生活的态度是真诚的，他说“我常常追问自己：你究竟为了什么？我回答不上，但有一点我敢肯定，我的心是纯洁善良的，我爱所有的人，我渴望着生活的完美，尽管这只是徒劳！我就这样慢慢地走了过来，长篇小说《土殇》就这样产生了。我曾亲手抄了三次，每次都要坐够一个月的时间。在破除各种阻碍的途中，我却成熟了许多，终于以一个大写的‘人’在社会生活的空间中站立了起来。我可以自由地从事我心爱的事业，因为我有坚定的信念”。

王文思说书是印出来了，学校里面也很重视，专门搞了个首发式，又召开了几次座谈会，他还到周围几所高校做了报告会。报社、电台、电视台都采访了他，《土殇》还被学校申报参加了“甘肃省‘挑战杯’大学生课外学术科技作品大赛（文学作品类三等奖）”。但这一切并没有改变他窘迫的状况，由于他还欠着印刷厂三千六百元，所以只拉出来了一百本书，其余的九百本书要交清欠款后才能拿出来。由于他是自考生，学校一方也无权免掉他的学费，所以两年的学费至今还拖欠着，而他外借老师和同学的钱就达五六千元，虽然书卖掉能还一部分，但书却销得很慢……

面对王文思的这些困境，我的心情是沉重的，我能说什么呢，王文思选择了这条路，就注定了他今生的艰辛，这正如他在后记里面说的："文学历来被称为'不幸者'的事业，这话很实在。只有真正深入了，才知道里面的艰辛，而悟出的却是一种美好的快感。对于写作者来说，那是一种发泄，把自己想说的话给自己最真诚的朋友述说出来，这就是解脱。生活很累，人生只是一个累的过程。"

我问他将来有什么打算？他说他这两年虽然忙于写作，但功课却从没落下，他用一年半时间已全部修完了大专两年半的课程。其中十门是全国性的统考，总分在他们班排列第三名，现已提前进入本科段的学习，他说他要静下心来好好读一些书，思考一些东西，总结一下自己在这本书中的失败之处，他要赶在三十岁前再出两部长篇小说。同时他对我们故乡陇南民间的许多非物质文化遗产很有兴趣，如"七月七"女孩子唱的"巧娘娘"，春天来临时民间艺人唱的"说春"，还有许多的民俗风情、山歌野曲、民间传说。这些劳动人民创造的文化艺术，使他从中得到了许多的启迪和灵感，而这些文化遗产却处于消失的边缘，他想从事这些文化遗产的挖掘、整理工作。我说这是一项浩大的工程，这项工作需要投入大量的财力和毕生的精力去做，而且得不到任何的回报，甚至一生默默无闻。他说他明白，但他还是愿意去做。

望着这张年轻的脸上那种坚毅的神情，我想起他在后记中的一段话，“我重蹈着前人的车辙，寻找着古人遗留的痕迹，踏着自己的错误在努力前行”。在这个物欲横流、金钱至上的年代，我只能祝愿他一路走好，心想事成，早日到达梦想的彼岸！

此文2000年10月刊连载于《甘肃矫治报》，原标题为:《泪流成歌——记王文思和他的长篇小说〈土殇〉》。

我本善良

目录

MU LU

壹

三爷郭三娃

郭三娃不是我的亲三爷，是我爷的堂兄弟，比我爷小一轮。他的大哥还没有去窑街煤矿当工人以前，我爷与他大哥关系比较好，两个人还一起读过几年私塾。

一

郭三娃不是我的亲三爷，是我爷的堂兄弟，比我爷小一轮。他的大哥还没有去窑街煤矿当工人以前，我爷与他大哥关系比较好，两个人还一起读过几年私塾。窑街煤矿来我们山旮村里招工时，他大哥想和我爷一起去，当时因为我太婆的身体不大好，我爷又是长子，没去成，就他大哥一个人去了。去的第二年秋天，他干活的那个煤窑突然塌方，听说进去的十几个人都没有出来。几个月后，窑街的几个人抱着一个用红布包着的小匣子来到三爷家，当天就都回去了，留下两包点心、一斤白糖和四十块钱。那时他大哥已经结婚，第一个孩子是个丫头，他大哥去世以后，经过村里人的反复撮合他的嫂子答应跟他二哥哑巴二爷一起搭火过日子，两个人睡了一个晚上，第二天他嫂子就抱着孩子回了娘家，以后再没来过。这事情听说在村子里传扬了好长时间，说他二哥晚上与他嫂子想做那事，他嫂子有点不太情愿，他又不知道从哪里进去，很着急，就往人家屁眼里塞着，血都给人家弄了出来，两个人打闹了一晚上，第二天那女人就走了。本来大家不知道底细，第二天哑巴二爷气呼呼地给他父母比画，不小心让进去的人给看见，这话就传了出来。大家把哑巴二爷叫作瓜子，都说他把他嫂子当成了牲口，看见牲口从后面往进去弄，他也学着从后面弄着，劲还大得很，把人家白花花的屁股蛋子硬是给弄开了花，好端端的一个媳妇就这样给弄跑了。从那时起大家都称呼他为瓜子，这个称呼村子里到现在还叫着。我们家的辈分低，村子里叫二爷的人实在太多，为了能区分开，我们私下把他二哥叫作瓜子二爷，有时候叫瓜二爷，现在我们还这么叫。

三爷以前和我爷没什么大的交情，毕竟年龄差距在那搁着，平日也不怎么来往，不过这种情况在他大哥去世后才有所改变。要是他二哥是个正常人，我估计他不会和我爷走得太近。他二哥又是那么一个人，除了能干活，家里好多事情上都帮不上什么大忙。我爷弟兄三人里只有我爷有点文化，为人处世也比较沉稳，两家子人又是没出五服的亲房，属于本家子，家里有什么出主意的事情时，他就跑上来征求我爷的意见，让我爷给他拿个主意。这一来二去的，两个人就越走越近了。

三爷结婚后的第二年，县上的武装部来村子里做动员，让大家去当兵。三爷本来不想去，我爷给他做工作让他去，看将来复员了能不能弄个干部当当。这话是我爷偷着给他说的，让他不要告诉父母。当时三爷家人口结构在村子里是最特别的，那时他太爷太婆都活着，他爷和他婆也在世；父母身体不好，干不了地里面的活计；那么一大家人，能出力干活的人也就他和瓜二爷两个人。又是薄地，指靠着天吃饭，遇上干旱的年份一家人连肚子都吃不饱，更不用说有其他开销。家里有人生上个病都不敢去乡上的卫生院里抓药，硬扛着。要是家里面没有一个拿工资的人，那么大一口子人，日子根本没法过下去。那时候当兵的人少，村子里从旧社会过来的人还有一大堆，都经历过那些兵荒马乱的年月，想着当了兵肯定要打仗，都害怕死，没人愿意去当兵。武装部的人那么做动员，说复员回来还给安置工作，就这样也没多少人报名。我爷反复给三爷做工作，想让他去。三爷说他倒是不怕死，就是顾虑太多了，大哥已经走了，家里虽然人很多，现在能独当一面的人也只有他，要真赶上打仗，子弹又不长眼，万一把他打死了，这一大家子的人还怎么活下去？我爷说你就去当吧，要是真的过世在外边，大人由我来帮忙照看。听了我爷的话，三爷吃了定心丸，于是去验兵了。是背着家人去的，没几天他就穿着一身没有肩章的黄军服出现在了村子里面。那几天，他们家里天天都有人哭着，嗓门子特别大，死了人一般悲恸。开始哭的人是三婆，怕当寡妇；后面三婆哭不出来了，他太爷太婆和他爷他婆又拉着不同的声音哭开来；等四位老人嗓子哭哑时，他的父母又续上了，声音像唢呐一样，听着人瘆得慌。

那几天三爷一直在我爷家，见那么多人为他难过时，几次都说他不想去了，我爷就骂他没有出息，做事情一点都不果断，根本就不像一个男人！骂了几次，他不再说了，答应我爷按时去报到。

他离开村子的那天中午，一家人一直都哭着，比家里死了人还要悲伤；就连他的瓜二哥也阿欧阿欧地哭着，那声音要多吓人就有多吓人。大家都说这还是头一次听见他二哥的哭声，以前三太爷往死里打着，他只抹眼泪，从没放开声哭过。三爷原想着瓜二哥会送他一下，能帮忙背个包包什么的，走的时候喊了半天都没应，只是蹲在地上抱着头一直哭。怕大人说什么闲话，三爷走的时候我爷没有去他们家，只是在村路口等他。整个村子里，只有我爷一个人去送了三爷，把他一直送到山下的大路上、让他坐上班车才抹着眼泪往回走。

三爷当兵去时间不长，广播里突然传来了抗美援朝的消息，大家知道又要打仗，都为三爷捏着一把汗，个个替他担心起来。当我爷第一次收到三爷从部队里发来的电报时，三爷已经跟着部队去了朝鲜。当家里人知道三爷上了战场，灵牌都给他准备上了，只等着部队的人抱着装有大爷一样的红匣子回来。那三年里，三爷家里面没有一个人笑过，没有一个人跟村子里的人有来往，个个一年四季吊着张哭丧脸，都盼着噩耗尽快传到家里。尤其是三婆，每天都抹眼泪，两个眼睛肿得像大桃子。

那三年，大家不担心他们家里其他人死亡，他太爷和他太婆都已经是高寿了，早都过了八十岁；他爷和他婆也都七十好几了，在我们村里也算年长的老人。按照我们山旮村人的说法，这四个人都已经是高寿，与村子里大多都在六七十岁上过世的人相比，这四个人已经赚了，他们四个人什么时候过世都算是喜丧。

最担心的是怕三婆熬不住另找人家去嫁，当时三爷的大儿子我的大大一岁多，三爷走的时候二大已经在三婆肚子里怀着。事实上三婆也有想走的意思，她给村子里一些关系好的妇女不止一次流露过这个念头。她说早一点走了就不背个寡妇的名声，还能找个殷实的人家帮着把两个孩子给三爷抚养成人。要是三爷死掉了再嫁，身价立马会掉下来，只能找个死了老婆的男人。那时我们那里还很保守，中途走掉的女人还可以找一个未婚男人把自己嫁掉；要是丧偶再嫁，只能嫁给同样丧偶的男人；要实在找不上，只能自己一个人过。未婚的男人大多宁愿打一辈子光棍都不会轻易娶个寡妇给自己当老婆，都嫌晦气。

村子里有些人也断定三爷会死，有个别人为她出谋划策，说要真有那么一天，为了能使自己值钱，还是和瓜子一起过好些。都是男人家，除了不会说话，人灵光得很，不傻，有眼色，只要好好引导着让他尝上一点甜头，他肯定会把你给心疼死，让他干什么他都不会拒绝。将来想再生一个更好，实在不想生了，抚养的还是郭家的娃，血脉相同，他同样会心疼。事情也简单，只要你能同意，也不费什么周折，无非是换一眼炕而已。有个男人睡在身边总比自己一个人睡着要舒坦些，有一个给自己暖被窝窝的男人，睡在炕上心里踏实。

这样的话是和三婆走得近一些的女人说的，听说三婆听了一半脸突然就掉下来，说我怎么会把自己嫁给一个什么都不懂的男人？对方说那事要女人来教，又不是傻子，人灵光得很，一点都不傻。第一次或许笨一点，耐心教一教，只要给帮着引对了门，等第二次的时候不用你招呼他就刺溜一下自己进去了。做那种事情，只要是个正常男人，没有一个真傻，他能把人家屁眼戳开了花，说明能用。三婆一听到这里立马火了，转身就走，与那些女人一辈子再没有来往过。按我婆的说法，若不是三婆家里的家教特别严，三婆早就嫁了别人。三婆几次找她父母哭诉过，她父母根本不同意她去改嫁。有一次她父亲来我们山旮村当着他们一家人的面拉着脸一边喝着罐罐茶一边对她说，既然已经嫁了上来，生是郭家的人死就是郭家的鬼；好也是自己的命坏也只能认命，不会再有第二条路可供选择；要是三娃子真的短命战死在疆场上，那就慢慢地去熬，安安心心赡养六个老人抓养两个娃娃，脑瓜子里不能装有任何非分念头，绝对不能做出辱没先人的事，绝对不能给郭家人添染哪怕是一丁点羞人脸面的事，不然我们这个家就没有你这个女儿。她父亲说这话前，还在她父亲的坚持下，叫去村子里一些德高望重的人做证，听说我爷也去了。那次以后，三婆才算死了再去改嫁的心。

也就是三爷当兵去的第二个年头，他太爷他太婆相继过世，他爷他婆也是时好时坏。听我婆说过，两个老家都是我爷发丧的，家里穷得很，两个人过世时连棺木都没钱买；实在没有办法，我爷只好相继把自家门口的两棵洋槐树砍掉给两位老人做了棺材。

让人很高兴的是，三爷并没有像大家猜想的一样战死在疆场，他整个人浑浑全全地回来了。我婆说那天她记得特别清楚，天刚亮，她正把隔夜的炕灰往出来清理着，听见搁着一个崖的三爷家里一阵哭声，她以为是他爷要走了。那段时间他爷身体特别差，已经半个月不进水了，大家说他硬拖着不肯走，是在等三爷，三爷是他一手抱大的孙子，宝贝得很，走前想见上一面。问题是三爷刚去部队时间不长发过一次电报，以后再没有任何音讯，感觉他等也是白等，肯定是见不上面；再说了，是死是活都无法确定，等什么等；不吃不喝已经很长时间了，大家也知道他要走，都问他还有什么想吃的想喝的快说，走的时候带一口，路上不饿肚子，他闭着眼睛直摇头。还有一点气力时，他就向大家伸出三根指头来。开始时大家都弄不明白，后面才知道他是在等三爷，想见最后一面。等大家明白，只是抹着眼泪，什么话都不敢说。我婆说她当时听见哭声以为他爷等不住要走了，赶紧一边喊我爷一边迈着她的“三寸金莲”往三爷家里走。去了才发现屋子里没有烧倒头纸，她正要吆喝时，就看见穿着一身黄军装的三爷从他爷的屋子里抹着眼泪走了出来。我婆吓一跳，问他是人是鬼？三爷嘿嘿地笑了一声说大嫂子，连你也盼着我死呀？我是三娃，活着回来了！他说完我婆也哇的一声哭了起来，然后哭着进屋里去看他爷。她说她进去那会儿他爷正流着眼泪颤抖着手拿一瓣刚剥下来的橘子吸溜吸溜唆着；又去冒烟的灶房里看，三婆正坐在灶火门口一边抹眼泪一边往灶膛塞柴火。她看见我婆走了进来，赶紧站起来拉着我婆去他们的屋子里拿出来了一个漂亮的头巾塞到我婆的怀里。我婆问她三娃子是什么时间回来的？她说是半夜里，以为是鬼，都差一点把她给吓死。三婆说着说着，还咻咻笑，两个脸蛋都红到脖颈上。

我婆从三爷家里出来，只要路上碰见人就宣扬着，她说三娃子活着回来了！经她那么一宣扬，还没有到一袋烟的工夫整个山旮村的人都知道三爷没死，活着回来了，都跑到家里去看望。只要是进了他们家门的人，三爷或多或少都会散一点东西给大家，男人一人一包双兔牌香烟，由三爷发着；女人一人一袋香喷喷的雪花膏，是三婆发着。我太爷太婆专门给小孩子散发洋糖，三叔说是用白粉粉的纸包着的那种，好吃得很，后面再没吃过那么好的糖。

村子里与三爷家没有纠葛的人都去看望过三爷，只有我爷还没有去。我婆说我父亲当时笑话我爷，说他拿得稳稳地等着三爷上门看他；还真让他给算准了，吃过晌午饭三爷手里提着一斤茶叶两斤红糖来我爷家。他说这是专门给哥的一份，大大、大娘的一份他老早就送过去了。当时我太爷太婆在我二爷家住。我爷红着脸刚把东西接过去，三爷又变戏法似的从哪里掏出来一个军用水壶。他说这是美国鬼子的东西，当时找来打水用，觉得很好使，想着哥肯定会喜欢，没有扔，就一直带在身边，送给哥去地里干活时装水用。别看这玩意小得很，能装五斤多水；地里干活，带上这一壶水一天就够用了。我爷没有拒绝，赶紧一把接过去。

等我爷把东西放下，两个人蹲在屋门台子上抽着烟聊了起来。我爷问他走不走了？三爷说算转业了，组织上安排他去卫生院工作，让当院长。我爷说你狗屁的大字识不了几个，当什么院长？三爷说他知道家里面的情况，也清楚自己扔下老小一大家子人去当兵为什么，到部队里，首先学习认字。部队里识字的人有很多，只要肯学习，想给教的人还不少。上前线前，他找了一本字典带在身上，一有空就翻看，几乎把字典上的字全部背了下来。后来医疗队人手不够用，大家知道他也识几个字，就把他抽去帮忙。到了医疗队里，他又一边抬伤员一边学习医护人员如何给伤员处理伤口的方法。见他很上进，大家利用休息时间教他，教了一段时间，就让他现场给伤员缝包伤口。等一年后，他也就出道了，都能独自割开伤员的肚皮从里面往出来取子弹，有些大手术人手不够时也让他做，做了不知多少例，从没有出现过一次医疗事故。不仅能给人做手术，牲口的手术他也能做。看他这方面有一点天赋，就再没有让他回去，正式调入医疗队。回来又派他到专门的医院里系统学习了三个月理论知识，都是大医生讲的课，懂得了好多医学道理。结业时组织上想把他留在军队的一个医院工作，他想着这么一大家子人还要指望他过日子时，就申请回了原籍，主动要求在偏僻的我们这个乡的乡卫生院里上班。院长今年要退休，文件上面明确注明他是候任院长。老院长还有两个多月退休，他蹲在那里也难看得很，影响院长工作，这就先跑回来看一看家里，报到的当天晚上就赶回来了，走了将近一夜。

你等着上班的这段时间，医院里给你发工资不？我爷笑着问三爷。

发，从人事局报到的那天起就算正式上班了。

这么一个破地方终于出来了一个大干部！我爷激动地说。当年把你打发走时，我很后悔，怕你像你大哥一样过世在外边。现在不仅看到你活着回来，还成了大干部，当哥的心里是真的高兴！

哥的话我一直记着，如果没有哥的严厉管教，我就没有今天！三爷叹息了一声说。我知道哥的恩德我这辈子都报不完，屋里人也给我说过，这几年要不是哥和嫂子帮衬着这个家的话，这个家也不知道都过成了什么样子！

报个屁，只要安安全全回来就好……

我爷和三爷正聊着，外边响起了一阵鞭炮声，紧接着号哭的声音传了上来。两个人知道发生了什么事，赶紧向外边跑去。

二

三爷的爷过世的丧贴发出去以后，四面八方都有人爬一座大山来吊唁，感觉有几万人的样子，大多数村子里的人都不认识。成孝后的那七天，每天都有上千的人往来拥，每天放过的鞭炮的纸皮子都能让整个村子里的人一起烧一晚上的热炕。这样的阵势不光我们山旮村人没有见过，来的人听说也都很少见到。本来计划来的人不多，大多是亲戚，准备的丧饭也是按照计划中的人数给安排的。突然一下子来了这么多人，不仅三爷没有预料到，村子里的人也没有预料到会有那么多的人来吊唁。我们山旮村又很偏僻，上一次山要好长时间，来的人又都饿着，可大摆筵席根本就不现实，没有那么多的锅碗瓢盆。三爷很为难，不知道怎么办。我爷就做主，让全村的人都帮忙蒸花卷，把面袋子的数记下来，丧事过完一起来算账；人多没办法做饭，凡是来吊孝的人不管身份高低，每个人发三个花卷吃，再没有其他办法。三爷就听了我爷的话，让大家赶紧去蒸花卷，多抹一些清油、卷子蒸大些。话说完，好多妇女赶紧往自个家里跑。

给大老远跑来吊唁的人不给饭菜只一个人发三个花卷敷衍人家，像打发叫花子一样，要是遇到其他人家里，这样的事传出去，这家人的门风就会给彻底败坏掉，以后他们想在方圆求个什么事让人帮忙，简直比登天都难。但三爷家里不同，去三爷家那么多的人，别说其他的，饭就是都能给做上，哪里去找那么多的碗碟来盛？村子里人家的碗碟也能凑一些，问题是村子里绝大多数是穷人家，能找出来一两个浑全碗碟的人家没有几个。三爷现在是大干部，谁敢把那么破旧的碗碟拿出来给三爷丢人？就是来吊唁的人，在路上时肯定想着山旮村第一个干部家里会拿什么好吃喝来招待大家，到了以后看到那么多的人时谁还能没有眼色地等着让三爷八个碟子或十二个碗子地伺候自己？大家又爬那么大的一座山来给三爷撑体面长精神，那么大一个场面，脚都没有地方放，谁还会计较给自己吃什么东西？大家都清楚，不是三爷抠门舍不得给他们吃，是实在没办法给。所以等丧事过后，山旮村人没有一个人听到别人说三爷人品不好，都是一个劲地夸着他爷是个有福人，熬了那么长的时间，终于等到当官的孙子回来，还引来那么多人给他磕头送终，他肯定能当上神仙。

除两户逃荒到山旮村的外姓人家，山旮村人都是一个先祖繁衍来的后代，稍微往长扯一下，根就连在了一起。我们家族里面出了这么大一个人物，全村人都很荣耀。听着大家都说他爷多有福气，我们也很高兴；听到那么多人说三爷多厉害，我们更加自豪。

他爷的七七刚过，组织上就让三爷去上班了。这消息是我父亲告诉给我婆的，他说三大家里来了好几个穿干部服装的人，每人手里面还提着一包点心。话说完还没有一袋烟的工夫，三爷就提着两斤点心来找我爷，他说老院长已经退休回家了，卫生院里没人管，组织上让他赶紧去上班。虽然在一个乡里面，可医院和其他的单位还是有些区别，进了手术室就不能轻易走出来。他上班后，家里需要帮衬着的事情还得时不时请哥出面。

我爷说看你说哪里去了，自家人还说两家话？你上你的班去，把病给人家往好看，只要病人说你的人好手艺过硬，我就知足了。至于家里的事，就那些事情，又上崖下崖住着，有什么事两三步就跑下去了。听我爷这么一说，三爷很高兴，打完招呼就往出去走。他再没有穿那身黄军装，穿的是三婆专门给他做的中山服。那时候的中山服是干部们的标志性衣服，乡政府的干部才能穿，其他的人还不敢穿，传说不是干部的人穿那衣服会折阳寿。

那天来接三爷上班的人都坐着小汽车，他们中有卫生院的人，也有乡上和县上有关部门的人。军服颜色的那一辆是三爷的专用车，听说名字叫北京吉普，是给三爷专门拉来的。三爷往出走时好多人来送他，有的还一直送到了山下。送到山下的人回来时就说三爷是坐什么车走掉的，其他的车里面好几个人挤一起坐，都挤成疙瘩，三爷车里只坐着他和一个司机；到底是个大干部，坐的车都和其他人不一样！说的人说得眉飞色舞，像他自己坐着一般激动着。

国庆节三爷回来了，我爷问他坐的小汽车怎么没有开上来，哪里去了？他说坐到山下的路口上打发回去了，没让开上来。我爷说没有看见上山的路村里人已经自发地给你修通了？完全可以开上来的！三爷说自己长着两条腿，还麻烦人干什么！再说了，要是去其他的村子里，坐着小车去还显得赢人些，大家会说山旮村出了一个坐小汽车的干部；来我们自己村子，要是坐小车上来，还不让人给骂死？山虽然大，可村子里那么多人都能走，我怎么就不能走？本来司机要送上来的，我硬是给打发回去了。都是穷苦人家出身，除非迫不得已的事情，我不会坐着小车回家来的，咱们不摆那排场。

听了三爷的话，我爷哈哈大笑起来，笑得眼泪都从眼缝里流了出来。他一边用粗糙的大手揩着眼泪一边说，到底是我的兄弟，当了大干部了人都没有变！三爷说不要说就这么一个小院长，就是哪天不小心当了省委书记我也是以前的三娃子。我爷说这就好，不忘本，不招人骂！

三

接下来的几年，各种运动的风也往贫穷落后的山旮村刮来，村子里或多或少也受到了一些影响，不过与那些条件好的村子相比，我们山旮村相对平稳，没有出过大的事情。毕竟是一个穷地方，又有那么大的一座山与外界隔离着，就是有野心想整一点事情出来的人，好不容易来到了山下，看到还要去爬那么大一座山时，都有点心有余力不足；又饿着肚子，怎么爬那么大一座山，到山下歇息一阵后，拍掉屁股上的土又都撤回去转战到了其他条件好些的村子里。“大跃进”时，村支书做出过一些在村里人看来比较荒唐的事，“文革”初期，村里人就找借口把支书官帽撸掉戴给我爷。旧社会末期我爷也上过几年私塾，除三爷，他算是村子里文化程度最高的人，又是庄稼汉，明白人第一要务是先吃饱肚子，饿着肚子什么都没法去干。头脑清楚的他，白天领着大伙营务庄稼，晚上才抽些时间学习广播里的内容。因为山旮村人都本分，绝大多数是文盲，又受外界的影响少，都听我爷的话，没有闹出过大麻烦。别的地方一片混乱的景象，我们山旮村过得四平八稳，和没来运动前没有多大区别。

至于当院长的三爷，他不仅是军人出身，祖宗八代都是穷苦人，属于根红苗正的一类，又有大手艺，各方面都仰仗他治病，没听说出过什么事。他所在的医院又是一个穷地方的破卫生院，当医生的又大多是周围山村选拔来的一些赤脚医生，祖坟冒烟好不容易混了一个干部的身份，怕不小心丢掉工作被打发到老家里让继续种庄稼，都本本分分工作着，没出现过一个胡闹腾的二杆子。

到了运动中期，县上有能力管些事的领导动员三爷去县城当县人民医院院长，还解决个副县级待遇，三爷没有答应，他说他所处的卫生院是这个县最偏僻最贫困的一个乡的卫生院，这个乡几乎全是清一色的贫下中农。作为一名军人出身的医生，他必须留在最偏僻的地方继续为贫下中农服务。领导为三爷这一奉献精神所感动，依照他的意愿同意他继续留在卫生院，同时破例给了他一个副县级的待遇，这在我们那个县是个首例，再没第二个人享受如此礼遇。几年后我给我爷说，三爷当时真是傻，如果回县城，退休以前怎么都能混个正县级，甚至比这还高。他有好多战友都在县上工作，只要人灵动些，地区医院的院长他都能当。我爷说他不出去，主要原因还是因为家里拖累大，要是走掉了，那么大一家子人，由谁来照看？俗话说县官不如现管，他留在乡上，人的势力还在；要是走掉，周围的人就不一定再认他。家里又有那么多的田地，他在时有势力有人来帮忙；他要一走，会把你们瓜二爷活活苦死在地里的。没人种地，就他那点工资能养活了那么大一家子人？不要说县医院院长的官帽，估计就是给他一顶省委书记的官帽让他走他都不一定敢扔下那么大一口人走掉。不要说其他开销，光两个老人就够他受的，都生着病，常年要吃药，省委书记的工资能高多少？我说，不是有句话说一人得道鸡犬升天吗？我爷说那是旧社会的事情，现在不可能了；现在是共产党坐着天下，干部是人民的公仆，都要为人民服务，工资都差不多；毛主席是全国人民的伟大领袖，他的亲戚中照样有人种庄稼。

我觉得我爷的话有点颠三倒四，尤其是涉及三爷的事时，不过我没有提醒。我老是觉得，那个时代过来的人都是一根筋，说话做事简直到了言行一致的程度，直杠杠的，认死理，根本没有现在的人灵光。现在有些人干什么事情都先想着自个，只要家里出上个小领导，还真是能鸡犬升天了，连看门狗都比别人家的叫得响亮，更不要说是亲戚本家了；再大一点儿的官，有的都成了国家蛀虫，贪污腐败胡作非为。世风早就日下，只是我爷还没有感觉到。可这样的话我不能当着我爷的面说，不然他会骂死我的，他会骂我把优良传统一点都没有继承下来，满脑子里装着歪风邪气，不是个正经人。其实我能理解我爷，虽然他们那代人普遍都是些死脑筋，不过他们脑子里面都比较干净，想的都是这个国家如何一天比一天好一天比一天强大；他们的死脑筋不是为自己，是为整个国家以后的繁荣富强，真正的大公无私。如今这种人是越来越少了，面对社会上不断出现的一些不良现象，我也非常悲哀，有时候焦虑得睡不着觉，可我无能为力。除了自寻烦恼，发现再无他法。

至于三爷吧，其实也有他自私的一面，后面的一些事例就是明证，只是我爷不愿承认。既然他不承认，我也就没有道破。

四

三爷曾经多次托付过我爷，他们的家务活要是实在忙不开来，就让他去帮衬一下，我爷满口答应。其实完全没必要，他是把他院长的职位看小了，只是我们村和其他村子的人并没有小看。自从他当上卫生院的院长以后，逢年过节来他们家送礼物的人越来越多不说，他们家的活都有人抢着干。每到夏收秋种的季节，好多人宁愿先扔下自己家里的活，也要先把三爷家里的活仔仔细细地干完。不要说一些大活，就连一些小活都有人偷偷跑来干；比方清理茅坑这些活，自己家里人都不愿意干，攒到实在攒不下了才动手清理。以前这些活大多数都由瓜二爷一个人干着，都说他懒得要死，是实在忙不过来，每次到了猪圈、牲口圈、茅坑进不去人往出来冒时，他才去清理。好多次我们都看见他背着牲畜圈里的粪或挑着茅坑里的粪便往地里走，沿路都咿呀咿呀地叫骂着，脸子拉得那么长。

骂谁说不上，反正是不情愿。自三爷当了院长，最幸福的人当数他了，地里面的活他插不上手，连茅坑里的活他也插不上了。又是一个闲不住的人，就成天家肩膀上挎着那个他父亲以前挎过的竹篓一手夹着点燃的纸烟一手捏着铲子和钩子满村子转着拾粪，两个耳朵上别人给他发的纸烟夹满了。以前他是村子里最辛苦的一个人，平日干的活最多看的脸色也不少，屁股上还动不动要挨他父亲的镢头把，有好几次打得他走路都拖着腿。三爷一当了大干部，他们家里最受益的人是他，不用成天再去干那么多的活不说，家里其他人不敢收的礼物他都敢收，收下了也不交给三爷三婆，直接留给自己。

村子里一些好事的人曾经为这种连人家茅坑里的粪便都抢着担的现象讨论过，有的人认为三爷是个官，大家巴结他，是想从他那里弄点好处；有的人有其他看法。对这种胡乱议论的事，我爷都不止听到过一次，有一次他也出现在了讨论者里面。当大家还在为各自的说法纠缠不休时，我爷就说话了，他说这与三娃子是个多大的官还没多大的关系，大家看重的是三爷医生这个手艺。谁能保证自己家里面以后就没有个生病的人？卫生院那么多的医生，绝大多数不是收编的兽医就是赤脚医生，都是忽悠人的二把刀医生；只有三娃子是专业出身，不仅跟着部队的大医生学过，还在军队的大医院学过好一阵子，这可是他亲口给我说的。过去的卫生院，能做的最大的手术也就是结扎个婆娘，连个阑尾炎的病人都不敢接，割开肚子那么大的手术他们敢接？过去稍微大点的病都去县城大医院看，自从三娃子去那里以后，听说连县上的一些病人都往卫生院拉。你们想一想吧，县城那可是县太爷待的地方，县医院里面有多少有能耐的医生你们不是没有听说过，有人怎么还把病人拉到卫生院让三娃子看？这只能说明三娃子手艺过硬，县城的大医生都比不过。至于那些活，农村人也没有别的长处，身上有的是力气，又不是让挖山打洞子；祖祖辈辈泥土里刨着的人还害怕脏、那点活会给累着？我插不上手，不然我也会去干。你们说那些人巴结三娃子是个当官的，阳山里早年不是出过个副县长吗？副县太爷，县衙二把手，官够大，是不是？他老先人过世那会儿，有几个外村人去他们家吊孝？你看三娃子家里，四个老人家的丧事，感觉都赶上全乡人的丧事了，你看那来了多少人！去阳山里副县长家吊孝的人连人家的零头都不够，几次丧事我都去过，上的全是大筵席，可就是没多少人去吃。

三娃子家几次丧事都发花卷，但一次的丧事比一次来的人要多。县太爷管全县，不要说是人，连牲口他都管，权利到底有多大你们都清楚吧？卫生院院长多大点权利，说小些，他也就管那么个破院子三五十个二把刀医生；说大些，他管着人命，和阎王爷的权力基本上一样大。再是日天的人，有本事不要害病，这可能吗？凡是吃五谷杂粮的人，他都害病，就这点道理。

大家都知道三爷很敬重我爷，我爷这样一说时，大家都纷纷附和起来，夸我爷分析得很到位，现在大家才想起来那么多人为什么不巴结县长而是巴结一个卫生院院长，还是看着他有手艺。说到这里，大家就又说到了自己碰到的一些事情上。以前去一些村子里，碰到没有什么交情的人，人家也只是客气地打声招呼，不往自家请；这些年来，只要有人知道他们是山旮村里人时，认识不认识都先往家里面拉着，去了一边洗茶罐一边大声吆喝屋里人，赶紧把面擀好，卤子里豆腐切上、把鸡蛋多打上两颗。有几次乡长也在场，大家连话都懒得说一句，只把他们往家里拉。以前不知道什么事，只是糊里糊涂地跟着去了，现在才知道是怎么一回事。吃人的嘴短，就是到时候不知道三娃子帮不帮忙，要是拉着脸子不帮，那就难堪了。我爷说帮，那么大个人物，做人的事理他能不知道吗？他帮助别人，其实就是帮助山旮村人，这一点他心里明镜似的。自己再怎么能干都是山旮村人，根还在山旮村。忘本的人世上不少，不过不会出在我们山旮村里。虽然这里的水土不养活人的命，但养活人的品德。不光是现在，就是以后从山旮村里走出去的人也会和三娃子一个样，都会顾忌全山旮村人的脸面。

事实证明我爷说的话有一些道理，只要有人求到三爷那里，不管是本村人，还是通过本村人去求，三爷都有求必应。病情小一些的他会领到其他医生那里让看，做大手术的都是他亲自上，从没有给去找他的人给过任何的脸子。这让我们村子人很高兴，没有一个人不说他好。我们村子山旮村是旮旯乡最贫穷的村子，以前大家去别的村子里办事情，本能地矮一截，遇见谁都毕恭毕敬。自从三爷当了大医生，我们村里人的腰杆不由自主地直了起来，有的人还会背着干部一样的双手出现在其他村子里，以前打死都不敢。

五

再来说一说三爷的几个孩子。三爷和三婆一共生了四个孩子，都是儿子。我大大三爷当兵前就已经出生了，二大是三爷当兵走后的第二年生下的。三大年龄比二大小四岁多些，是三爷回来生的。四大和我同岁，有那么几年，我们两个还是好伙伴。

四个孩子三爷都让上了学，大大高中毕业，第一年没有考上大学三爷就把他弄到卫生院当了个临时工，听说开始的时候也没有安排具体的活，除开会时收拾一下会议室外，其他时间都安排他跟着一些医生学医。两年后自己也能扎针，碰到一些头疼脑热的还能开药方。学成后，三爷就又把他安顿在药房里和其他几个人一起给人抓药。大家都很清楚，三爷已经在为自己的孩子谋划出路。

大大进医院的第五个年头，三爷的表妹想着把自己的大女儿许配给大大。当时听说大大不愿意，他上学时喜欢上一个县城女孩，比这个要洋气一些。两个人也有来往，听说那事都做了，怀的孩子还是在三爷当院长的卫生院里给打掉的。开始三爷没有反对他们接触，当知道她是那个丢人现眼的女孩子时，坚决不同意他们两个再在一起了，理由是还没有谈婚论嫁两个人就睡在一起，女孩子家的门风有问题。三爷的表妹这几年仗着三爷有身份了，就给三婆做工作想把自己的大女儿许配给大大。起初三爷以近亲不能结婚为由拒绝了，后来怕大大与那个女的又有来往，只好答应下来。因为双方是亲戚，表妹心急火燎，又是新时代了，就没有搞过去那些繁文缛节，大大的丑事败露时间不长，三爷就强行让他和自己表妹的女儿结了婚。起初大大死活都不愿意，晚上干脆不往大娘身边睡，半夜等家里人睡下后偷偷跑到瓜二爷的炕上两个人硬挤在一起，直到那个女的也嫁人他才死心了。不过心里总归是装着个人，刚结婚的那几年，根本不把大娘当人看，常常呼来喝去不说，有时还动手打她。

大大结婚后有一年时间没有去卫生院上班，等到大大的第一个孩子出生三爷才又把他弄到卫生院。那时候找一个正式工作比现在要容易好多，只要稍微有点门路的人都能当上干部。三爷肯定是希望让大大一直留在卫生院里。只是他从没去求过人，让大大一边干着一边等机会。眼看着县上的一些领导安插进来的那些没有他时间长的临时工一个个都转正，大大还是临时工，村子里的人都替大大捏着一把汗，三爷还是那么句话，先等机会着。

后来有人就给三爷说大大与他同在药房抓药的一个初中毕业的女娃子勾搭着，感觉有一段时间了。周末大大不回家时，有人就发现那女的晚上去他宿舍，第二天早晨才离开。三爷一听，以为是大大与以前的那个女朋友又钻在了一起，很生气，就找机会抓现行。一个周末的下午，三爷说要回家，老早离开了卫生院，到了晚上又回来，往大大宿舍走，快要到门口时，听见里面的床板哐当哐地响着，还传出来一个女人的浪叫声。三爷差点给气死，站在门口叫，他刚一出声时里面就传出来了哭声，然后就看见那个丫头片子披头散发从大大宿舍里哭着跑出来，直接一屁股坐在宿舍楼下号哭，说大大强奸了她。不多时就招来一些看客，大家都议论纷纷。三爷要去揪大大，谁知大大趁着混乱跑了，当天晚上就跑到了我们村子里。

第二天上午，卫生院里就传出大大仗着自己老子的权威强奸临时工的新闻来。出了那么大的事情，三爷也不知道怎么处理。那段时间三爷心情特别不好，什么事情都不想干，每天都在卫生院等着女方的家人来闹腾。可一直没有等来，越这样他心里越是没底。

有一天下午快下班时，那个临时工突然来到三爷的办公室，她说闹腾没有任何意思，她也不想闹，那样对谁都不好。但作为一个女孩子就那么让人糟蹋了，以后谁还要她？三爷一听慌了，以为她要跟大大一起过日子，正不知道怎么说，那女的先提了出来。她说半年前上面不是给卫生院里给了个转正名额吗，以后她还要过日子，没有人要了，她一个人怎么生活？三爷听出话外音，他说名额当真给了一个，临时工那么多，你又才来半年多时间，报上去县上不一定能批。她说上面的事情你就别管了，只要卫生院里推荐上去就行，成与不成她以后都不会再纠缠这事。本来三爷是想把这个名额留给大大，那段时间太忙，还没顾上去报，出了这么一档子事情，他也没有脸再去考虑大大了，想尽快把事情给压下来，只好把这个名额给了她。不仅给她打了报告，还想亲自去县上跑一趟。谁知那女的没有让三爷去县上做工作，自己拿着推荐材料走了。这之后那女的半年多时间都没来卫生院上班，三爷想着事情肯定黄了，心里很愧疚。快过年的一天，那个女的冷不丁出现在三爷的办公室里，从挎着的包包里掏出县上批来的文件，批准日期是他打完报告的第三天，已经领了半年时间的工资。看到鲜红的印章和批准的日期时，三爷的手哆嗦起来，他才知道人家上面早就有人，与大大勾搭只是一个圈套。可事到如今，三爷也不好说什么话了，只是问她想去哪个科室？她说还没有想好，这段时间心情不好，身体也出了点小问题，等过一阵子再说。说完挎上包包走了，年前再没见她来过。

等第二年的夏天，没接到任何通知，一天上午，县委组织部长的小车就停到了卫生院的办公楼前。三爷从窗户里看见后，赶紧跑下来迎接。他以为光组织部长一个人，开车门时，发现那个女的竟和组织部长一起在后排坐着，副驾驶的位子上坐着个组工干部。迎到楼上时，组织部长说今天开个短会，把能到会的医护人员都集中在会议室里。三爷隐约感觉到了什么，没吱声，让办公室通知人开会，把领导们的桌牌也取出来。等人到齐后，三爷去自己的办公室里请组织部长和组工干部，发现那个女的依然和部长在一起；组织部长端端正正地坐在那里抽烟喝茶，她双手抱在胸前不说，两条腿还搭在前面的椅子上面，根本就没有把组织部长当领导。要是往常遇到别人那样，三爷直接就轰出去了；当时他也想说她几句，突然想到她一个弱女子居然能自己把批文拿来，还批准得那么快，就有点害怕，没敢说，只是涨红着脸请部长和组工干部去会议室。

主席台上本来没有多余的桌牌，进去后，那个女的把一个副院长的桌牌拿起来顺手扔进旁边放着的一个垃圾桶里，把其他人的桌牌重新摆了一下，变戏法似的从自己的包包里掏出一个同样的桌牌放在组织部长旁边。组织部长还没有坐上去，她自己先就坐上去了。看着她的那副样子，会场里出现了一阵不小的骚动，都低声议论。她面不改色，把双手抱在胸前斜靠在椅背上打量着下面的人。

领导们坐下以后，组织部长先发表了一通套话，然后让一旁的组工干部宣读县委任免文件。组工干部从提包里掏出来两份文件，第一份是免职文件，很简单，上面写着免去郭三娃院长职务，保留副县级工资待遇；宣读的第二个文件是任职文件，也很简单，由于工作需要，现任命陈雪莉同志为旮旯乡卫生院院长，享受副科待遇。文件宣读完毕，组织部长又发表了一长串空话，然后在陈雪莉院长的陪同下走出会议室。

当时的情况三爷一直没给任何人说起，包括我爷。不过参加会议的人很多，不可能没人传出来。至于大大在医院里闹出的丑闻，那是他后来一次喝多了酒自己说出来的，他说那个女的不仅长得特别好看，还不是一般的骚，长那么大了他还没有见过那么好看又那么骚的女子；脸蛋白嫩嫩儿的，两个奶子又大又软；两条腿长长儿的，屁股蛋子翘翘儿的；性感得不是一般。他不知道见过多少女的，没有一个能与她比。如果是一个正常男人，只要看一眼，他二哥就哈哈笑着挺了起来。虽然他已经结婚，可一看到她浑身就发紧，气都喘不上来，平日里都不敢往她跟前凑，怕惹出笑话来。有一天他吃完晚饭正在洗锅，她扭着屁股蛋子进来了。以为闲转，谁知人家一进来就把门反锁上了，然后当着他的面笑着一件件脱着衣服，他直接就没有把持住……大家问他弄完看见那东西没有？他笑着说那么骚的一个女子，能看见个屁！……那天晚上她没有回自己的宿舍里，就整夜和他干着，浪得很，骚情得很，弄了好几次，第二天他腰疼得走路都费劲，缓了三天才恢复好。从那次以后，她隔三岔五就来找他，每次来都不回去……时间长了他就害怕起来，毕竟自己是个有家室的人了，不知道她怎么想的。有次弄完趁着歇息的空当他把自己的顾虑说了出来，她说她肯定不会和他结婚的，只是玩一玩；本来想着玩几次就行了，发现他那么厉害，就有点舍不得离开。她这么一说，他心里就没有了任何负担，反正自己有的是力气，只要她来了，每一次他都会弄得她舒舒服服，感觉比以前还猛。大家问他丢了工作后悔不？他说有什么后悔的，谁端什么碗吃什么饭那都是命里面注定的，谁胆敢与命抗衡？要死的娃娃球朝天，不是自己的就不能勉强。听了他的话，我心里想，要是这话传到三爷的耳朵里，他肯定会气得吐血。

自从把陈雪莉任命成院长，卫生院里有好长一段时间很不平静，好多人私下里说连个药方都认不全的人当的什么院长？上班才几天，就副科长级待遇了，还有没有天理？和三爷走得近的一些人鼓动三爷去上面反映。三爷说他是军人，军人要服从命令；既然组织上这么安排了，他就必须无条件服从。

话虽然这么说着，三爷心里还是吃亏了。把工作移交清楚以后，他就背着一个药箱回到家里，有半年多时间，三爷再没去卫生院上班。三叔说他每次去三爷家里，都看见三爷躺在一把摇椅上面看书。大概是看书看得入神了吧，喊上半天都听不见。三叔说，大家以为三爷会好好揍一顿大大，有一天找借口把镢头把刚提起，大娘就哭着跑过去一把将大大揽在怀里。她哭着对三爷说，事情都已经这样子了，就是打死他也没有用。三爷气得全身抖着，暴怒着双眼瞪了好一会儿大娘后，大声嗨了一下，提着镢头跑进了后院，把一头大肥猪给活活打死。

自从三爷的院长职务被人替换，再来村子里帮他们家干活的人越来越少了，大家好像都忘记了三爷似的。不过我们村里人没有那样，看见没有人帮忙时，大家跑去帮忙。当然了，干活的人少了，来家里看病的人比以前要多好多。只要有人找上门来，三爷都不拒绝，认真听诊、把脉、看舌苔、拍后背，然后低头开方子，方子开好叮咛来的人一定要去卫生院抓药。卫生院的药都是从正规厂子里拉来的，大街上那些小药铺里面的药就保证不了了。

还在卫生院当院长那阵，凡是大些的手术，都由三爷亲自做。自从来家里以后有些人要请他去他们家里面做手术，他一个都没答应。他说做手术要准备好多的东西，还要有帮手，家里什么都没有，怎么做？有人能听明白三爷的话，有的人听不明白，以为三爷端架子，背后的脏话也就慢慢多起来。传到三爷耳朵里，三爷就装作没有听见，该干什么依旧干什么。

以前三爷干农活，从当兵开始，家里的活再没怎么正经干过。现在事情少了很多，他又闲不住，有时就见他扛着锄头往地里面走。村子里有的人就说三爷的院长撤掉了不说，就连小干部也当不成了，都扛着锄头往地里面跑开了，大概工资也没有了；那几年还风光时，谁看见他动过一指头的庄稼？话里话外全是势利语气。

三爷的这些举动我爷都看在眼里面，又有一些不怀好意的人说闲话，作为老哥实在听不下去了。听我婆说有一天晚饭后我爷就打发三叔把三爷喊家里喝茶，三叔出去时间不长三爷就来了。等坐在炕上，我爷问他什么打算？他说不想再上班了，想留在村子里种地。我爷问他公职也没有了？三爷说还在，工资还照常发着。我爷就说光拿公家的钱不给公家干事情，这样的人我们祖坟里没有！三爷说他也这么想，等哪天闲一些了去辞职。我爷说那么一大家子人都等着你养活，你自己又不是种庄稼的料子，辞掉公职拿什么养活一大家子人？自己是靠着真本事吃饭，只要公职在、手艺在，照样能受人尊重。那么个院长，又有什么当头？天天干的都是给人擦屁股的活，撤掉还好，光是医生，没有那么大负担，活得也会轻松些。你明天就给我滚回去，要是再看见你提个锄头什么的在众人面前丢人现眼的，我直接抽你！你好歹也是有品级的人，那东西是你扛的？真想要干，那就等着退休了再说！

我爷这么一训斥，三爷第二天早上就又背上他的那个药箱子去卫生院上班了。以前上班时，只要家里没有什么要紧事情，三爷一两个月才回一两次家。那次去，当天就来了，早上去下午来。再没有坐小车，走着回来。后来早上去中午就回来了，他主动找我爷，说他一直待在医院坐班会碍着人家，反而不太好，他也说了，要是需要他做手术，捎个话上来，没有大手术，他就不再坐班了，人家也同意他的想法。他这么一说，我爷再没有说他。过后，三爷在村子里待的时间也就少了，遇到天气好的时候他就背上药箱子去其他村子里转，主动给人看病，然后让对方把方子拿到卫生院里抓药。他有一次给我爷说，自己虽然没有去卫生院坐诊，活还干着，那些抓过药的方子就是最好的证明。我爷说要是抓完药让人把方子撕掉怎么办？三爷说那不会，卫生院做账主要靠那些方子，上面都有划价，谁敢撕掉了谁就会出事情。他这么一说，我爷也就不再说什么。

六

三爷当院长那阵，不光在当地很有些威望，连他的孩子也都很有身份，只要他们出现在哪个村子，都有人来巴结他们，想办法把他们邀请到家里好吃好喝伺候上。尤其是家里有女儿的人家，就更殷勤了，当爷一样伺候不说，还想一切办法、提供一切方便让自己的女儿与他们交往。那时候就业压力没有现在这么大，凡是有公干人的家里的孩子们基本上都弄成了干部。三爷又是个院长，大家想着他最次也会把自己的孩子一个个弄到卫生院里上班。做父母的谁都希望自己的女儿能嫁给干部享清福，这也是好多大人对三爷还没有成家的几个孩子那么好的原因。有的父母谋得还比较大一些，特别是那些家里女儿也上过学的一些人家，都希望能攀上三爷这一层关系也能让自己的女儿将来成为干部。

第一个下血本投资的是三爷表妹，她的女儿也是初中毕业生。听我婆说，以前三爷家里穷的那几年，他的表妹从没有来过家里，家里有什么事情去请时，人家也不太愿意来。自从三爷上班后，她突然比任何亲戚都跑得勤，每次来还要住几天，把家里能拿出来的衣物都拆洗干净才回去。以前也偶尔来，提的人情也就是一把挂面，还没婴儿的胳膊粗，连一斤白糖都舍不得拿。后来家里有什么就会拿什么来，有那么几年，每年把家里杀了要过年的猪肉切半扇扛来。

不过三爷一直不喜欢自己的这个表妹，有时候在家里碰到，连多余的一句话都懒得跟她说。有人也跟她说起这事，可他表妹的话说得很有水平，她说我们都是黄土埋到胸口上的人了，对我好不好都无所谓，关键要从孩子身上看。她这么一说，大家才明白她的真实目的，都笑着说这个女人成精了，算盘打得比谁都响亮。后来的事情果然得到应验，等大大上班后，她第一个提出要把自己的女儿许配给大大，说两家人本来就是亲戚，等孩子结婚后亲上加亲，那就更亲了。不过三爷最初一直都不同意这门婚事，他说不出五服的亲戚之间结婚属于近亲结婚，生下的孩子会出现不同程度的缺陷。表妹说没这回事情，近亲结婚的人那么多，生的孩子没一个弱智，看着还都好端端的，都不瓜不傻。生下什么样的孩子那都是命，与近亲不近亲没有任何关系。

出了那样的事，三爷想把大大的心给绑住，又一下子找不上合适的女孩子，没有办法，只好在三婆的劝说下把表妹的女儿娶了过来。后来三爷落难，表妹的态度一下就变了，反复鼓动自己的女儿回去另找个人家，只是大娘死活都没有答应。她说自己既然已经进了这个门，那就是这家子的一口人，死也要死在这个家里面。表妹很生气，以后再没有进过三爷家的门。

三爷还没有落难前，二大、三大和四大初中上完都不去上了，三个人待在家里面等着三爷给他们安置工作。三个人不仅长得一表人才，还都非常聪明，感觉天生就是当医生的料子。四个孩子里面，除大大跟着卫生院的医生学过几年的医，其他的都没有学过，不过都很精通医术，每一个人都能给病人开药方，而且开的方子从没有吃出过事情，有时还能把病给治好。

他们三个闲置在家里的那段时间，上门提亲的人不知有多少，有的人家托媒人，有的父母亲自上门。可能三爷也有想把孩子们全部弄成干部的想法，找借口说孩子还小，等大一些了再说，都没有答应。

那时候家里的活有人抢着干，连瓜二爷都闲着，三个少爷根本没有机会去地里面劳作，都在家里闲待着。时间长了，就听说三个人都有乱搞女人的毛病。只要哪里有庙会什么的，三个人比谁都要跑得快，撒着欢往去跑。别人赶完庙会当天就回来，人家不，什么时候庙会彻底结束了什么时候才往回来走。别人赶庙会是真正赶庙会，他们不，利用赶庙会的机会各自领着一帮女孩子转着，听说三个人都糟蹋过不少的女孩子，有的以处对象的名义，有的以帮忙找工作为诱饵。有的女孩子家里面殷实一些，不仅把自己的身子搭进去，还好吃好喝地伺候上，让他们兄弟三个着实过了几年神仙般的日子。

庙会一结束，就会有不同年龄段的女孩子和婆娘爬那么大一座山来山旮村里找他们，每次来他们都往不同的玉米地里和看田禾的茅草屋、山洞洞里面领着，村子里好多人都碰到过，说男男女女的脸都不要了，连人都不避讳，和牲口没有区别。二大和四大两个人还挑着漂亮些的女孩子糟蹋，根本不和已婚女人来往。三大没有那么多讲究，有几次居然厚颜无耻地说不同年龄段的女人有不同的味道。

兄弟三个人里面，我认为最聪明的人算是三大，简直无师自通，他都能用草汁配制避孕药。二大和四大糟蹋过的女孩子都怀过孕，哥俩领到小诊所里堕胎时熟悉的人碰到过好多次，有的诊所里也乱传。三大有几次当着大家的面讽刺过自己的二哥和弟弟，说不知道帮人家掏过多少的医药费。他搞过的女子娃没有一个怀孕的，在搞之前他都要让对方把他自制的避孕药先吃上。周围就那么些人，往近套，都沾亲带故，他们三个接触过的女孩子大家也都知道不少。其他两个糟蹋过的女孩子没有什么大事情发生过，无非新婚之夜让丈夫暴揍一顿，后面还都生下孩子。只是三大碰过的女孩子没一个人怀孕，大家一致认为是吃了他提供的避孕药的缘故。

都说恶人有恶报，我看这话也不一定。三大做了那么多遭报应的事，后面日子过得还不错，起码比大大和二大要好很多。

三爷一落难，巴结他的人也就越来越少了，尤其知道他的三个孩子作恶多端，周围的人都不愿意把自己的女儿许配到他们家里。二大实在找不上，三爷只好让他给一个家里面有好几个女儿又没有儿子的人家当了倒插门女婿。四大还小，压力最大的当数三大，名声又比其他几个还臭，听说寡妇都不愿意跟他，快三十岁了还没有结婚，愁得一大家子人都不知道说什么好。

我们一家人搬到平阳川后，三爷就叮咛我父亲让在平阳川上给物色一个。平阳川离山旮村很远，大家还不知道三大人品有多么差，听说他父亲是个大医生，父亲放出话时间不长，有家父母就愿意让自己的女儿和三大接触一下。三大去见面，那家的女儿相中了他，只是父母提出不去山旮村过，要住在小镇；就这么一个宝贝女儿，他们舍不得让去穷乡僻壤受罪。问题是住在小镇上没有房子怎么办？三爷虽然是个干部，家里人口多开销又大，手里根本就没有余钱在小镇给三大置办房屋。女方的父母说，既然这样那就算了，自己的女儿又不是愁着找不上个人家。

本来想着这件事情黄掉了，有一天女方父母跑来找我父亲，手里面还给我们家提着人情礼物，让我父亲做媒赶紧把孩子的事给办了。父亲说三大家实在拿不出钱来给孩子置办家业，对方父母说不要什么家业了，自己家里面还有一院房子，送给他们住吧。彩礼要是能多少给点当然好，实在拿不出来他们也不会计较的，只要人家两个过得如意就行，钱这东西，有多少才是个够？父亲很纳闷，与三大走得近些的二哥说那女的肚子已经大了，估计让家里发现了，怕拖下去丢人，就想急着办事，二哥这么一说我们才明白是怎么一回事情。父亲就连夜在大哥的陪伴下去我们老家把这件事情给三爷说了，家里人当然很高兴，于是开始张罗婚礼的事情。听说女方家里连一分钱彩礼都没有要，话说完还没到一个月就把女儿嫁到了我们山旮村来，等把一个胖小子生下来一家人才搬到了镇子上住。女方家里又殷实，就那么一个女儿，都当命命疼爱着，有什么就会给什么，孩子又由父母帮忙代养。三大简直都幸福死了，搬到小镇上还不到半年的时间，就把自己吃成了一个大胖子，走路都摇摇晃晃的。

三大在小镇定居后，村子里有些人很不服气，都骂他那么下三烂的一个人渣就不应该有那么好的结局，应该让他打一辈子光棍才对！这话传到了三大的耳朵里，他当着大家的面说不服气也没有办法，谁叫他的命这么好的；福运来了，门板都挡不住！把在场的人差点给气死。

弟兄四个人里，四大算是最有能耐的。三大结婚的那阵子，四大早不在村子里了，他知道三爷已经没有本事给他安置工作时，就去外边混搭着，几年以后出现在村子里，小车都开上了。那时我们村子里的路况很差，三马子都上不来，小车更是费劲。可听说四大开着小车来山旮村，村子里的人都猜出来四大有可能已经发达了，在大大的吆喝下大家拿着铁锨、镢头去给他开路，修了一上午都没有修好。实在没办法，大家就连推带抬把小车弄了上来。

那阵子我爷还活着，四大在三爷的打发下提着人情礼物来看我爷，我爷大门都没有给开。他倒也没有生气，把东西放在大门口就走掉了。

对四大突然发达的事情村子人很感兴趣，各方打听都没有打听出个所以然来，最后还是他自己说出来了。他说有一天上网，一个女的要加他，就加上了。

聊了一段时间后，对方约他去咖啡厅里见面，看见他是个帅哥时，就喜欢上了他，两个人就交往起来，自己开的这辆车还是她掏钱给买的。大家问他为什么没有把她领来？他说人家已经是个当妈的女人，怎么往回来领？大家才知道他勾搭上的是一个有娃的婆娘。虽然都非常鄙视他，不过处于好奇还是问了对方干什么营生，他说是一个副县长。开始大家还觉得他没有本事勾搭年轻女孩子鬼混上了一个老女人，当知道对方是县长时，大家就不那么想了，个个流露出很羡慕的表情来，觉得他的本事到底是大，连县长都能勾搭上，也算是一个人才了。有的二杆子还给出主意，说老女人只要让她受活起来，将来或许就能靠上了。他说早靠上了，给了他一个修路的工程，他这一次来是领着大家伙一起去发家致富。听说有钱挣了时，前面还有些看不起他的人就开始巴结，让把自己也领上去，干什么都行，他全部答应下来。

起初我以为这个消息有误，从后面四大发展的情况来看，还真有那么回事情。他那次从村子里领走好多人，去的人说都是真的，那个女人来工地上时大家都见过，屁股蛋子特别大，磨盘一样，走起路来扭来扭去的，看着还挺受用的。对他们很冷漠，对四大非常亲热。虽然是检查工程质量，可与四大说话时笑得下巴都颤着，比两口子还亲。为了证明与她的关系，趁着跟随的人离开的空当四大还当着大家的面拍了好几次她的屁股，她不仅没生气，还浪浪地笑着。只是长得不太好看，浑身上下，除奶子和屁股大一点吸引人一些，其他地方都没看头，脸大腰粗腿壮，整个身子肥嘟嘟儿的，每挪动一步身上的肉就忽闪忽闪晃悠。

出于好奇心理，我在网上查找过那个女人的名字，果然是一个有身份的女人，当真当着我们县的副县长，公路也分管着；年龄四十好几了，长得确实很一般，彪悍得很，浓眉大眼，如果胸前没有那两大坨肉肉把衣服高高撑起来，冷不丁会看成个男人。

听说她一直都比较照顾四大，手里面只要有个什么工程，首先想到的人是四大。在她的关照下四大很快发达起来了，没有几年就成了远近闻名的大包工头，巴结的人比三爷当院长那时候还要多，听说逢年过节送人情礼物的人不知有多少。只是村里人跟着他干的越来越少，开始叫人时说好的工钱结账时都没有兑现，有的时候对半砍，弄得大家心里很不舒服。都说工程要是赔了，怎么结算都行，大家都没往进去搭钱，出的只是力气，又是一个村里人，少一点也能说得过去。

问题是大家明明知道他赚了不少钱，还那么克扣着，就觉得心太脏了。前几年还有人跟着他干，听说这几年再没有人去。不过有关他暴发的消息还是接二连三传进了村子，都说好多包工头接不到新活往死里急，四大的手里面永远都有活干，这个工程刚干完下一个工程就接上了，都是通过那个女的弄的。感觉他越来越有钱，最明显的是他隔一段时间换一个年轻漂亮的女孩子玩，除怕让那个女的看见，其他人根本就没有往眼里放过。

不过发达了的四大回村子的次数也越来越少了，这都是来我们家的村里人说起的，他们说以前一年还来那么两三次，自从结完婚把媳妇带走以后就很少再回去。钱倒是挣了不少，听说都有几千万元的样子。到底是不是真的，我也说不上，也没多大兴趣关注他。最近一次听到他的消息，是他投资了房地产生意。在我的理解里，能进军房地产市场的人肯定很有钱，看来他真的是发达了。

以前我们还都在村子里住时，有那么一段时间我与四大走得比较近一些，后来他和自己的两个哥哥一样好上了女人，就不怎么再和我来往了。父亲知道他的德行，也不让我再去找他玩，慢慢地也就疏远起来；

我们一家人搬到平阳川居住，就与他彻底失去联系。因为关系也不是非常得铁，我也没有找过他。不过作为曾经的玩伴，听他一天比一天混得好，我打心眼里替他高兴。

七

大概在三大到平阳川定居生活的第八个年头吧，三爷退休了，这是那次他来我们家给我父亲说起的。三大一家搬到平阳川以后三爷来过好几次，说是来看孙子的，不过在三大家从没有住过一晚上，每次来晚上都在我们家里睡。最后一次来时给我们家提着一个大猪头，说是昨天下午才杀的猪，让我母亲给我们煮了解个馋。那时我们家特别困难，就是过年也不是天天都能吃到肉，看到那么大一个猪头，还没有煮上我们就流口水，恨不得把嘴伸上去先咬上一口。

那次是三爷最后一次来我们家里，叫着我父亲的名字叮咛着，让把那个狼不吃的兔崽子给看紧些，别再惹出什么乱子来，其他人的话不听，你的话他应该听一点！父亲不停地点着头，他说比以前好多了，常来家里转，好话他也给经常说着。

其实这是父亲用来宽心三爷的话，事实并不是他说的那样子。在老家时，三大的懒是出了名的。三爷还在领导岗位上那几年，巴结的人很多，地里面的活根本用不着家里人干。三爷落难后，往家里跑的人慢慢少起来，大大的身体很单薄出不了大气力，二大给自己家干完才来搭一把手，四大又在外边闯荡着，家里真正的劳力只有瓜二爷一个。为了叫他去干活，瓜二爷往死里打他，就这样也不起作用。六月天抢收庄稼的那段时日，全家人都累死累活地忙着，就他蒙着被子睡大觉。三婆为了让他去干活，嗓子都骂哑了，他还是无动于衷。家里也只有三爷他怕一些，其他的人根本就没有放在眼里面，怎么叫都不动弹；只有三爷来了他才会起来，不过也不会把活往心上面放，就像是懒汉给人帮工一般，有一把没一把的，谁看见谁生气；只要三爷不盯着他时，他逮着空就睡觉，身子一软，头一偏就睡着，根本不管是睡在哪里。山旮村人都不止一次嘲笑过三大，都说他是猪超生的，能睡得很，什么地方他都能睡着，而且一个劲地往死里睡，要是没有人打搅的话，会一直睡下去，瞌睡多得能把人吓死。

有那么几年，三爷他都不怕了，尤其三爷失势以后，五黄六月天能忙死人的季节里，大伙忙得撒尿的工夫都没有，有的尿没憋住都撒到裤裆里，他继续在家里蒙着被子睡大觉。叫得烦了，人家就找出安眠药吃上，把家里人能活活给气死。发现这事情以后，家里人就把安眠药收起来，想着这下让你睡！谁知根本就难不倒他，家里找不上安眠药时，人家就自己给自己配制起来，有那么几次睡过去差点没能醒过来；要不是三爷及时救治了他，估计早就走了。自此，家里人再不逼他，三婆骂道：睡到身下生蛆了都再不去叫他了，最好能睡到烂在炕上才好！作为自己身上掉下来的一块肉，三婆都能把这种恶毒的话骂出来，可见气到什么程度了。

三爷在位的那些年里，整个乡多少年才出了那么一个大人物，好多人都想巴结，三大乱搞女人的事情大家也都睁一只眼闭一只眼。三爷落难以后，弟兄三个突然收敛起来。我后来想，他们不收敛也是没有办法，自己老子倒台了的事情全乡人都知道，谁还再白白给他们献身？以前虽然一些女人在三大身上也没有占到什么便宜，但那阵子的感觉不大一样，和院长的儿子睡着，就像与明星睡着一样显得赢人脸上有光。当三爷不在位了，他们又拿不出什么值钱的东西讨好那些女孩子媳妇子了，人家还图什么？都躲得远远的。所以说，他们收敛，那也是没有办法的事情，要是有一丁点办法，醉生梦死的生活谁不喜欢过？

住在小镇，因为是父亲当的媒人，生怕三大做出什么见不得人的事情来，父亲就反复敲打他，让把以前的恶习赶紧扔掉好好去过日子。开始的几年他还来串门子，慢慢也就不来了。不过三娘隔三岔五往我们家跑着，不是来串门子的，是跑来向我母亲哭诉自己的难心事，说三大懒得屁股用锥子都撬不动、油瓶倒了都不扶，成天往死里睡，这样下去日子怎么过！

毕竟是别人家的孩子，母亲虽然生气，也是没有办法的事情呢，自己家一大堆娃娃都顾不上管，哪有精力操别人家的闲心，只能以妇道的情怀安慰三娘。后来传出三大说我母亲教坏了他老婆，话说得还比较难听。这话传进我母亲耳朵里，母亲就不让三娘再进我们的家门了。

我后来听老家来的人说，三娘去老家哭过不知道多少次了，气得三爷和三婆像孩子一样哇哇哭着。不过大家从没有骂过三娘不守妇道什么的，没有一个人不夸她好。大家都说，虽然三娘哭诉，可每次来了两只手从不闲着，见什么活都会去干，根本没有像人们以前说的所谓的小镇上的姑奶奶般富养出来的那种娇贵。看到这么好的一个媳妇，大家忍不住就又咒骂着三大，都说那么一个烂货，居然就能找回来这么一个贤惠的媳妇呢，老天爷还真是瞎眼了！有多少好端端的人连一个媳妇都找不上，让本该受到天罚的人竟然找了那么好一个媳妇，真不知道天理何在！

有再多的人愤怒也没有办法，正如三大自己所吹嘘的，那是他的命好，命里注定他要去享福，谁都拦不住。这是他的原话，听人说他一到山上老家时就找机会这么说。我说他这是故意在招人恨，大家说再招人恨也没用，人家还真有那个享清福的命；自己虽然没有什么球本事，但人家的孩子都听话都争气，尽管没有一个能考上大学当成干部的，可都跑在外边打工，三个人一年回来时，每个人少说也能拿来三五万元，都一叠一叠递到他的手里，恨能顶个屁用？来人这么一说，我也就无话可说了。

八

在我的印象中，三爷的身体一直很不错，平日看着结实得很。在他家里，几次吃饭我都碰见他端着个大盆子吃着。有一次我就说三爷，你是个大干部，连一个碗都买不起？三爷放下筷子用大手抹着嘴打量着我笑着说，什么样的碗都比不上我这盆子，这一盆子吃下去了，我什么样的活都能干，拿碗一碗一碗去舀，都能麻烦死人。其实村子里好多人都端着盆子吃饭，倒不是穷得碗都买不起了，是大家都忙，抢着时间干活，去一碗一碗往来舀实在是麻烦，干脆一次舀好，省得跑来跑去浪费时间。村子里，不光是男人这么吃着，女人也一样。我之所以那么问，觉得三爷是个大干部，当干部的人应该比我们这些农民要斯文些，端着碗细嚼慢咽才像回事，我可没有别的意思。不过，三爷退休以后就再没那么吃过，听说每次都是一碗饭，多余的一口都吃不下了，说吃多了撑得慌。我不懂事，还笑话三爷退休了倒是斯文了起来，都不知道那时候已经有病魔潜藏在三爷身体里。

没有退休前，三爷还到处跑着给人免费治病着；退休后，他慢慢就不怎么出去了。不过有上门来的，他依旧热情地接诊，再忙也会给来人把方子开好。我就问他怎么不跑了？他说年龄大了，跑不动了。

后来大家的条件慢慢好起来，周边好多村路也都陆续修好了，家里买摩托的买摩托，实在买不起摩托的就买辆二手自行车骑。我们村子里的路一直都很难走，等有了便利工具时，其他村子来找三爷看病的人越来越少，家里人有病都去卫生院或者县城里看，就不再爬那么大一座山来我们村子里找三爷看病了。没有人来看病，三爷也就闲了下来，把多半精力都用在了自家的田地里。由于有瓜二爷当帮手，地里面会种些经济作用，卖掉也能得到一些钱，这样一来，自己的工资也就攒下了。

按照我们山旮村人的习俗，老人将来都要过世在小儿子的身边，由小儿子主持发丧，除了迫不得已外，不能过世在其他儿子的家里。三爷自己能在地里面找来些钱，油盐酱醋茶等日常花销够用了，就把自己的工资折交给了四大，让他好好攒着，等有一定积蓄了找媳妇成家。没有拿到三爷的工资折前，四大老老实实待在家里面；有了工资折，慢慢地他的心也就收不回来了，隔三岔五往外边跑着，再后来就去外边闯荡了，不怎么回来。两年后，领着一个大肚子的女孩子回来，把孩子生下时间不长一家人就走了，后面一直没有见媳妇来过。他自己有时候来，不过是为了招工。成大款后，也就很少再来，有什么事，打发个人。不过三爷的工资折他还拿着，没往出来交过。三爷倒是往来要过好几次，碰见一次要一次，他都说没在身上，等下次来的时候带上。三爷一直等着，到他和三婆相继瘫痪在炕上也没有见四大把工资折往来拿。

三爷的四个儿子当中，二大和三大都陆续离开村子在别处过日子，二大的家在我们村子下面，步行三十多里路程。只是他做了改名换姓的倒插门女婿后，就变成家里的亲戚了，除逢年过节有时候来一次，平日也很少来。三大住到了平阳川，也很少回老家。四大外出闯荡那几年，还没有混出名堂前，过年都会回家；条件稍微好些时，也就不怎么回了，尤其把媳妇孩子领走以后，几年也不来一次家里。留在父母身边的，实际上也只有大大一个儿子。

大大一家是兄弟四人里面分开最早的一户，夫妻两个虽然都没多大能耐，不过人倒是都很勤快。尽管田地比较贫瘠，只要愿意干，每年地里多少还能产两个零花钱来用的。那时候，三爷和三婆、瓜二爷三个人在一口锅里吃饭过日子，三爷三婆、瓜二爷和四大四个人的地都由瓜二爷一个人种。瓜二爷尽管不会说话脾气大，不过在营务庄稼上他绝对是一把好手，成天到晚在地里面忙着，什么苦都能吃下。

三爷的工资折让四大拿走后，不几年两个人的身体都慢慢出现问题。瓜二爷的年龄也越来越大了，经常丢三落四不说，地里面的好多重体力活也逐渐干不动了。三婆又一直看不起瓜二爷，见他没有以前那么勤快了时，她的脸子也就越来越不好看，好多时候都不给瓜二爷留饭吃。瓜二爷尽管不会说话，人明事理得很，脑子一点都不迟钝，看到这个样子，就不再去三爷家吃饭。自己的茅草房子里又住不成人，他就从大大的手里把四大院子的钥匙要过去，住在四大家的耳房里。知道四大媳妇很厉害，不敢去用人家的厨房，只在耳房门口用石头垒了个灶台用从垃圾桶里捡来粘好的一口锅自己做饭吃。进去的人都说瓜二爷过得不知有多么艰辛，自己又不会做饭不说，每次煮上一大锅面片子连着吃几天，大热天锅里的饭都发霉了，饭的酸腐味儿大门口都能闻见，他还一碗一碗舀着吃。

话又说回来了，后来三爷的身体越来越差，再也干不了重一些的体力活，就买来几只羊羔放养。每天早晨大家还没有起床，就听见三爷咋呼羊只的鞭子在村道里响起来，每天都是这样。放完羊回来时，大家都看见他背着一大背篼给羊储备过冬的草料赶着羊往回走。赶上天下雨的季节，他穿着一双雨鞋、身披防雨衣、头戴破草帽背着背篼继续出场。看见的人都转过身子不停地唏嘘着，他们说年轻时候的三爷哪受过这般的苦，只要他愿意，给他提鞋穿鞋的人都有。现如今，不要说他还是退休干部，普通老百姓里面像他这种年龄的人都不再吃那么大的苦干那么辛苦的活了。只要勤快些，现在来钱的路子还是蛮多的，尤其孩子外出打工的那些人家里，就是孩子再不孝顺，每年回来给父母也多少给点零花钱。三爷是例外，自己不去挣，连盐都吃不上。

三婆同样是，年轻的时候稍微受了点罪，自从三爷当兵回来，家里家外的活她基本上都不沾一手指头，特别是把四位老人陆陆续续送上山后，她什么活都不再干了，家务活全部甩给大娘。那时候家里情况好，大娘的心情也比较好，人又勤快，把家里家外打理得明漆亮光，村里面没有一个人不说她听话懂事。那年，大大的丑事败露了出来，都说她肯定会闹腾一段时间；谁知，她根本没闹，还一个劲替大大说话，她说没有长大的男人谁没有干过些荒唐事？如果都去计较，日子就没法过下去了。听了这话的一些女人，额头都出了冷汗。三爷退休后最初的几年，大家的日子都能过。从他们干不动地里的活后，工资折在四大手里要不回来，三爷的日子就越过越拮据。没办法，三婆也就从村子里倒换了一些鸡和一头小猪仔喂养。虽然她身体不好没有三爷起得那么早，不过每天也要背上大背篼去野外打两次猪草。有个下雨天去后院给猪和鸡喂食，脚下滑摔了一跤，又拿不出钱及时治疗，成天躺在炕上硬撑着，越拖越严重，后来就直接瘫痪在了炕上，屎尿都由三爷在炕上替她接送着。

有一天晚上三更起夜，三爷一脚踩空直接一头栽倒在屋门的台子下。情况和三婆的差不多，想着躺一阵子就好了，睡在炕上就再没有站起来过。我婆和我爷经常去探望，我婆说可怜得很，上辈子又没有亏欠过什么人，怎么会是那么一个下场！两个人干什么活都爬着干，住的屋子里臭得都进不去人了！去一次心里就要难过好长时间，后面就不怎么去了。

两个人都成了那个样子，给自己嘴里面弄一口五谷杂粮都费劲，养的那些劳什子就没有办法喂下去了，成天饿得往死里吵，就想打发大大卖掉，用卖的钱给他们看病抓药。大大倒是去卖了，不过钱没拿来一分。那年鸡和猪的价格也不太高，不过羊的价格暴涨，听说一只二不等的羊都能卖到上千元钱。三爷养了十几只，想着两个人的活物加在一起怎么着五千元钱能给他们，一分钱都没有给，全让大大留下了。三爷倒是什么话都没有说，三婆念叨个不停，每次都会对探望他们的人唠叨个没完没了；她不说大大，只数落大娘，说家里是媳妇子当家着，全让她扣下了，竟然连一分钱都没有拿进来，心肠比石头都要硬。眼看着两个老怂要烂在炕上，眼睛都不眨一下，毒辣得很，两个眼仁仁里面都是钱。

村里人看三爷三婆那么可怜，与大大走得近的人给大大做工作，让他把父母养起来。虽然说三爷三婆和瓜二爷都分给四大，人不进村子，就是干得再大有什么用？二大又养活着别人家的父母，结婚以前都立了字据的，人家就是不管也能说得过去。至于说三大，那么懒的人，把他们一家人的日子打理好就已经给他烧高香了，根本指望不上他。现在就大大在家里，怎么说都是从三婆三爷裤腿子里抖下来的孩子，再不管谁管，总不能活活饿死在炕上吧？实在没别的办法，大大只好把三爷三婆接到他们家让在一口锅里吃饭。

那时大大的两个孩子都上学，开销一年比一年大，家里要多困难就有多困难。三爷把工资折交给四大大娘本来就很有意见，两个人不仅要吃饭，还常年要吃药，地里产的那点钱根本余不出一分给三爷三婆买药吃。不吃药又不行，治病的药买不起，止疼药总得有一些，不然会给疼死。可止疼药也要钱，大娘的脸色就越来越不好看了，开始拿什么东西出手都很重，哐哐当当的，明显是给他们两个甩脸子看。到了这个份上，三爷三婆也只能装作听不见。后来大娘开始指桑骂槐，骂他们两个咋不早一点咽气呢！两个人每次端起饭碗都是一边哭一边吃着，碰见了的人比他们两个还要难过许多。

看着家里负担那么重，大大实在是在家里待不下去了，只好跟着村子里的一些人去外边打工。由于大大的体质差，干不了太重的活，每年出去，其他人都能拿一些钱回来，大大的很少，有时候一年到头拿来的钱还没有地里面产的多，后来不再去了。看着大大挣不来钱，大娘只能自己去，给外地的一些有钱人家当保姆。那时大娘年龄也不小了，又长期在家里务农，以前学过的知识早给忘光了，现在又处在信息化时代，她的记性又很差，微信都不会捣鼓，家电根本不会用，好多人家都不愿要，每年出去拿回来的钱也没有多少。尽管她有几年经常出去，家里面的日子还是没有任何的起色，依旧穷得叮当响。

两个老人什么都干不了了，家务活大大又不行，大娘不在家里的那几年他们家的日子过得不知有多邋遢。好多人就去劝大娘，既然挣不来多少钱，还又看脸色，就不要再出去了。可大娘不愿意，她说自己的男人是个窝囊废，家里又那么大开销，不出去怎么办？要是家里面有来钱的门路的话，谁愿意往出去跑？如果没有工资，话也好说一些，问题是有工资，全都给了当大款的儿子，这样的事情摊在谁身上谁都不会舒心！

话说得再清楚不过，有人就去给三爷说，让他把工资折从四大的手里要回来；以前他的情况不好，他拿着也能说得过去；现在都成一个大款了，稍微在牙齿缝里抠一下都比三爷一年的工资还多。三爷说他也要着，问题是拿不回来他有什么办法？自己要是能动弹，直接找他去要了，自己现在屎尿都弄不进茅坑里，怎么去找他？听三爷这么一说，大家就鼓动大大找四大要三爷的工资折；给了的话好说，不给就让他把三爷接城里养活；两个老人和瓜二爷分在他的名下，村子里所有的人都知道这事，都喝过酒了，他还敢赖账？开始大大不想去，他说他等着，看他要拿到什么时候！大家就劝他，谁都不会嫌钱多，现在不赶紧往回来要，等三爷一过世工资就没了，到那个时候你还花个屁！大家这么劝说着时，大娘也给他说着软话，说她实在不想再出去乱跑了，毕竟自己的年龄也大了，和人家那些动辄一年拿几十万回来的细皮嫩肉的年轻婆娘不能比。如果家里稍微有点钱，她就不再出去看人的脸子了，真的下贱得很，让人当狗一样吆来喝去的。家里面有这个钱，要是没有，也就不指靠了。粗茶淡饭的日子她能过下去，问题是两个孩子上学还要花钱，能生钱的门路都堵得严严实实，哪里去弄钱？现在的田地你也清楚，早已经养活不了人了！

实在拗不过大娘，大大就去县城找四大要三爷的工资折。去要时四大没有给，理由是放哪里了他也忘记了，已经有好多年没有取里面的钱。他给大大说既然手头紧，那就跟着我干。我给别人也发工资着，何况你还是我亲哥哥，就是少了别人的也少不了你的！

那次去找四大时，大大本来做好了要和他吵一架的心理准备，看到四大摊子铺那么大，又那么说着话，就答应了下来。定下后，他回去背铺盖卷时，还拿着四大给他的半包软中华在村子里散发着，大家问他三爷工资折要回来了没有？他说人家那么大摊子，还用得着花工资折里的钱吗？都给我爸存着！这次我回来是背铺盖呢。大家问，要跟着老四一起当老板？他说那是，还给他给了一个大总管的职务，工地上的材料进进出出都要他签字才算数，不然进出不了门。有人就羡慕起来，说要是早去几年，现在指不上也发达了，以前还死活不去。又是自家的亲兄弟，这有什么好丢人的？

听见大大要跟着四大干，大娘一下子也高兴起来，再没有出门，老老实实待在家里伺候两个老人。四大发达的事情大娘早知道，以前多次动员大大去跟着四大干，大大嫌丢人不愿去。如今去，说不上过几年也会发达起来。怎么说也是亲弟弟，坑别人也不会坑自家人。那段时间，大娘再没有闹腾过三爷和三婆，热乎乎的饭端着不说，还把三爷和三婆穿脏的衣服背去村口和一些没有出门打工的妇女一起洗着。五黄六月那么忙，大娘也没有叫大大回来搭一把手，自己和瓜二爷两个人起早贪黑地干着，整个六月下来累得腰都直不起来，看见的人没一个不心疼她。

第二年六月，大大去村子里帮大娘收割麦子。大家问他今年怎么突然跑回来了？他说看着媳妇累成那样子，心里面过意不去，请假回来帮几天忙。大家又问他，请假这段时间老四给你算工钱不？他说他没好意思问，反正是自家的活，挣了钱肯定会给点。大家说隔山的金子不如到手的铜，不要等着分大钱了，先把工资领上了再说，远水解不了近渴，到了手里的才能算数。大大什么话都没有再说，只是一边卷着旱烟一边嘿嘿地干笑着。

麦子打碾齐整后，大大并没有急着去上班，村里人看见他每天早晨都卷旱烟抽，都笑话他，软中华放着不抽倒卷起旱烟来了，装啥穷？有一次关系好的几个人都围上去在他身上掏软中华，大大说我都没有的抽，哪里还有你们抽的呢？大家没有从他的口袋里掏出好烟来，就蹲在一起一边卷旱烟一边问着，看样子是不想去了？大大叹息着说还去什么去，去了又不给钱，有什么干头，还不如待在家里面歇着！大家说难道他也坑你吗？他说他也说不上来，反正干了一年半没给过一分钱；要过好几次，他说先不着急，等自己建的小区竣工楼房开盘卖了钱给我分些，几十万不成问题。我看那是没有影子的事，现在的房价塌得那么厉害，他又是房价火爆的时候高价征来的地皮，自己平日里又不来工地上照看，雇的人又胡日鬼，楼的质量一栋比一栋差，自己又没有多少本钱，投资进去的钱大多是从黑市上弄来的，即便全部卖掉了，能把自己的本收回来就已经阿弥陀佛了。要是工人能够稳定些还好，进度也快点。问题是工钱又不能给人家按时结上，都养活着一大家子人，谁会像我一样免费去给他干？劳力跟不上去，工期反复延迟；投进去的大多是黑市上的钱，听说里面一些钱的利息都上一毛五分钱了，我看不把自己烂进去就烧高香了！还给我分几十万元，我敢去想吗？大家说他不是有个相好的当县长吗？大大说是副的，现在是县委副书记了，权利比以前稍微大了一点。大家说都是副的，与副县长比权利有多大一点？他说背心改做奶罩，虽然品级没有变，重要性是变了；要是混得好一些，将来还有可能当个县长，从从七品就变了正七品，是真正的县太爷。大家说那倒是很厉害的，长得是不怎么上相，本事倒大；这么大的一个有本事的人，又隔三岔五地在一个被窝里滚着，怎么不帮忙给弄一些钱，还从黑市上去拿？大大说也帮着，可毕竟银行不是他们家开的，不可能把工程上的所有款项都帮他弄上。大家说可以去银行里贷款，银行的利息怎么说都便宜，比黑市上的还要灵活，只要有人帮忙说话，每年把利息给还掉了，本金挂着也行。大大说忙肯定是给帮着，到现在两个人还时不时地睡在一起，我去宾馆里找老四时那女的我都碰到过好几次了，尽管比我大些，也大哥大哥的甜甜地叫着。关系还那么好的，能不帮？听说好几家银行都给帮忙贷了款，想着楼房盖好卖了给人家还进去，楼房又是那么一个怂球样子，年底利息都倒不出来，到后来一些银行就把他拉进了黑名单里，听说外出火车飞机都不能坐，只能坐班车去，这样以来，银行的钱他也就贷不出来了。让我把身份证借给他帮忙给他贷些，他说只要有别人的身份证，他就能想办法把银行的钱贷出来，他已经把好多亲戚的身份证借去贷款了，听说还没有还给人家。这么个情况，我自已的身份证敢借给他去用吗？现在我连自己的屁股蛋子都遮不住，假如到时给人家还不进去，估计我连那几间烂瓦房都没得住了。

这话大大说出后，不知道哪个碎嘴男人给自己媳妇说了，又传进了大娘的耳朵里。以前大娘从不明着向大大要三爷的工资折，那次以后，大娘就明着要了，她说这次要是把工资折再拿不回来，她就不再跟大大过了，找一个老光棍一起过。她说她娘家那边早已经把人给她说好了，就等着她点头。不是她狠心，是日子实在过不下去。她吃的差些穿的差些都不介意，自己就这么一个命，没办法。问题两个孩子都在上学，她这一辈子已经这么混下去了，不希望孩子再走她的老路。以前大娘是说气话，那次她说得很认真，心平气和地说着，还把人选的名字都说出来。大大回来以前本来已经和四大闹翻，不想再见他，可大娘都把话说到这个份上，他真的害怕大娘扔下这一大家子跟别人走了，就咬着牙去找四大。去工地时，发现工地大门已经让银行给封了。好几个手机都打不通，知道他平日里又不回家住，便去以前他住过的几个宾馆里挨个儿找，后来在一个宾馆的套房里找见了，就他自己一个人。见面就要工资折，四大没给，说是父母的钱，他是最小的孩子，父母又分在自己名下，凭什么自己就不能花那里面的钱？三说两说，两个就打起来。不知是谁先动的手，大家也没有好意思问，只是大大受伤的事情大家都看见了，尽管他的头上扣着一顶破草帽，大家还是看见草帽下面露出的带血的纱布。

大大带着伤回到村子里不长时间，大娘的母亲三爷的表妹领着一帮人来山旮村闹腾过一次，让大娘跟她走，说彩礼她都收了下来。大娘没有听她母亲的话，听说她母亲为了让她回去重嫁人，直接从家里往出去拽着，头发揪掉好多、脸都给掴肿了，大娘还是没有跟她回去，依旧把自己留在了那个四面透风的穷家里。

九

我爷我婆都还活着时，每一次回家看父母时我都要去老家里看望一下他们，听说三爷和三婆过得很惨，两个人依旧在大大家住着，只是吃一口饭太看人脸色。有人背地里说大娘，说她不孝顺；也有人说，大娘能在那种环境下还坚持跟大大过着，已经是个好媳妇了，要遇到其他人家里，早都让别的男人给拐跑了。那几年，村子里一些婆娘外出打工时就有让别的男人拐跑的，孩子都不要了；丫头片子们出去大多又不回来，不要说老男人找不上婆姨，就是一些年轻小伙子也单晃着，大娘又刚四十出头年纪，人看着有一点驼背，长得还行，要有条件耐心倒腾一下，不比城市同龄的女人差多少。村子里个别与她走得近的一些女人时常给她吹耳边风，让她趁着年轻再走一步，只要愿意，要她的男人不是没有，彩礼也会比她们当姑娘时要高好多；不仅能多弄彩礼，还能找个殷实些的人家。不管那些女人怎么挑拨，大娘一直都没有对任何男人动心过，也是山旮村的同龄女人里面没有传出过绯闻的不多的几个女人之一。不要说其他的，仅这一点上她就够可以的。家又是那么个家，能给两个老人给上一口已经是个孝顺的媳妇，又是个普普通通的乡村妇女，还要她怎么做才能让所有人满意？巧妇难做无米之炊，她又生不出来钱，还那么做，很够意思了。每次有人说大娘，我先心里不舒服。放眼望去，当下像大娘这种在极度贫穷的境况下还能安分守己过日子的女人能有几个？让她背负那么大一个罪名，我觉得对大娘不公平。

有好几次去村子里看我爷我婆时，我都提出想去看望一下三爷三婆，我爷我婆都不让去，我婆说两个人常年卧病在床，连买包止疼片的钱都没有，怎么说你也在省城里当干部，进去了每个人最少得给五百元钱，不然就不好进门。要是你手头宽展一些也行，毕竟是本家亲房。问题是你自己也那么困难，养活着一家子人不说，把父母也操心着，还能余出来什么钱给他们？再说了，他们自己也有四个儿子，除老大孽障一些，其他三个这几年还都能过得去。特别是老四，说是没钱，天天住旅社不说，还成天大吃大喝，牙缝里随便抠出来一点都够他娘老子吃一年药了。你自己怎么说都是个亲房，再亲能和自己儿子相比？谁的父母谁来孝顺，根本就指望不上二家旁人。我爷又紧闭着眼睛不表态，我婆这么一说我也就没有去成。

只要我去村子里，瓜二爷都会来看我，他知道我也上班着，还是在省城上班，是村里人眼中的大干部，每一次见了面他都对我咿呀咿呀说着，还不停地向我竖起一个扭曲的大拇指。尤其是听说我也有小车时，都激动得不得了，比自己有还要激动。我爷我婆说这个更可怜，地里的活干不动，也没有人养活他，天天在路上捡垃圾。这么个穷地方，能拣出来什么值钱的垃圾？估计哪天死在外边都没有人知道，可以给他给一点。是个可怜人，一辈子都没有摸过大钱，给多少他都很高兴。听了我爷我婆的话后，每次去只要碰到他，我都会背着人偷偷地塞给他一百块钱。有时我会逗一逗他，你分在四大的名下，四大给你给过钱没有？我虽然听不懂他说什么，不过他能听懂我的话。我这么一问他时，他就生四大的气，把一个瘦扁扁的胸脯子拍得啪啪响，还哇哇地乱比画。我不知道他那样是什么意思，去问我爷我婆，我爷听完后一声没吭，两个眼睛紧紧地闭着，只有我婆说着。她说你瓜二爷好几次肚子疼得满地打滚，大家说你分在老四名下，人家现在都是一个大款，多了不一定能给，要一点买止疼药的钱他肯定会给。开始他不去，比画着说他娘老子疼得头往墙上撞着都没给过一分钱，他算个什么东西。大家都说那不一定，小时候不听话他娘老子骂过也打过，可能记着仇，不给勉强能说得过去；你不会，他小的时候你把他当宝贝一样疼爱，只要他没有失忆，肯定会记得那些事情。后来去过一次，空着手回来，脸拉那么长。问他怎么个情况？他说找到了家里，去的时候碰上一家子人正在吃饭，桌子上那么多肉菜，香得他哈喇子都流下来了，可人家根本就没有让他进门，敲开门一看是他来了，两口子直接把他推出去把防盗门使劲关上了；屋子都没有让他进，话都没有说，直接给推了出来。他说着说着眼泪就下来，用已经苦得变形的粗糙大手一边揩眼泪一边比画着说以后疼死饿死都不去找他要钱，心肠硬得很，狼都不会吃！以前他从来都不骂老四，当自己儿子一样疼着，从那次以后，在谁跟前都骂，看样子真给气急眼了，都恨不得活生生一把给掐死。听着我婆的话，我什么都没说，只是不断地叹息着。

后面我也忙一些，再说，我爷和我婆也都相继过世了，三叔时不时来我们家里看我父母，有时候我回去时也能碰上。再回家时，没有什么要紧的事情我就不怎么去老家了，只在父母和兄弟们住着的平阳川待几天。对于老家发生的一些事，我也只能在母亲和家里其他人的絮叨中了解一点。

我婆三周年那次，我们兄弟四人代替父母去老家给我婆过三周年祭奠。去之前父母给我交代让我去一趟三爷家里，他们说我好几年都没有去三爷家了，他很想见一下我，让我来了一定去一趟家里面。大哥、二哥和弟弟说他们也已经好多年没有见三爷了，到时候四个人一起去看一看。母亲说也行，上次她和父亲去看，人都已经不行了，估计快要过世呢。母亲这么一说，我们就又准备了一份礼物放在车上，然后驶往老家。去的当天，我们把父母的意思转达给我三叔。三叔说过世的时间有可能就在这几天，人话都说不出来了，看一下也好，弄不好也就是最后一面。于是，我们兄弟四个在三叔的陪同下去了大大家里。

我们去时，大大和大娘两个人都在家里，大大把我们领到了耳房。三爷和三婆去大大家里以后，两个人都在耳房里住着。我们进去时，三爷蜷着身子在被窝里面躺着，三婆坐在一边陪护着他。给三婆打完招呼，我们爬在炕上看三爷，叫了好几声他都没有应，两个眼睛紧闭着，脸蛋肿得特别大。叫了几声没有动，我们就下来了。大大爬上去对着他的耳朵大声说，平阳川里的我大哥的四个娃娃都来看你了！大大这么一说，三爷慢慢睁开了眼睛，身子轻轻晃动了一下伸出一只手又缩了回去。我们又爬上去问候起来，他的两个眼睛一直睁着，就是什么话都说不出来了，只听见轻声嗯嗯着，时间不长两个眼睛就又慢慢闭起来。我们下来问大大最近吃得怎么样？大大说有大半个月水都不进了，昨天去喂时，嘴又张开了，吃掉了一块泡过的饼干，今天还没有吃，几次要喂不张嘴。听完大大的话，我们再没有问什么。进来之前，我还问三叔两个人到底得的什么病？三叔说全身都疼着，除摔过外，不知道还有什么病。要是给拉到卫生院里看看，估计能查出来。都没有人管，眼看着要过世了，还都没有人知道是什么病过世的。肯定是有病，病死的，但什么病没人说得上来……我很想问一下三婆的情况，看她的两个脸蛋和三爷的一样肿胀着，没好问。

你父母身体都还好着吧？三婆抹着眼泪问。我们都说种了一辈子庄稼的人了，也好不到哪里去，大一些的毛病没有，小毛病不断。三婆说，就是机器，用上这么多年都会坏，何况是人。有条件了给经常修补着，也就拉扯着过了。当时你爸硬要把你们兄弟四个人往出去拉，我和你三爷还不同意。那么一大家子人，去的又是个人生地不熟的地方，日子怎么过下去？现在看着你们一个个都这么有能耐，又都很孝顺，我们打心眼里高兴着，全山旮村的人没有一个不夸你们兄弟四个有本事。三婆正说着，大大打断她的话，他说娃娃争气一方面，主要的还是我大哥有本事，硬生生地把四个娃都给拉扯成人了。三婆说儿子多了有什么用？关键要养一个好儿，养不好儿，养再多的儿都没有用，光是戳人的心！再怎么有本事的，对父母不孝顺，那又有什么作用？不如不养！三婆一边抹眼泪一边说着。以后都要对你们的爸妈好些，趁着活着的时候把孝心给举上，等到哪一天真咽气了不用买棺材板都行。活着的时候连一口水都不给喝，死了要大办，到底是为活人还是为死人？摊子铺得那么体面，死人能不能尝上一口谁能知道？孝心是活着的时候举的，不是等死了以后才去举，那时候就是大把大把烧真钱，又有什么用，死了的人还能活过来？我们在山旮村也不是太差的一家人，四个儿子齐茬茬门扇一般高的，眼看着娘老子都要一个个咽气，到底得的是什么病别人问的时候我们竟然都说不出来，烂在炕上不能动弹都十多年了！我是个庄户妇女，遭多少罪我也不想啥，问题你们的三爷是一个大干部，还有工资，按照国家政策，人没有咽气以前工资一直发着，咽气前居然连自己得了什么病都不知道，让人怎么说？三婆一边呜呜哭着一边大声地申斥。你们的三爷每个月少说也有两千元，我们两个竟可怜得连一包止疼片都买不起，要不是亲身经历，这样的话说出来别人还以为我在讲古今！说养了四个儿，有用吗？除了你们孽障的大大外，谁把我们当娘老子看待着？

我们兄弟四个只是低着头听，没一个人说话。我偷看大大，他也低着头卷烟，什么话都不说，只是小声地哭着，眼泪正顺着鼻尖往下来掉。整个屋子里面，只有我三叔表情稍微正常些，大概是见到的次数太多，都已经麻木了。他一直打着圆场，给三婆说着四个大的不易，以此让她消气。说了一会儿，三婆就不再哭了。

要去以前，我们四个人征求三叔的意见，都说多年没有见了，是不是给三爷三婆放点钱？三叔说估计也就这几天的事情，不放了，到过世了的时候一人搭一个大礼。大哥和二哥、弟弟也是这么个意思，我也就没有再去坚持，去的时候我们只是把准备的人情礼物给提上了。

我们几个又和抹着眼泪的三婆说了会话，因为家里要念大经，我们几个人都得去跪香。三叔就给我们使了个眼色，我们就给三婆和大大打了声招呼出来。大大也跟着出来了，他说你们先上，过会我就来了。三叔说今天人多，你忙就不用来了。大大说看样子今天应该不会有什么事情，等一会儿我再喂一下，喂完了就上来。

到了院子里，驼背的大娘提着一个老旧的暖水瓶拿了几个碗从厨房里出来，她说刚烧开，前面的水不太热，泡不开茶了，等喝上一口再去。我们说要跪香，反正还要待上几天，抽空我们还会来看望三爷，就先不麻烦大娘了，说完我们都快步往出来走着。刚出大大家的院门时，三叔家大门口就响起了鞭炮，知道念经的时间要到了，我们都赶快往回去跑。

现在的农村，已经和过去大不一样了。以前每户人家不管有什么事情，全村的人都来帮忙，现在的情况有所不同。有劳力的都外出务工了，留在家里的，关系也都疙疙瘩瘩，能尿在一个壶里面的人不是很多。家里再有什么事情，帮忙的人大多都是本家亲房，其他人也来，只不过晃荡一下，吃饭的时候都全着，干活的时候突然就找不见人影了。家底好些的还凑合，要是混得差劲的人家，家里过世了人都找不上一个帮忙往坟上抬的人。不过我们家里好一些，三叔这几年混得还不错，我们兄弟四个也都一个比一个有出息，所以来给我们家帮忙的人还不少。正式开经后，听见鞭炮声，能来帮忙的人也都陆续进来了。

我想着大大不会来，他们家里那么个情况，他就是一次都不来三叔也不会说什么。不过我们前脚刚走，他就后脚赶进来了，和大家一起收拾院子搬着桌椅凳子。大家问候三爷，他说大概就这几天，都快撑不下去了。这几天他正忙着修架子车，等着老家过世了他就用架子车往坟上拉。

我们那里把要去世或者已经去世的父亲都尊称为老家，算是对死去的父辈最尊敬的称呼。大大这么一说，我就给一边跪着的三叔说家里那么多孩子，要真没有人帮忙，兄弟四个就是抬都抬到坟上去了，怎么能用架子车拉？过去好像从没有过这种先例！三叔说，说是有四个儿子，有哪一个给认真操心过？两个人都烂在炕上已经十来年了，要都管，能有那么个下场吗？山旮村有那么多穷得有时候连锅盖都揭不开的人家，但有哪一家的孩子让自己的父母在炕上成十几年烂的？尽管病死了，都没有受多少的罪，走的时候都安安然然，没有一个像你们的三爷一样只要让人一想起来就难受。说是有四个儿子，除了你们的大大，其他三个还真像是亲戚，什么时候想起了才来看一眼，大多时候面都不闪，都是你们的大大一个人服侍。他是没有本事，但心肠好，饭菜的质量差一些，每顿还都给端进去。他这么计划，说的气话是一个方面，早点准备也没什么坏处。要是其他三个都不上来，还不是全部落在他一个人身上？人死了倒也没有什么，一旦装进棺材里，死是个沉。留在村子里的人能走动的也就那么几个，有的还不一定能来帮把手，提前把架子车准备好也不是件坏事。我说四大听说这几年混得不错，到时候了还找不上一些帮忙的人来？三叔说不一定，到时候要是本人都不来了怎么办？他现在也烂伙着，平日里电话都打不通，人在哪里都不知道。都说这几年他靠着那个下三滥的女人发达了，亲房谁沾上过他的光？连自己的三个哥哥都敢坑，就别说二家旁人了。这么个人品，出了这样的事，村子里一些人都等着看笑话，谁会帮忙？话说回来，村子里一些人也都小心眼，自己的娘老子烂在炕上十几年了连一袋他的奶粉都没有吃过，他们能指望上个啥？自己没球本事挣钱，还想指靠别人过日子，逼脸都不要了！

听到这里，我什么话都不再说了。大哥和二哥两个人正小声骂四大，他们说要是早拉医院，能受那么大的罪？两个人都是给活活拖死的！听说有时候疼起来用头撞墙，惨得很。我说三婆不是好好的？弟弟说一样，她自己不能下炕了，屎尿都在炕上拉着，你没有看见脸肿那么大？这个样子都有好几年了。我说三爷的工资折四大一直没有给吗？三叔说前年才给的，退休早，工资本来就没有几个，还供两个上大学的娃娃，哪里有钱给他们两个买药？三叔说着轻轻叹息了一声，他说你们的三爷还活着，虽然少了一点，每个月公家还按时给发几个，看在工资的份儿上，你们的大娘还会给一口饭吃；要是你们的三爷过世以后，你们的三婆估计就得活活饿死。不是你们的大娘、大大心狠，也是没办法的事情。看一看你们的大娘，才多大一点人，都老成了那样！地里的活大多是她一个人干着，一年四季没清闲过，往死里苦。可现在的地已经养活不了人，就是忙碌上一年，收的庄稼算下来还没有买着吃便宜，又没有劳力去种其他作物，还有两个正在上着大学的娃娃，还哪里有能力再去养活你们的三婆？我说瓜二爷的身体看着还不错，八十多岁的人了，每顿还能吃两碗饭。三叔说那更是一个命贱人，上次去乡上卖垃圾，不知道什么原因和收垃圾的人打了起来，让人把头都打烂了，医院都没有钱进去，就那么流着血跑回来。他将来的下场会更凄惨，估计去哪里捡垃圾捡着捡着就一头栽倒在地上爬不起来了。也是浑身的病，都是年轻的时候可着劲种庄稼苦来的。给我们指着这里疼那里疼，感觉他身上哪都疼。自己又没有钱，尽管分家时分在老四名下让老四给养老送终，人家连他的娘老子都不管，还会去管他一个孤家寡人？弄不好他要走的时候连块像样的棺材板子都得不到。不过像他这样的人要是能突然过世了也好，起码自己不会受那么大罪，怕就怕躺在炕上。真要是那样，那就把罪受大了。你们的大娘给你们的三爷三婆的一碗饭都懒得端，会去伺候他？如果他是个有福人，走着走着猛然一头栽倒了，那就是再好不过的事情，什么罪都不会受，安安然然地走了，把谁都不麻烦。

实在听不下去了，我就起身去大门外抽烟。刚要往出来掏烟，瓜二爷拿着两支烟乐呵呵地走出来，把一支递给我，还要掏出打火机帮我点，我赶紧从他手里要过打火机先给他点上了。见我给他点烟，他激动得眼泪都流了下来，边揩着眼泪边向我伸大拇指。大概是我很少接触的缘故吧，村子里人都能从瓜二爷的咿呀声与比画当中准确听出来看出来他想要表达什么意思，我一直都听不懂也弄不懂。与他交流时，我只是像个傻子一样看着他傻笑。年轻的时候他脾气非常大，打人会下死手，没有离开山旮村以前，村子里我最害怕的人是他。那时我和四大走得近，尤其小时候，有时两个人玩着玩着就打起来了，只要让他知道，能把我打个半死。家里四个孩子中他最喜欢四大，小的时候一直当宝贝疼爱着，不管去地里面干了多长时间的活有多累，回来一口气都顾不上喘就把四大架在脖子上满村道乱转着。那时候我特羡慕四大，想着自己能有个像他一样对自己疼爱的长辈多好。后来我们一家离开村子了，他才对我好了些，他去三大家里转时也会来我们家里，来时手里捏着一把不知从哪里捡来的蔫菠菜或烂韭菜当着人情礼物，见了我会伸出布满老茧的手疼爱地在我头顶不停地抚摸着；有时看见我拿着书看着时，要过去倒着瞅上一会儿还给我，会伸起大拇指在我面前不停地摇晃着。他每次来都饿着，每次来我母亲都会给他做一顿饭吃，等吃完了他才走。想让他多待一会儿，他就啊啊地笑着用手指天空给我比画，意思是说天色已经不早了，要赶紧往回走，有好远的路还要走。有次我问他每次来是不是去看三大呢？他点头，点着点着脸色忽然就变掉了，骂了起来，咿咿呀呀的，情绪很激动。等他走了后，我问母亲他这是在骂谁？母亲说骂你三大，不留他吃饭，说他几次来三大媳妇想留他吃个饭，你三大每次都骂媳妇，说留什么留，等着给他把毛病惯下以后天天往来跑，万一哪天来了不走了怎么办，难道你想要养活他？别看他是瓜子，人聪明得很，几次不给他吃饭他就不再来了。果然让三大说对了，几次以后，他就再不去三大家里，我们家也很少再来……

他跟我出来，我知道是什么意思，就把早已经给他准备好揣在裤兜里的一百块钱塞进他的破兜里。他红着脸不要，往出来掏着，我拉住了他的手，告诉他装细致一点，别丢掉了。他红着脸点头，然后掏出来示意给我，我推他的手，他就把钱仔细地叠了起来，把捏着钱的手往领口里塞着，将钱装进贴身穿着的一件已经变了颜色的白色衬衣口袋里。看着他把钱装好了，我就说你先忙，我要进去跪香。他笑着冲我一个劲地点着头，我就走进去跪香了，他没有跟进来。过了一会儿，戴着太爷过世前送给他的一副茶镜拿着一把香、几沓冥币、蜡走进来，跪在三叔旁边点。先把蜡烛点燃，坐在火盆一边，再就着烛火烧冥币，冥币烧完，把香点燃吹灭举起来对着正屋作揖，三个揖做完插进香炉，然后对着正屋磕了个头才走了下来。我一直都在注意着他的举动，看着看着我的眼睛就潮湿了。

十

三爷去世是在我婆三周年仪式最后一天中午的事，大家正等着吃完了饭去坟上烧纸，瓜二爷进来了，两个眼睛红红的，紧接着三爷家里响起了鞭炮，我们才知道三爷走了。我三叔大声对后厨说，赶紧把饭往上来端。我三叔刚说完大家就收拾起桌椅来，不一会儿饭菜就依次端上来了。

吃完饭，除了几个帮忙收拾院子，其他人都走了。三叔对我们说，是三年的纸了，早点烧也可以，你们的婆不会介意。要是其他人家的事情，迟点去也行，毕竟是你们的三爷，活着的时候对你们的爷也好，当父亲一样孝顺，对家里其他人也还都行，只要家里哪个人有个头疼脑热的事情什么时候去叫都会来，从不会磨蹭，这些情还是要记着，早一点把纸烧完了进去转一圈。也就是家里有事情缠着，不然这几天我也得去守着。刚过世家里还有好多的活要人干，去得迟了你大大会有意见。三叔说完指挥我们拿坟上要带的东西，带上后，我们就往我婆的坟上走去。刚一出大门，姑姑就先哭了起来，紧接着是我二叔。我们几个晚辈都没哭。三叔大儿子说，都过了三年，感觉已经哭不出来了。话虽这么说，我们心里都不怎么好受。不回忆往事还好些，只要一回忆起往事来，那种扯不断理还乱的情丝就一股脑儿往脑海里拥着，人心里就不由得一阵酸楚。

我婆是寄丧，本来按照辈分她和我爷都要葬进祖坟里面的，我爷生前说祖坟太挤了，他不想去那里，三叔和父亲、二叔商量后，就给我爷重新选了新坟。按说我婆过世后要和我爷葬在一起，依据阴阳先生的说法当年不利合葬，就寄葬在别处。今年利，三叔去年的时候就把日子讨好了。考虑到我们兄弟几个到时不一定都到齐，我们给我婆把纸烧完又去我爷坟上祭拜了一下。祭拜完我爷，三叔说既然这一次你们兄弟好不容易都到齐了，再去祖坟里祭拜一下你们的太爷和太婆，老人家活着的时候心肠都好得很，去讨个吉利，于是我们留了些纸钱又去祖坟上。三叔说方神庙也去给磕个头，虽然你们都四处居住着，根还在这里，走多远方神都能看见，还在庇佑你们，我们就又去方神庙里磕头。出了方神庙，三叔说要是没碰上，你们就不当回事了，有我在这里撑着，他们不会说什么。这次凑巧让你们碰上了，那就一块进去转转，你们路远大家都知道，还要赶回去，进去打个转转，面子上也好看些，不然人家会说在门口站着，连个面都不闪一下子。三叔说完就快步往去走，我们跟在他后头往三爷家里走着。

到三爷家门口，发现门口停着一辆车，三叔说看样子把老四也给叫来了，这都几年了没见面。说着我们几个走了进去，发现三叔家里撤出来的人基本上都在院子里，四大也在，给我们打招呼，院子里的帐篷还没搭起来，问他情况，说不搭普通帐篷，工程队正往来拉大帐篷。说完我们进去给三爷磕头，磕完头出来时，工程队的人已经把租来的冰棺抬进来。四大说用冰棺好些，天气热，家里面也有老鼠；本来也没有考虑用冰棺，租一个要三千五百块钱呢，考虑到老家一辈子辛苦，把我们一个个都拉扯成人不容易，就咬牙租了一个举个孝心。他说这话的时候声音很大，明显是带有炫耀的口气。我心想，山旮村也只有他们家里能要起这个排场！他一边说着一边看大家，我发现没一个人理睬他，都低着头闷声喝茶的喝茶抽烟的抽烟。见没有人搭理他时，他就尴尬地嘿嘿笑了几声，然后走过来一边给我递烟一边闲聊。

正和四大闲聊着，走进来了几个陌生人，每个人手里抱着一些现在丧事上流行的纸火玩意儿，都是些拿来骗死人哄活人的东西，小汽车、大彩电、大楼房，还有十来个小纸人儿，个个都袒胸露腿，都是女的，做的是些丫头片子，手里面端着茶杯什么的。每抱进来一些，四大就大声地做解释，好像山旮村人没有见过似的。大家问这些小纸人干什么的，都光着屁股？四大说老家辛辛苦苦一辈子，活着的时候也没有沾上我们兄弟的什么光，就给他买了一些小纸人当丫鬟使唤，让他在那边也享享福，也算我尽了一点孝心吧。别看这些玩意都是纸糊的，死是个贵，我订购了一万块钱的。大家一听都扑哧一声笑了起来，也不知道想起了什么，都笑得稀里哗啦，有的人鼻涕眼泪都笑出来了。有些年龄大的人就说老四到底有孝心，老家活着的时候没有享过的福走了走了竟然都能享受上了；看老四也是方圆有名的大款，你的三个哥哥没有一个能和你比较光阴的，这次丧事的花销怎么着都得你来出，准备了多少钱要把这个丧事办掉？四大哈哈笑着说，我准备花十万块钱办丧事，要让老家风风光地走，谁让他生了我这么一个有本事的儿子！他说着回头看我一眼，我脸蛋烧起来，赶紧低下了头。四大的眼神我一直都记着，他这话其实是说给我听的，现在在大家的心目中我是山旮村里出去的大干部，在省城里混着。那么有能耐，你爷你婆走的时候要过这么大排场吗？不过，我的窘迫很快让挖苦他的人打破。有几个老人说我的个光光，花十万元钱办丧事，那得准备多少麻袋才能装下那么多的钱？恐怕得要准备一个大口袋才能装下！要是把这么多钱趁着老家还活着时交给他，估计多活个十年二十年也都有可能！看那多的，我这辈子忙得快要进土了都没有见过那么多的钱，听一听，我的个光光！

几个老人正七嘴八舌挖苦着四大，二大和三大一前一后进来了，每个人手里都提着一个大人情笼子，里面全都是纸做的金元宝、银元宝和冥币。大家问家里人怎么都没有来？两个人说太突然了，直接把人整了个措手不及。都在家里收拾着，明天就来了。两个人正解释着，我看见有一个长得很漂亮穿得很暴露的女人从耳房出来，木讷着脸扫视了一眼大家，盯着我看了一会儿，然后在厨房门口的一个板凳上坐下来伸着光溜溜的两条腿低头玩手机。我问弟弟这女的是谁？

弟弟说四大的媳妇，也是一个大要家，马货一个，到处跟野男人鬼混着！弟弟压低声音骂道。山旮村又不是县城里，又这么一个情况，画得人不人鬼不鬼的不说，居然还穿着那么暴露，给谁发骚？真亏死了先人！我说你小声一点，别操那么多的闲心了！

我正训斥弟弟，进来一个小伙子，让大家都去村口抬搭帐篷用的钢管，车太大了进不来，在村口停着。他说完大家慢慢站起来拍屁股，都是一副爱去不爱去的样子。有一个本家叔叔说天快黑了，这里人多，你们要赶路，就先回去吧。他一说完我们就跟着大家往出去走。三叔让我们去家里再坐上一会儿，大家能凑齐实在是不容易。我们说路不好走，早点回去吧。三叔也没有勉强，就和堂弟一起把我们往出去送。到了村口，发现两个卡车拉着满满两车钢管停在路口，我们的车在山下路边上停着，步行半个小时到，就和三叔他们一边闲聊一边往下走。走了一会儿就碰见两辆挖掘机往上来开，其中一辆前面开路着，把路面往平了推，另一辆在后面忙。等前面的一辆上去以后，我们就看见后面那辆一边挖着山坡上的土一边往路上垫起来。看前面的那辆，正在村口一家人的场院里挖着土坡子扩展着场子。我问三叔那又不是他们家的，怎么推那里？三叔说肯定问了，大概给了人家一点钱，不然他再有日天的本事也不敢跑到这里撒野。我说是不是在给吊孝的人腾停车的地方？三叔说有这个可能吧，毕竟人家是个大老板，到底是瘦死的骆驼比马大，又有那个烂女人罩着，全县搞工程的人基本上都知道他们两个人勾搭在一起，肯定有巴结的人，这就把这里推平了准备给那些人停车用。

我就笑着说，还真是很大方，弄这么大动静！我估计三爷的丧事是方圆办得最隆重的一家，对吧？在我们这么个地方，花十万块钱办个丧事要多红火就有多红火！三叔说越红火骂的人会越多，你三爷怎么过世的周围没一个人不知道。生下了那么有本事的一个儿子，两个人烂在炕上十几年，还把人家的工资折拿了那么多年，谁不往死里骂他？没有时间看能说得过去，把钱拿来也行，估计一分钱都没给过。要是给过了，你大大也是一个好面子爱吹嘘的人，还不到处给他做宣传？光要排场有什么用？活着的时候要是稍微孝顺些，也不至于走得那么难辛。前面你三婆说的话你们也听到了，“养再多儿子都是闲的，关键是要养好儿子”。这话一方面是夸你们，另一方面还不是在骂自己儿子！骂谁？过来过去就他一个人有点钱，还会骂谁？虽然你们的二大三大都不怎么管，你二大养活着人家的一大家子人，两个老人听说这几年都病着，尽管两口子常年在外边打工，还有三个正上学的孩子。给人打工的人，手里能有多少钱，还那么大开销？至于你们的三大，要懒死的人，能把自己一家人的肚子填饱已经不错了，能顾上照顾其他人？现在就他，自己说没挣到什么钱，成天大吃大喝的，在外边还养着几个刚从大学出来找不上工作的女子娃呢。他能养起那么多下三烂的女子娃，就是舍不得给自己娘老子花一分钱？这种丧尽天良的事情全世界估计也只有他能做得出来！现在知道花钱了，就是花再多的钱有什么用？除了让二家旁人过足嘴瘾，老家能闻到一点星星子吗？花再多的钱，又能让老家活过来？要是换作我，赶紧悄悄地，省得让人大吃大喝了又往死里骂！

前一阵听说新建的小区让银行给封掉了？我叹息了一声问三叔。

前面是封过一阵子，毕竟人家是上面有人的人，后面那个女人找人四处活动关系撤封了，又动工开建起来。因为地段好一些，听说房子建成后卖了不少，赚了不少的钱，不然他拿什么钱养那些女子娃？听人说包养着五个刚毕业的大学生，我见过的就有三个。

有时候也在我的工地上闲转，来了好几次，过来过去轮流着带着那三个人没羞没臊的女子娃，其他的有没有我就说不上了，没有见过的我也不好胡乱说。

情况那么好，那为什么不接电话？我又问。

小区的院子塌陷了，好多人要退房子，估计挣的钱糟蹋得也剩不下几个了，欠着人的好多钱又没有还上，表面上看着挺红火，那是装给一些人看的，其实也没有几个钱。听说从亲戚里能借来身份证的人都哄来贷了款，给人家都还没还上，亲戚中气得吐血的人都有。要是真如有的人传的那么有钱，也不至于把自己架在火上烤。拿什么给人家退？退房子就要退钱，我估摸他身上现在也没有几个钱了。就我打电话还会接，其他人听说几个手机轮流着打，没有接过一个人的电话，尤其他借用人家身份证贷款的那些亲戚的电话，他从没有接过。好多人在我跟前说要来村里拆房子，我说就那几间破瓦房，还是老先人手里面盖的，要不是把墙顶着，早就塌了，拆了卖掉不够人工钱，还会挨人的咒骂，划不来，这才没有跑来闹腾。

看着那么有钱的，给三爷三婆没有给过一分钱吗？我看了一眼弟弟继续问着三叔。

我们也不信，毕竟是娘老子，狠心也不会狠到那种地步。我也好事，就问过你们的大大，让他说个实话，他说从没给过，就是好不容易来一趟，两只手也空着，什么礼当都没带，别说给钱了。你们的大大说他是我的亲弟弟，要是给过，我两片嘴皮子提上还不给他到处宣排？要是真给钱，就不会让两个大人往死里疼，起码止痛片也能给买上几袋子，要是钱多点，杜冷丁我都能想办法弄出来一些。我也没有钱，我爸又不张口要，只能疼着去。你们的三爷三婆得的什么病也没有人清楚，问时说身上哪里都疼。有意思的是，白天动了疼，不动了就不会疼。一到了晚上，两个人往死里疼，疼得都撕心裂肺地叫着，我们家里都能听见。你们想一想，你大大的院子离我们有多远，我们都能够听见，可见疼到什么程度！也就是两个人下不了炕、没法子动弹了，不然，早已经把自己挂在绳绳上了。

三叔一直说，我们只是听着，什么话都没有说。到了车跟前，我们兄弟四个一人给三叔递了一支烟让他们快回去。三叔没有走，要和堂弟看着我们下去了再回去。见他很坚持时，我们也没有勉强。这里离村子不远，又有大堂弟陪同着，几步路就到我们村子里。我母亲的机器面已经轧好了，锅都烧开了好几次，就等我们赶回去吃晚饭。给三叔和堂弟打完招呼，我们一一上车离开。

十一

在家里陪了三天父母，单位有事情打电话叫着，我也只能返回去上班了。回来以后，我心里还一直惦念着三爷的丧事。其实也是虚荣心在作祟着，就是很想知道三爷三天的吊孝时间里去了多少人收了多少钱的人情礼。

在我爷我婆的丧事上，我们没有像四大那样大肆铺张，倒不是我们拿不出那个钱来，是觉得实在没有那个必要。那么铺张，除给活着的人做了一次好事，故去的人能得到什么？好也进土了坏也进土了，花再多的钱与他们有什么意义？说是亡灵也能享用上，有谁见过？给亡灵的献饭、供品放了那么多、那么长时间，除了多了一层灰尘、阴干了，也没有见到别的什么异样的变化。我爷我婆生前我们都依据各自的实力替我的父母举着孝心；三叔自己的情况也不错，又是个大孝子；二叔虽然在外村当了倒插门女婿，不过他比我三叔还要孝顺，我爷我婆平日爱吃豆腐和鸡蛋，路又那么远，二叔过十天半月都要往来背一次，真正是风雨无阻。我爷是七十九岁走的，我婆活了八十六岁，两个人尽管不是村子里走时年龄最大的，不过整个山旮村没有任何一位老人享受过我爷我婆那样的福分。我爷活着的时候，两个人都能动弹，两个堂弟媳妇还没有娶上以前，因为我爷我婆吃的比较软些，三叔他们吃的比较硬点，就另开吃着，通常都是我爷我婆两个人变着花样做饭吃。躺在炕上二十二天后，我爷闭眼了，三叔说是受了很多的罪、迟迟不咽气，大家说比起山旮村其他的人，我爷走得非常安详，没有受多大的罪，也没有怎么拖累人。我爷走了三周年后大堂弟和二堂弟先后结了婚，勤快的三叔把一个家的日子搭理得不知道让多少人羡慕着，真正的有钱花。因为家里殷实，三叔就没有让两个儿媳妇外出打工，都让待在家里面专心照看孩子服侍我婆。两个儿媳妇又都听话，我婆是真真实实地把福享尽了，不仅有专门的人一天三顿给变着花样做饭吃，还有人陪着她玩耍，把我们这些年轻人都羡慕得直掉眼泪。两位老人相继过世时，我们也向三叔提议要大办一下，钱由我们兄弟出，三叔不同意，他说不要比别人家的差就行了，没必要胡乱花钱。你们的爷和婆活着的时候你们兄弟都代替你们的父母尽到了孝心，就是不给办你们的爷和婆他们都不会生气，这点他相信。因为我爷在三叔跟前，由三叔照看，他不同意，我们也不好坚持，按照三叔的意思一切从简。

那时候好多规定还没有出台，能公开搭礼。两次丧事结束以后我们结的人情分子是村子里有史以来最多的一家。大家都特别羡慕，说我们到底是混得好，好多人都大老远地来长精神、撑体面不说，还搭那么多礼！因为我们是村子里的第一，现在就要让三爷的丧事超过了。我到底是一个俗人，看四大那么大摆排场，我的心里面当然很是嫉妒，就想知道超过了多少；要超过那是绝对的，人家那么铺张，能来多少人心里面肯定有数。

有次与弟弟通电话，说完其他事情，我突然想起三爷的丧事来，就问起来。弟弟说看你一天闲得很，把这事也操心上了？你走掉的第二天我就出门跑车，天天晚上赶着夜路挣钱，我哪里有你那闲工夫操别人家的心！弟弟这么一说我倒有点不好意思了，正不知怎么说，他说你去问二哥吧，他代表我们一家人上去吊孝了，婆迁坟时他也去着，他肯定知道些情况。就他那么一说我都不好意思了，还好意思为了这么个事情大老远地给二哥打电话问吗，闲人家不忙？后来我也忙一些，就把这件事情暂时给忘记了。

有一天我接到我们领导的电话，说省委临时成立了一个脱贫攻坚督察组，我们家所在的市分了一个小组，组长让在那里有扶贫点的每个单位各抽一个干部组成工作小组去那里督查考核。给我们划分的是市政府所在地的区，每个乡镇的每个自然村都要进去看一看，还要到每个村子的建档立卡户家里面走访，拟定为半个月时间。领导征求我的意见，我也很想深入到偏远的山村看一看那里人们真实的生活情况；我们家也离得不太远，还可以利用这次的机会抽空回去看望一下父母，于是就爽快答应下来。

很不巧的是，刚到那里，就赶上大暴雨，给我们小组里分的五十四个村子又是最偏远的村子，不仅进去的主干道的不同路段让雨水冲垮，进村的路况就更差，山体酥软，时有泥石流发生，雨又没有停，只能在宾馆待命。如果离家远些，我也就不妄想了，问题是那里离我们老家只有不到三个小时车程，与其成天待在宾馆里，还不如回家看望一趟父母。决定好后，按照规定我就给考察组的领导层层打电话请假，都同意，只是要求我的手机保持二十四小时畅通，等进山的路修通以后，要进村入户。我说没有问题，只要提前给我打个电话我一定按时赶到。假请好了，我就退掉房间，把行李寄存在吧台，步行去了汽车站，然后买票坐班车出发。

回去之前我和弟弟也沟通过，他听说我要回家时，就想着也回去住几天。我说你看情况吧，要是忙就算了。弟弟说他也有好一阵子没有回家了，既然我要回，那他也回去待两天，于是他提前回去了，告诉我下车以后打电话他开车去接我。

下车后，弟弟开车来接，我就又想起三爷的丧事。弟弟说你问过以后有次和二哥通电话，顺口问了句，说场面阔气得很，摆的是“满汉全席”，烟酒都配套着，很上档次，整整大吃大喝了三天，十万块钱还没有打住；收的人情分子乱七八糟加在一起，大概有个小十万元的样子。

我说收的钱怎么弄下了？弟弟说难听得很，弟兄四个账分不平打起来了。大大二大三大的意思是谁一边的人搭的礼谁拿走，这就跟借来的钱差不多，以后人家家里有什么事情，还不给还回去？四大根本不愿意分，他说自己一下子砸进去那么多的钱，本都没有收回来，还想要分钱！三大就先火了，他说本来就没有必要这么铺张，都是给活人干了一次好事，老家什么好处都没有沾上。按照我的意思，小打小闹弄一下就行了，没有必要胡球扯淡。村子里除大大大娘的丧事上花的钱多一些，问题是人家大哥生了四个好儿，还都一个比一个混得攒劲，所有的花销人家四个儿子分摊掉了不说，结的人情分子人家弟兄四个一分都没有拿走，都给三哥放下了，都说老家在三哥跟前住着，三哥受了不少拖累，这个钱就应该放下。看人家的那素质，不要说没有一个人不说好的，连我自己都高兴得很，毕竟是亲房，大家都说好，我们做亲房的人脸上也很有光彩。我们这一家子，除你老四富得流油以外，其他人都过得烂伙着呢；你吃饱了撑的都包养好几个丫头片子消食，我们中有的人穷得连锅盖都揭不开。整球这么大排场，那是你显摆卖派自己是一个有钱汉；自己把个人要美了，反过来要在我们几个穷老哥身上刮索，连逼脸都不要了！我请来的人搭的礼，给老娘放下二百块钱后其他的我都拿走，别人的要不要跟我没任何的关系，我不会多要，只把我的拿走就行！弟弟说大大二大的话也和三大的差不多，大大生气地说，死了一个还剩着一个，现在田地里种庄稼又养活不了人，剩下的一个还要吃饭，你给全部卷走，我连一袋盐都吃不起了！多了我也不会要，把我这边人搭的人情分子留下，我余出来一点还要给快死的那个买棺材板子用！四大气愤地说，老子整了大席让你们请人来吃，亲戚就没来几个，人都丢死了，还有脸跟老子分钱！三个人的人情分子加在一起还没有一万块钱，我亏了那么多，你们三个人不知道分担上一些，还要分钱，还分个锤子！三个人听了都冒火了，同时围攻起四大来，大家说你把所有亲戚的活路都给人家堵死了，还让人家跑上来给你搭人情分子，他们没有把你的脑袋敲成肉渣渣子，那还是看在老家和我们仨哥的份儿上，敢说我们没有请来亲戚，简直就是猪狗不如的东西！你自作主张弄这么大排场，没有跟任何人商量，又不拿走你的一部分，拿的是我们的！四大冷笑着说就是老子想分给你们点，账本子让媳妇全拿走了，分什么分？三个人一听账本子不在了立马急红了眼，都说你媳妇就算是个泼妇，没有你的同意她胆敢当着哥仨的面悄悄把账本子拿走？四大说我看你们一个个都能得很，有本事自己去县城要，别在这里跟老子放闲屁了！

弟弟说三个人找了半天没有找到账本子，都翻脸了，直接向正在抽烟的四大扑了上去。四大见形势不妙，就喊叫了起来。我们那里的风俗你也知道的，送完丧不相干的人都从坟上直接走了，回到家里面的必须守够三天孝才能走掉。四大再怎么牛逼，这点他很清楚，就跟着三个哥哥回到家里。跟他来的人里面有四个打手没走，听说都是四大雇来的保镖，个个长得五大三粗，都能把人一把给提起来。四大和三个大在屋子里算账时，四个人在院子里帮忙收拾家具。听见四大大声喊叫着，都跑进去，抓起三个大直接给练手了。三个人的胳膊腿没有一个正常的，都打成了重伤。打完后，四大当天转身就走了。这都是几个月前的事情，三个人到现在了还在老家炕上躺着养伤。为这，三婆都哭死过去了好几次。

听完了弟弟的话后，我好长时间都没有说话。快到家门口时，我叹息一声给弟弟说，以后我们的父母要是有个什么事情，绝对不能干出这种没皮没脸的勾当！弟弟也叹息着，他说我们家里不会出现这样的人物，这一点你就放心好了；谁要敢给我丢人现眼，我直接一脚踢出去！

贰

作家之死

单位能把我作为特殊人才录用，对大学刚毕业的我来说是一件天大的喜事。谁都知道现在的本科生刚一毕业就能进入行政事业单位成为在编人员的概率有多么低，我算是很幸运的了。

一

单位能把我作为特殊人才录用，对大学刚毕业的我来说是一件天大的喜事。谁都知道现在的本科生刚一毕业就能进入行政事业单位成为在编人员的概率有多么低，我算是很幸运的了。可我没高兴多长时间，就听到我敬仰的作家甘老师凌晨四点钟把自己挂在家属院梨树上的消息，把我因为大家羡慕所激起的兴奋之火一下子给浇灭了。准确说，甘老师自杀的消息是我上班报到的第二个星期的星期二发生的。

学校放暑假的那段时间我女朋友一直和我待在一起，我还对她说这个星期去拜访甘老师，这是我多年的心愿，我一定要实现。我女朋友说她也要跟我一起去，昨天晚上我们两个还商量着去的时候带什么礼物，第二天就听到他自杀的噩耗。这个消息传进我们部门的那一刻，我的眼泪一下子流了出来。下班回到单身宿舍，当我把这个不幸的消息说给正做午饭的女朋友后，我竟抱着她呜呜地痛哭起来。

上午九点多，部门领导说老干处的陈处长打电话把我作为部门代表临时调掉到治丧委员会参加甘老师的丧事工作，我没任何犹豫就答应了，然后才打电话把这个让人丧气的消息告诉给了我的女朋友。女朋友为我能参加这么一个工作感到高兴，她说甘老师生前我们无缘与他相见，他走以后能送他一程也算聊表一下我们的敬意。接着她小心翼翼地问我，要是没有什么特殊情况的话能不能回宿舍与我一起吃饭？我说这没问题，我会尽量每顿饭都回去陪你一起吃的。

挂完电话，我去找老干处陈处长，他正和几个老师写挽联和挽幛，让我先去会议室等其他人，等人来齐了大家一起开个短会。他这么一说我就往会议室走去。会议室里还没人，我便在一个角落坐下回忆我读过的甘老师的作品。等思绪拉回现实中时，我已是泪流满面。

二

甘老师是我们红腹锦省一位很知名的小说作家，

我读过一些评论家给他写的文章，有一位同样在红腹锦省有一定影响力的评论家评价甘老师是新时期以来红腹锦文坛上的一个标志性人物，我完全认同这一说法。从大四开始，我集中精力阅读红腹锦新时期以来有一定影响力的作家的小说作品，没有发现过一个在短篇小说创作领域里能够超越甘老师的作家。我当时就想，要是省作协能抱着良知本着公平公正的原则推荐甘老师的作品参加鲁迅文学奖的评审，他任何一篇作品都能获奖；过去我这么说现在依然这么认为，我觉得甘老师在红腹锦文学上的地位到目前为止还没有迹象显示出一个能追赶他的作家，不要说超越。让人非常痛心的是，他才六十七岁就自己给自己的人生提前画上了句号，这是个正要出伟大作品的年龄呢！

我正胡思乱想，办公室的乔副主任进来了，他问我是不是也抽调到甘老师治丧委员会？我说就是，陈处长让我在会议室里等着，说过一阵各位老师都来，要开个短会。他说他也是抽调来的。我说您一个大主任也给抽来了？他说办公室其他人的年龄都比他大，都排着队等退休，他再不参加，估计就没有人来参加了。说着说着他就说起甘老师来，他说今年年初单位组织体检，他负责离退休干部，甘老师是离退休人员里各项指标唯一一个都正常着的人，听到这个不幸的消息时大家都感到震惊：自己社会地位那么高，又有一个年轻时貌美年老时贤淑的妻子相伴，还有个定居在美国当着跨国公司副总裁的儿子呢，是让人多么羡慕的一个家庭，居然以那种方式离开人世，让人想不通。俗话说，家家有本难念的经，看来还真是；穷人有穷人的苦衷，富人有富人的烦闷呢。

甘老师您也很熟悉吧？我问着打量他。

都在一个单位里上班，又是这么屁大一点的单位，不要说同事之间都很熟，家里的情况都清楚。乔副主任出了口长气说道。人不仅很有才，还幽默，他没退休那阵，有时候路过你们部门，我就爱去他办公室里坐一会儿，尤其很喜欢听他讲的段子。不光我喜欢他，单位一些人也很喜欢他，每次大家聚餐时都爱往他那一桌上挤，为的是听他讲段子。那时候还没有“八项规定”这一说，只要一有活动就有饭吃，甘老师老婆在工厂上班，感觉有加不完的班，我们就常把甘老师和他的孩子一起叫来蹭饭。那时单位人比现在还要少，关系处得也还算是融洽，表面上看就像一家人一样，无话不说。只要一有饭局，大家都抢着说段子，可只有甘老师的段子最逗人，随便讲一个就能笑破人肚皮，特别是配上他那表情。后来甘老师惹出一个大笑话来，从那以后集体活动他就不来参加了，直到退休为止。等他退休以后，除来单位交党费外，其他活动很少再参加，谁请都不来，只有我去请他才会来，不过只待一会儿就走掉，再不留下吃饭。

什么笑话？我赶紧问。

那是他退休前十年的事情。乔副主任坐下说，中国文联要在上海举办一次西北文联系统理论研修班，听说这还是中国文联成立以来第一次面向西北搞的培训班。我们是个穷单位，外出的机会特别少，领导就让正高职称和正处级别的人参加，顺带着让大家见见世面。费用由各单位自行解决，中国文联只承担专家们的培训费。要是个人掏钱，肯定没人愿意去，那时候大家都很穷，自费出去的人还不太多；单位掏钱就是另外一回事，谁都想去。听说党组领导很重视这一次培训活动，专门开过几次党组会研究这件事情，不仅委派了一位党组成员、副主席带队，还专门批了两万块钱的差旅费。想要去的人很多，家属都想去，有的家属还通过各种关系找领导打招呼，不过人员最终没放开。其他级别不够没资格去的同事都眼巴巴看着，谁敢让那些人的家属去呢？听说后来党组会议讨论过很多次，最后还是让第一次党组会上定下的人员去，人数一个都不能再增加，其他人谁的口子都不能开，通过谁来打招呼都不行。时间不长，要去的人员名单全部上了党组会议纪要，还以红头文件的形式公布了名单，总共十七个人，女的四人男的十二人，外加一位领导共有十七个人参加。当时我也想去，想看看大上海是不是和电影里的一样，只是还不够资格，只能干着急。乔副主任说着砸吧起了嘴唇，露出遗憾的表情。

都正高正处不说，还有一个副厅级领导，都是爷爷，为限制人，没让财务室派人去，这个差旅费让谁来保管，一下子成了个大问题。人员定下来发文后，那位副主席召集大家去他办公室里开会，说到行程安排上大家都七嘴八舌乱出主意，到底让谁来保管差旅费时，都成哑巴了。领导的意思让哪个女同志保管上好些，女人大多心细，尤其对钱，天生的敏感。谁知四个女的都直摇头不说，每个人还找出来了一大堆理由。其他事情都相对简单，几分钟就定了下来，只有保管差旅费的事情商量了好几个小时都没能定下来，主要是没有人敢接手这差事。我想，要不是刘小平突然打破僵局提出让甘老师保管，估计这个事情开多少天的会都定不下来呢。刘小平这么一提议，大家就使劲地附和起来，个个编造出了好多让甘老师保管的由头，大有甘老师不保管大家都去不成了的架势。甘老师有要提拔成文联领导的传闻，去的十七个人里面有十个人是各个部门的负责人，民主测评还得指望这些爷爷奶奶们抬贵手，不敢轻易得罪，只能答应下来。

不就是两万块钱，保管起来有那么麻烦吗？我不屑地说，又不是要保管几百万，两万块钱就那么点，随便就塞进裤兜里面了，还用得着那么难受的？

我的兄弟，话可不是这么说的！乔副主任两个眼睛往外边看了一眼小声说。大家不愿保管，是有说头的。那时候小偷多！乔副主任说着点燃一支烟使劲地抽了一口，接着说。那时候的钱有多么值钱，只有过来人才能体会得出，高深的理论我这个大老粗也不会说，我就打个简单比方吧，现在大街上那种普通的牛肉面一碗是七块钱，那时候一碗牛肉面才两毛钱，碗也很大，面的分量比现在七块钱一碗的还要多。我记得那个时候我一个月就几十块钱的工资，两万块钱什么概念？那时候这几十块钱工资一家三口一个月还有一点结余。两万块钱有多么值钱，用现在的话来说，那绝对是巨额财产！那时候大家的工资普遍都低，没有一个人想保管，怕万一倒霉让贼给摸走，谁能赔得起？依照那时的工资水平，两万块，一个工薪阶层不吃不喝要好长时间才能挣够。都拖家带口，谁愿意让自己的一家人不吃不喝还债？那时候的贼多，人们的防范措施也有不少，有人塞进袜子里、有人把钱藏进鞋垫子里面、有的在绾起来的裤腿里夹着、有的藏在帽檐檐里、有的藏在帽子角落缝的布兜兜里。裤衩里藏着的也有，不过大多是男士的那种，我们通常把男士兜老二的那种叫裤头，女人的叫作裤衩；男士的大一些，有地方缝小兜兜；有的女人也会把钱藏在裤衩里面，不过不是大街上买的那种，是自己缝的，除了颜色不同外，样子和大小与男人的没有区别，宽宽松松的，里面缝个兜兜也不会影响什么。你以为能藏多少钱？大街上随便碰到一个人给扒光了，也掏不出来一百块钱，东藏西藏，也就几块钱，上十块的就没几个。你想一想吧，在那样一个环境下，两万块钱敢拿在身上？定下以后，大家想着甘老师会把那么多钱装进一个贴身包包里，好保管。谁知他到底是聪明，直接缝进了裤衩里，兜兜子缝在前面。听说还是他老婆的，因为甘老师没有短裤，他买不起，老婆忙着没时间去做，他自己又不会做，就没穿过短裤，平日腿子上只套着裤子。乔副主席唏嘘着说。巴掌大那么一点，要装两万块钱，还都是旧钱，据说有一拃厚；到现在我都想不明白，那么大一点裤衩怎么能装那么多钱，又在正前方装着，怎么走路？当有人把这大笑话传来以后，单位人差点都笑死，尤其是女的，笑得腰都直不起来。就连我们的党组书记、平日经常拉着张吊死鬼的脸，从没有人见他笑过，那天听说以后，嘴里的茶水都笑得喷到了墙上。乔副主任说着哈哈大笑起来。

有那么好笑吗？我看着乔副主任不满地问。真的，我一点儿想笑的感觉都没有。

你先别着急，最经典的还在后面呢。乔副主任没有看见我吊着的脸子，捂着肚子吭哧吭哧地笑着说。钱就那样藏着，还是让人给偷走，你说说，那得要多么有手段的小偷呢？听说裤衩还好好的，没割破，裤衩里的小拉锁也拉上着，钱就没有了，像让鬼给偷走一般，什么可疑的线索都没有留下来。也有人说是让甘老师贪污掉了，这点我不相信，甘老师我最了解，再穷都不会占人便宜，何况还是公家的，我觉得说这话的人有其他阴谋。大多数人相信甘老师的话，是让人给偷走了，具体是怎么给偷走的，他没有说，只一口咬定让人偷走了，他发誓从没有产生过要动这个钱的任何念头，如果不信，他就会不得好死！单位里有好多人都知道他发过的毒誓如今是应验了，有人这两天说起这件事。不过我觉得这只是个巧合，甘老师真不是那样的人，这一点就连我这么一个粗人都能看得出来，何况是其他人。问题是一些人的心里阴暗，认为甘老师一定是偷了那个钱，不然不会死得那么残忍。不过用我的话解释，所谓的不得好死是那种横死了的，甘老师是主动把自己挂在了树上，挂上去的时候踩着的东西还是刘小平家门口放酸菜坛子的一把破旧的椅子。说到这里时，乔副主任把手里捏的烟蒂弹了出去。

那后来呢？我压抑着难受的心情继续问。那么多的钱没有了，单位是怎么处理甘老师的？

处理倒是没有怎么处理，甘老师一口咬定让人偷走，两方面都没有足够证据，领导出于同情就没再追究。只是后来选拔领导时他受到了影响，有人举报他，说那个钱他压根就没往出来带，直接留在家里，根据是他们家那么困难，他老婆却穿得花枝招展，没有钱怎么捯饬自己？我觉得不是有人说的那样，不过钱是从他手里弄没的，他又找不出有力证据来证明他没拿这个钱，也没有任何证据表明这个钱真是让人偷了。所以有人举报的时候大家突然都相信了，他也受到了严重影响。那次提拔本来听说他的概率很高，都有种内定的感觉，那么一弄他就彻底没戏了，民主测评都没有通过。

会不会是刘小平干的？我很气愤地说。说完了，我感觉自己带的情绪太浓烈，浓得都把自己吓了一跳。不过我没有改口，继续说着。我觉得刘小平坏良心的可能性比较大，那么多的人，其他的人没有提议让甘老师保管，就他出风头让甘老师保管呢，为什么自己不保管？自己不保管也就算了，主动指明让甘老师保管，这不是要谋害甘老师吗？要是让别人当上副主席，我或许不会这么怀疑他，最后是他当了副主席，不是他干的还会是谁干的？

我的祖宗，这种话可千万不能胡乱说的！我们私下说说还行，反正都已经是这个单位的老苍蝇了，谁也不敢把我们怎么样的，问题你才进来，以后的路还长着呢！再说了，他毕竟是个正厅级干部，在党组领导面前给你说句好话或许不会起任何的作用，要是说一句坏话绝对会影响你好几年！这话你只能在老哥这儿说说，出了这个门可不敢跟任何人说起，这会给你惹上麻烦的！乔副主任紧张地说。

那棵梨树是不是刘小平栽的？我突然又问了这么

一句。

那不是他栽的，听以前的老同事说是其他人栽的，不过就在他们家门口，是那家房的主人栽的。房子转让给他以后，那棵梨树因为是房子的老主人栽下的，就连房子一起成他家的了，结的梨子特别大。以前他老婆轻易不让人摘梨子，那时候大家都没多少钱，又都住在城市里，对于小孩来说能吃到一个梨是件很奢侈的事情，不知道要多少次他老婆才会给一个有虫眼的打发一下。后来大家的生活条件都好了起来，梨子已经不是稀缺的水果，再没人稀罕了，她也就不再那么管理了，每年梨子成熟的季节都掉了一地也没人捡。前几年刘小平在位，没人敢说他什么，这几年看门的老头一到梨子成熟的季节就指桑骂槐，满院子都是熟透掉在地上摔烂的梨子，害得他天天打扫都打扫不完。也有人建议砍掉，弄得整个院子那么恶心，刘小平死活不让砍，说等自己死了要用那棵梨树给他做棺材板。当了那么多年的官好像把脑子都当糊涂了，城市里还能用那么大的棺材来装他？巴掌大一个匣子就够他用的了。就算他将来真要用那棵梨树给他做骨灰盒，如今让甘老师这么一挂，还能用？当时甘老师的尸体是我和我们办公室几个人取下来的，正对着他们家房门。

真能吓死人，眼仁那么大舌头又那么长，如果不是与刘小平有着深仇大恨的话，他会那么做？听说年轻的时候两个人关系特好，又都在你们编辑部小说组当编辑，有那么几年两个干什么都在一起；就是后来，也没有人听说甘老师跟他红过什么脸，只是两个人再不怎么走动了，具体什么原因，说法都稀奇古怪，有的人说甘老师怀疑刘小平陷害过他，有的人说甘老师怀疑刘小平搞过他漂亮的老婆……人多了嘴就杂了起来，反正说什么风凉话的人都有。到底是怎么回事，也只有两个当事人心里最清楚……

正说着时，陈处长从其他部门抽来的老师陆续往会议室走着，我们两个坐在门口说话，看见人都往过来走，乔副主任就不再往下说了，与进来的人开着玩笑。看着大家都那么高兴、完全不像是办丧事的心情，我心里突然很难受。陈处长还没进来，好多人我又不太熟悉，就找了一个角落坐了下来。

三

如果去世的是其他人，我的心里面也不会如此难受，每天都有人这样那样死去，我的心好像早已经麻木了。可去世的是我尊敬的甘老师，这让我的心里很不是滋味。本来我还想着这几天抽空要去拜访一下他，想亲眼看一下甘老师的尊容，正和女朋友商量这事着呢，没想到出现这么个情况！难过的人里还有我女朋友，当她听到甘老师去世的消息后也跟着我一起哭起来，她也很想见一见把我引上文学创作之路的甘老师是什么样子，很遗憾，我们都未能如愿。

甘老师不同时期的照片我见到过不少，本人我从未见过，不过他退休以前出版的作品我几乎全部阅读了。今天我能够走上文学创作的道路，并成为《红腹锦》杂志社一名小说编辑，完全得意于甘老师作品对我的熏陶。没有接触到甘老师的作品前，我从没想过自己有一天会成为一名作家一名文学工作者。这之前，我对历史有着浓厚的兴趣，尤其大一大二这两年阅读得最多的是历史，文学方面的书籍过去读得多一些，上大学以后很少接触。

大学时我学的专业并非历史，是汉语言文学。作为一名汉语言文学专业的学生成天捧着历史方面的书籍阅读着，怎么看都有点不伦不类。每次下课前老师都会给我们列些文学作品让我们课后阅读，我一本都没读过。对我这么一个学生，哪门课程的老师都不喜欢，经常冷嘲热讽，弄得我几乎没脸再去上课。

我们的班主任是个长得很漂亮的女孩，魏晋南北朝方向的博士，给我们教中国古代文学。我见过好多读古典文学博士的女孩，还真是一个比一个长得丑，只有班主任是例外，绝对是个美女。我们是她带的第一届学生，我们报到前她才应聘到我们学校。感觉学生气还没完全脱掉，对我们班同学都很友好，见了谁都露出好看的牙齿甜甜地笑着，唯独对我不是。她看我时的表情，直接是黄世仁见了杨白劳的那种，不会有丝毫差别。她比我大两岁，开始我挺喜欢她，做梦都想让她做我的女朋友。自从她当着全班同学的面公开点名用恶毒的言语讽刺挖苦过我以后，我再看她时就觉得怎么看都不顺眼。每次只要她一来教室，好多男生都呼啦啦围上去找借口与她套近乎，只有我躲得远远的，再不像以前那样抢着往她身边挤了。过去路上碰见，我会怀着一颗紧张的心哆嗦着嘴唇给她打招呼；那次过后，路上再见面，我们都比阶级敌人还要仇视对方，两个人都会昂首挺胸往过去走，谁都不会拿正眼看谁，完全变成了陌路人。

她不喜欢我是有原因的，这点我心里很清楚，主要还是觉得我拖全班同学的后腿。我们班是个优秀的班级，近两年来没有出现过一起让学院领导头疼的事件不说，几乎所有同学都有作品发表。因为成果突出，我们班不仅受到学院表彰，还受到学校的表彰奖励；我们的美女班主任更是在全校出尽了风头，这个奖那个奖感觉领得她的胳膊都发酸。每次只要我们班获奖或者她因为我们班获奖时，她都会自己掏钱把我们班全体同学请去吃一顿火锅，只是我没有参加过。荣誉属于他们，我是班里面唯一一个没有作品发表的学生，即便我也很想借这个机会去蹭一顿改善一下我缺油少盐的生活，到底还是没有那个脸一起去。等同宿舍的同学抹着油乎乎的嘴进来问我怎么又没来时，我还是那句话：吃火锅会拉肚子。这句话我都说过好多遍了，不过每次还是这么说，也只能这么说。

有次她把我叫到她的单身宿舍专门“开导”了一次，听说全班同学里我是第一个去她宿舍的学生，只是她并没有把我当客人对待。因为“开导”我的话要多难听就有多难听，气得我的脸都绿了。最后她用湿巾擦了一下骂我骂得全是唾沫的嘴唇后说其他老师怎么批评你的我都听说过，话是难听一些，事实上还真是那么个道理。你作为一个中文系的学生毕业时连一篇作品都没有发表，哪个用人单位愿意要你？如果你家境好些也行，如果是一个“官二代”或“富二代”我什么话都不再说了，上天入地那都是你的本事。问题是你穷得轻易连碗炒面片都舍不得吃，春夏秋冬四个季节里都只穿着一条裤子满校园里晃悠，还成天那么牛逼哄哄的。你说说，你到底牛逼个什么，是长得比其他男生帅气一些呢，还是满腹经纶才华横溢呀？你说说，你这么鬼混下去毕业以后怎么办？你父母都勒着裤腰带供你上学，你倒是好，竟然油盐不进，连一点良心都没有……后来我实在听不下去了，就一把扯开房门冲出去，然后把她的房门摔得震天响。

从她的宿舍回来，我连着三个晚上都没有睡着，课也没怎么上，尤其她的课。她羞辱我的话一直在我脑海里回荡着，差点都把我气出病来。有那么几次，我甚至给她拍黑砖的心思都有呢！不过第四天我就想明白了，面朝黄土背朝天的老父亲眼巴巴盼望着我们家祖坟上冒烟，我这个样子毕业以后想要找一个体面的工作还真费劲。当历史老师人家肯定不要我，嫌弃我不是科班出身，有再渊博的历史知识也没有个平台让我去展示；去当个文秘，连一篇发表的作品都没有，人家会觉得我不是好学生没有足够的能力胜任。其实我一直想当一个历史学家，这是我的梦想，只是我发现得太迟，不然早就转到历史系去了，还会在这里遭人白眼！这种情况下我也只能将我的历史学家的美梦暂时放在一边，然后找来一些文学方面的书籍阅读，看能不能从哪本书里找到点灵感写上几篇应景文章发表掉。当然了，我离毕业还有两年的时间，我之所以那么做，主要还是与班主任赌气的成分多一点。

初中时我读过一些外省作家写的作品，好多风俗事项和自然景观我都不熟悉，无法进入情境中，读着感觉非常无趣，这也是我不喜欢读文学书籍的一个原因。那一次去读，我就想选择些省内作家的作品，这样容易接受。于是上网查，发现评论界普遍把甘老师的作品拔得比较高。如果是个别评论家那么说我或许不会去读，那种评论文章通常是为了一些私利故意拍人家马屁，或是有偿评论，没有多少含金量，也没有多少阅读价值；几乎所有评论家都那么说，那就真有他的可读之处了。正好同宿舍人有，我就想借上一本读几篇看一看，到底是不是真那么好。借来读时，发现果真写得不错，我这种看见小说就头疼的人居然把三十几万字的一个作品集用三天时间全部读完。放下书后我回头去想，感觉每一篇都写得特别过瘾，不光语言很精美，故事情节也非常精彩，尤其是对一些悬念的巧妙设置，真能把人的心提起来。过几天正好是国庆节，我提前去图书馆把能找上的甘老师的所有作品都借出来，然后利用假期在宿舍的同学都回家的空当把自己关在宿舍里扎扎实实读了七天。假期结束后，借来的四本短篇小说集我全部读完。我没急着还回去，又从头到尾把四本书认真地读了一遍。这一次读比上一次读要慢些，算是研读了，品茶一般边读边回味着。读完再读，当读第四遍时速度就更加慢了，每本书都用一个月时间才读完。等第四遍读完，我几乎把四本作品集里收录的所有文章都能背下来。等四遍读完后，光写的读书笔记都要比四本书还要厚，感觉每读一遍都会有一些新的体会。

书还回去，没再借别的书读，直接写。第一篇小说写完后便向我们省唯一的省级纯文学刊物《红腹锦》投稿，半个月后就收到用稿通知书，时间不长就刊发出来。

样刊是班主任送到我们宿舍里的，那天是她的课，我依旧没有去，爬在床铺上正修改另一篇小说时，虚掩的宿舍门被人一脚踢开了。我侧过头看，见进来的是她，想着又要骂我，就没有理睬她，摆出一副死猪不怕开水烫的样子爬在床上继续忙自己的。她什么话都没说，当着我的面把一个信封撕开。我听见声音回头看，才发现她撕我的信件，我知道是样刊，就又转过头来。她抽出两本样刊，把其中一本拿上另外的一本装回去把信封扔在我的床上依旧什么话都没有说转身出去，门都没给我关，就那么敞开着。接下来我不断有小说在一些外省公开出版的杂志上发表，每次都是她给我拿来的样刊，像第一次一样每次都会当着我的面把信封拆开从里面拿上一本样刊再走掉。

她第七次把样刊拿上后没有急着走，像要给我说什么话，我仍旧没有理睬她，只顾忙着手头的活。有一次我们班又获奖了，她请大家去吃火锅，打发班长来我们宿舍叫我，我说胃不舒服去不成。后来听说让班长组织大家去了，她也没去。有一天晚上下晚自习时间不长，她突然给我打电话说想要跟我谈谈，我说该说的话你已经说过好几次了，再没有什么好谈的，我说完没有等她说什么就直接挂断了电话。

有次路上碰见时，我正准备绕道过去，她通红着两个脸蛋几步跨到我面前，什么话都不说，只是红着脸哆嗦着嘴唇看着我，都看了有好几分钟。我同样什么话都没说，也没有去看她，满脑子想着如何才能在不给她打招呼的情况下走开。正想着，她突然低头跑开了。看着她失落的样子，我不由得叹息起来：多漂亮的一个女孩，嘴巴竟然那么刁钻，真伤透了人心！

过后的几天，我每次下晚自习回来时，都发现她在我们宿舍。只要看见她在，我都会去其他宿舍里待一会儿，直到听见她走了才会回到自己宿舍。我们宿舍人说，她嘴上说是查宿舍，其实是跑来找我。我说她这是黄鼠狼给鸡拜年呢。有舍友开玩笑让我趁机追求，不光人长得好看，听说家境也不错，父母在她上博士的时候就已经把房子给她买好了，听说还是在市中心的黄金地段上呢。她自己的工资又那么高，等将来毕业你找不上工作都不怕吃不上饭住不起房子。我只是冷笑，什么话都没说。

白天我不想上课时都待在宿舍读书或写作，晚上就去图书馆。图书馆里学习的同学多，只有去得早才有空座位。那次我去迟了些，进去时发现里面坐得满满的，正要离开，发现有人揪我的裤子，低头看，就见她也在图书馆看书。她坐的位置旁边的书桌上放着一书本，人不在，我以为有人，谁知她一手揪着我的裤子一手把旁边书桌上的东西移到自己的桌上。本来我想要出去，但她揪着我的裤子不放手不说，还眨巴着两个眼睛可怜兮兮地看我，惹得好多人都看着我们。

没有办法，为照顾她的面子我只好坐了下来。看到我坐在她身边了，她显得很高兴，变戏法似的不断地把一些零嘴往我的桌子上放，我没有吃，甚至装没看见，气得她用手掐我的胳膊，我硬忍着没有吱声。晚自习的铃声响了以后，我第一个抱起书本冲出图书馆。我回头向图书馆看时，就见玻璃窗里的她通红着脸向我招手，还发短信让我等着她，我没管，快步往宿舍里走去。

接下来的几次我去图书馆，每次都看见她也在，坐的还是那张双人桌，旁边的桌子上放着书本，没人坐。也没有看见她多认真，只要有人进去，她都会抬起头看上一眼。我隐约觉得她是在等我时，就再没有去过，改到离宿舍近些的教室看书。本来我完全可以在宿舍看书，只是不去上晚自习的舍友会很闹，吵得人心里很烦，只好出去看了。谁知她后来就找到我看书的教室里来，像是给我屁股上安装了摄像头一样，不管我怎么换教室她都能找到。每次找到后，我身边有同学坐时她直接就让对方坐别的地方，然后自己再坐我身边，什么事也不干，花痴一样两个手撑着下巴瞅着我傻笑，笑得我都发毛。有几次我对她说你这样绝对不像个当老师的，她问我像什么？我说简直就是个痞子女！我当时想，我这么一骂她肯定会记恨我，然后再离开我，好让我怀着愉快的心情读一些书。谁知，人家一听兴奋得很，直夸我说话挺有水平。几次后，我就好心提醒她不能再那么蛮横了，我身边坐的又不是我们班同学，小心有人告你！她说其实很好办的，只要我不躲着她，每次去了哪里提前打个电话给她如实地报告上一声，她就不会再这样了，我一听更烦。

那天晚上我没睡着，觉得自己做得有点过分，虽然她那么挖苦我，也是为了我好。要不是她那么打击我让我苏醒，估计我还是个让人看不起的另类学生呢。我一下子成绩这么突出，她也有一定的功劳。正想着，手机短信铃声响了，打开看，发现是她发来的，告诉我她正在发高烧，让我火速去她宿舍送她去医院……

从那天晚上开始，我们两个人私下里确立了恋爱关系。我毕业上班后的第一年冬天我们举行了有全班同学都来参加的隆重婚礼，第二年春天她就给我生了一对龙凤胎。当然，这都是后话。

我之所以这么啰唆地说出这么多事，是想进一步说明甘老师在我心目中的分量有多重。不光是我，还有我们这个幸福的小家庭。自打喜欢上了甘老师的作品，我的人生发生了巨大变化，过去一贫如洗的我今天什么都有了。我觉得这一切都要归功于甘老师，这是当时我和我女朋友听到甘老师去世的消息为什么那么悲痛的原因，我们真的需要感谢一下他。

毕业前夕我和女朋友统计了一下，我在省内外不同的公开出版发行的杂志上发表过的小说有一百多篇、散文五十多篇，成为文学院建院以来在校学生发表文章最多的一个。为此，文学院时任院长极力向省文联推荐我，又有女朋友在经济上面的大力支撑，我终于以特殊人才的方式破格进入省文联《红腹锦》杂志成为一名在编编辑。甘老师曾经在编辑部工作过三十二年，是小说组编辑，我也成为小说组的一名新成员，这也是我最荣耀的事情。

大三的时候我女朋友想让我领她一起拜访甘老师，我也产生过这个念头，很想亲眼领略一下甘老师的风采。可我感觉自己虽然不断有作品发表，不过真正写得满意的作品还真没有。要不是听了女朋友的话多发表一些为了将来的就业做准备的话，我真的不想那么快就将自己认为还不是很成熟的作品投出去。按我的话说，这些都是应急之作，要不是对了编辑胃口，估计一篇都发表不出来，尽管她不这么认为。我觉得她是为了鼓励我才那么说，真的是每次发表出来我就开始后悔，感觉有的地方要是能再锤炼一下会更好点，那么快投出去显得很仓促。拜访甘老师，得带上自己的作品，我感到那些作品都拿不出手，真要带去，怕甘老师说我急功近利了，就一直没能去成。上班以后，女朋友又提醒我不说，还找出来几篇大刊上发表的小说，她说这几篇已经能代表你的一些风格，绝对能拿得出手，是绝对。我还是不想去，不过看着对我付出了那么多的女朋友对这件事情如此上心时，我最后还是答应了她，就想这几天去。甘老师住家属院，离我的单身宿舍还不到一百米的距离，只要甘老师有空我们什么时候都可以去。谁知，我们还没有见到呢，就已经和甘老师阴阳两隔了！除眼泪外，我们两个都不知道还能用什么样的方式去表达一下对甘老师的哀思。

四

写完挽幛挽联，陈处长和几位老师走进来。等会议室里安静下来，甘老师治丧委员会会议开始，主要由陈处长讲话，其他人听。陈处长说他首先感谢兄弟们这么多年来对他工作的支持，这已经是他当处长以来送走的第十八个人。先不管下一个该轮到谁了，走一个办好一次丧事，为单位挣个好名声的同时也是给自己积个德。每个人都要走这么一步路的，自己给别人怎么忙，后面的人就会给自己怎么忙，多少年都这样呢；没有日天的本事往出去调，最后上山的时候说不上还得要这帮兄弟来发送，所以偷奸耍滑的事要不得，安排谁干什么都要使出十二分的力气干。简短说完就开始安排任务。抽来的人除我外全是各个部门各个协会在各个领域有一定分量的副主席、副处长、副主任等，虽然都有一定的身份，不过只要安排到自己身上的活都会大声认领，听他们铿锵有力的喊声我很感动。轮到我时陈处长说，你才来还是个娃娃，目前还没有这方面的经验，先不安排具体的活了，你先熟悉一下操弄丧事的各个流程吧，顺带给各位老师打个下手，等熟悉上两三场了再给你派具体的活计……安排完白天的活又安排晚上值班的事情，陈处长说，其他的人大多都有子女亲戚，晚上不需要单位的人值班，甘老师的情况比较特殊一些，两个都是外地人，听说兄弟姐妹都已经走了不说，近亲活着的人也没有几个了。为了不让来吊唁的人说我们单位闲话，四个晚上都得有单位的人来值班，人性化安排，每组四人，给大家凑上一桌麻将。可以赌博，只是金额不要太大了，别弄得打起来；再说了，金额大了还违法。我们都是些大文化人，在外边都是大专家大学者，违法的事情可千万别干了。晚上值班的人第二天上午可以不来，留一上午时间睡觉。兄弟们很辛苦，忙完放三天假，想干什么都行，有想带小老婆去旅游的，只要说清楚了，多放几天；只是安排晚上值班的人晚饭后必须都按时赶到，第二天早晨吃完了早点再离开。晚上守灵人的重点工作是要盯着香炉里插着的香烛，不能让灭，有讲究，要通宵燃烧，看着快燃没有了就赶紧给续一支；火盆里面的火不要断煤，要一直烧得旺旺的，三盆里最少有一盆通宵都要烧着。尤其第四天晚上安排的守灵人不能喝大了耽误第二天早晨的事情，六点就要上山；谁要敢喝大了，我们就一起把他拉去火化，反正这几天我是一口都不会喝的……他的话还没有说完，嗓门粗大的彭主席就先挖苦起他来了，说你这个狗日的过官瘾呢，还是给老子们安排活？这里面除小赵是个新手，其他的兄弟们哪一个比你经见得少了？别人当处长几年都死不了一个人，你这个狗日的倒是好，自从当了这么个鸡巴处长以后，有的一年就要死几个！我看你这狗日的和催命鬼没什么区别，怪道了离退休的老同志一个个都那么怕你。彭主席一说完十几位老师都哈哈大笑，陈处长先一脸尴尬，不过也跟着嘿嘿地笑了起来，笑完就念晚上值班人的名单。我被分在第四天晚上，与彭主席、邵主席和南主席四个人在一个组。彭主席直接抗议起来，骂陈处长立马就报复，刚发完牢骚就给他安排在了最后一个晚上，熬一晚上的夜第二天的追悼会是参加还是不参加？大家听了又哈哈大笑，陈处长哈哈大笑着说什么叫手里有权？说完一边笑着一边摇摆着肥胖的身子往出去走着，其他人也都散了。

到底都是一些老手了，不到吃午饭的时间丧场已经布置好，鞭炮过后哀乐就在灵棚里响了起来。可灵棚里没有一个人来守，陈处长去接甘老师的老婆，他老婆说她一个人不敢守，等亲戚们来了再说吧，没下来。陈处长回来时脸色特别难看，大家一问都很气愤，不过只是干生气，什么话都没有说。陈处长说中午先这样，下午从各个部门抽人，抽一些女的来，不然来吊唁的人会乱说，现在手头暂时没活的人都进去凑个人数。甘老师可不是个普通人，文曲星下凡，给他守灵能给自己的子孙带来福报，坚持到明天下午就行了，明天下午他们两家的亲戚们都会陆续赶来。陈处长说完现场一片死寂，没人说话，都低着头。不一会儿人群里不知谁说了一句什么话，打破尴尬气氛，现场一片大笑声，边笑着边往灵棚里走去。等烩菜拉来后，我就在陈处长的指挥下给守灵的人先一碗碗往进去端着，等端够我才回宿舍陪我女朋友一起吃饭。吃饭时我把没有人愿意守灵的事情也给我女朋友说了，她听了难过得抹起了眼泪。

下午我去时，灵棚里还是那些男老师，都说笑着，陈处长正在给一些部门领导打电话发着火，让每个部门必须来一个女人，没有的去借，哪个部门敢不往来派个女人这事就交由哪个部门操办！电话挂断，我看陈处长气得手都发抖。不多一会儿，就有女同事陆续往家属院里走来，脸子一个比一个拉得长，进来了也不跟任何人打招呼，直接钻进了灵棚里，前后有十几个人。开始的时候里面死气沉沉的，不多一会儿嘻嘻哈哈的笑声就传了出来，直到有鞭炮声才停止。

我想着第二天早晨她们还来，到第二天早晨一个都没有再来，打电话叫时都说感冒打吊针着。陈处长知道都不想来了，可上午吊唁的人肯定有很多，灵棚里没个女的难看得很，问我看能不能动员一下我女朋友让来给甘老师撑一下场子？时间不长，就一个上午的时间。我说在不在房子里还很难说，我去看看。然后就回到房子里给正躺在被窝看书的女朋友说这事情，她听了我的话后没有明确表态，不过我感觉她不是很愿意。她说按我们老家习俗，除直系亲属外，不能给其他人守灵。虽然我是城市里出生城市里长大，但祖籍在农村，而且爷爷奶奶都还健在。我说那就算了吧，既然有这么个讲究不去也行。她说那你回去了怎么给你们陈处长解释？我就说你回学校里取东西了，到午饭后才能过来。她想了一下说算了，不能因为这么一件事情让你撒谎。再说，甘老师对我们一家做了这么大的贡献，我们一家都很感激他，活着时他没沾上我们的光，他走了给他守个灵也是应该的，不去我反而会很内疚。那就去一下，反正一上午时间很快就会过去，只是去了后你一定要一直陪在我的身边。我说这没什么问题，陈处长巴不得灵棚里多个人营造一下气氛，他一定会高兴地同意的。听说今天的事情比较多，我估计昨天下午参与守灵的男老师今天早上未必有空闲时间一直待在那里面。她说没有其他人更好，不认识，人多反倒很尴尬，只有我们两个人就更好了。说完她亲了一下我的脸就收拾起了自己，等她收拾完，我们两个就牵着手往家属院走去。

陈处长见我把女朋友领来了，很高兴，就让我陪着她去守灵，我的活让别人干。我也没客气，就和女朋友去了灵棚。没有人吊唁的时候我们两个会小声说话，只要有人进来吊唁，我们都会用很悲恸的表情迎接他们，不管鞠躬的还是磕头的，我们都以跪礼相陪；遇到悲痛的吊唁者时，我们同样会与他们一起抹眼泪。这些举动全场忙碌的同事一个个都看在眼里，不知道为我们说了多少夸赞的言语。

快到吃午饭的时间，陈处长走进来问我们这里吃还是回去吃？我说我们还是回去吃吧。他说要是回去现在就可以走，下午不用来了，已经很给他面子了。他这么一说，我就和女朋友悄悄走掉了。我们两个人去大街上吃了点就回去休息，没想到竟然就给睡着了。我是让一阵鞭炮声和哭声给吵醒的，起来一看已经两点多了，便赶紧走出来，发现是甘老师夫妇两家的亲戚哭丧着，只是一直都没有见到他老婆下来。

孝布陈处长已经让人做好，在塑料袋里装着，专门等这些人来了后给分发下去让戴在头上。等他们举行完哭丧仪式都抹着真真假假的眼泪盘腿坐在灵棚里面时，我就把孝布提进去挨个发着，每人接了一条自己往头上戴。有几个八竿子才能打在一起的小字辈亲戚事先都给准备了孝衫，也都发给他们让穿上了。这么以来这丧事才像那么一回事，悲痛的气氛才真正从那些孝衫孝布上面散发出来。

亲属守灵后，我就再没有进到灵棚里去，依照陈处长的吩咐干些迎来送往的活。昨天下午和今天上午来悼唁的人特别多，我想下午会少一些的，没有想到下午来的人更多。迎来送去的，到晚上，我感觉两条腿酸得都有些伸不直了。利用休息的空当，我打开朋友圈，发现红腹锦省所有的市州都有人自发地悼念甘老师，有些大学校园也是。看着那些照片上的人群红肿的双眼，我真为甘老师高兴，这才叫一个作家真正的人格魅力呢，不是所有作家都能享受此殊荣。虽然甘老师走得很悲惨，可人这一生谁不会走这条路？怎么着都是个死，只是方式不同，结果都一样。不过死后能够获得这么多人的悼念，那得要怎样的修为啊！

最近这几天，好多人的朋友圈里面都发悼念甘老师的信息，每天打开都是一大片，看得我都激动不已，只要一打开朋友圈眼泪就下来。过去我很少关注朋友圈，那几天一门心思忙着甘老师丧事的事情，就想看一看网络上对甘老师去世的各种动态，女朋友也会随时找我聊一会儿，就时不时地打开了移动数据。见那么多人悼念甘老师，我才想起那些评论家对甘老师作品的评价，果然是名副其实，进而为红腹锦文坛痛失了这么一位师长悲痛不已。

甘老师去世后陆续都有离退休的老同事或自己一个人或由家人扶着来吊唁，不过大多数就来一次，只有文联原党组成员、副主席刘小平一天三次一次都没有空过，每次来都要给甘老师上一炷香，然后坐在遗像前瞅上一阵才会离开，晚上每次都是九点半准时到来，雷打不动。以前我还不认识他，来过几次以后我就认识了。看来他在位时在单位里的人缘不怎么好，本来大家又说又笑的，每当他来时全场都安静下来，都低着头抽烟，没一个人主动跟他打招呼。当然，他也不给在场的任何人打招呼，从家属楼那边拐过来抬着领导式的头直接往灵棚里面走，连身子都不会偏移一下，只有两个眼神左右扫视着，看着贼兮兮的。

从世俗的角度来说，我要是换成刘副主席，作为一个同事，他把自己挂在我们家门口，我会记恨他一辈子的，甚至连他们无辜的家人都会牵连上。刘副主席似乎丝毫没有受到那种气氛的影响，不然一个近七十来岁的人也不会那么虔诚。他这么执着，到底和甘老师是一种什么关系？

五

第四天晚上因为要值班，我下午回去得比较早，陪女朋友吃完饭两人看了会电视才出来。我来的时候灵棚里那些亲戚都不在，只有彭老师、南老师和邵老师三个人蹲在地上一声不吭地“斗地主”，脸上都挂着从花圈上撕下来的纸条条子，看着怪瘆人的。开始我不敢进去，从小鬼片看得多了，他们三个还真是像！如果在其他地方我也不怕，这是在灵棚里，也不知道这三位爷是怎么想出来的，别的什么游戏不玩偏玩那东西，能把人给活活吓死！我走了进去，告诉他们赶紧把脸弄干净，家属院里不断有人进出着，我估计看见一个会吓死一个！这么一说，三个人才嘻嘻哈哈笑着把各自脸上的纸条子取下来揉成一团扔进旁边的火盆里。我问亲戚都哪去了，怎么见不到一个？都说上楼睡觉去了，听说每天晚上都是这样，看见灵棚里有人守着时，一个个跑得贼快，都跑到房子里抢床铺睡觉。我一听气就上来了，想起他们第一天的哭声时，心里不由得一阵恶心。

天还没黑，我看香炉里的香快没有了，就点燃了一支新的。往香炉里面插香时，看见院子里到处都是垃圾，大多是些擦过嘴巴的餐巾纸，还有别的脏东西，看着很硌硬，上完了香我就拿着火钳和簸箕收拾起来。

这几天除了早饭外，午饭和晚饭只要一开始，不知道从哪里冒出来的人一下子都往装烩菜的农用车跟前拥，每一顿都会多出来几十号人，黑压压地蹲在地上大口吃着，吃完了嘴巴一擦抓几支烟一边剔着牙一边低头往出去走，没有一点不好意思的感觉。有时候忙起来干脆就找不上一个能帮忙的人，吃饭的时候哗啦一下全都来了，好像在哪里藏着一般。我都不认识，单位里我一个都没有见过。如果我没有猜错的话，大概都是附近的人，看着他们那么贪婪地吃着，我心里面还真是很不舒服，不过后面就想通了。城市里的丧事是怎么操办的我还不太清楚，我们老家把丧事上的饭叫作丧饭，只要来的人愿意吃都不会拒绝，管个饱。看来城市里也一个样，不然那么抠门的陈处长绝对不会让一些不认识的人跑来蹭饭。

我一边胡思乱想一边清理垃圾，清理干净后，我又拿来洒水壶满院子洒着，洒完晾了一会儿再找来笤帚打扫。三位老师说明天了再收拾，我说反正也闲着，没事。打扫完，我给灵堂里的火盆里添上煤块给水壶里灌满水把水壶坐在大火盆上，又给三位老师的杯子里续上水才坐了下来。

他们三个人先是夸奖着我，夸奖完再打问我女朋友的一些事情，打问完又夸奖我女朋友不仅长得漂亮，还有本事，那么年轻就是副教授，将来肯定是一个大学者，夸得我都有点不好意思了。等夸奖完了我，我们四个人就开始乱聊起来，主要是他们聊我听。大家正聊着时，刘副主席又走了进来，三个人一看后都赶紧把头低了下去，只有我一个人站起来去迎接他。

上完香鞠完躬后，刘副主席就势坐在灵堂旁边放着的一把椅子上瞅着遗像，看了好一会儿。他从进来到现在跟任何人都没说话，三位老师当他不在场一样，都各自低头抽烟。我就一直在一边站着，看有什么吩咐。见他没有要走的意思，我就去一旁想要拿出来个一次性杯子给他倒一杯水。刚要去取杯子时，彭主席的身子靠下来，胳膊顺势把装着一次性杯子的袋子压住。以为他无意的，抬起头去看他，发现他一个劲地给我摇头；又看其他两位老师，他们两个居然用恶狠狠的眼神瞪我，都吓了我一跳。我的心里面很不舒服，不过我还是没再取杯子，想着夜还长着呢，我又是新来的，要是为这么点事情一下子把三个爷爷都给得罪了，后面还真不好相处呢！刘副主席毕竟已经退休，平日里不可能天天到单位来，得罪了倒也没什么，得罪了他们可不行。想到这里，我的两个脸蛋滚烫起来，心里不停地骂自己，想着这才上班几天就一下子变得和他们一样势利了！

正胡思乱想着，刘副主席长长地叹息一声站起肥胖的身子，我估摸着他这是要回家去了，过去给他打招呼，谁知人家根本就没有理睬我，甚至连看我一眼都没有，直接往出去走着。我很是尴尬，心里想，幸亏没给他倒水，就他这么个德行，我估计我倒了水亲亲热热端过去人家都未必会把手伸出来接。怪道了大家都很不喜欢他，原来是个让人讨厌的老头！想了会儿，我摸着发烫的脸抬起头看三位老师时，他们都没看我，依旧低头抽着烟，我心里才稍微平静了一些。

刘副主席在位时整过你们？这几天算都混熟了，等刘副主席走掉以后我坐到他们跟前笑着问。

甘老师可是让他给害死的，这个老杂毛！彭老师说着把手里的一个柴棍使劲扔进火盆里。

行了，把你那臭嘴赶紧闭紧！邵老师扔掉手里的烟蒂踢了彭老师一脚生气地说。看得出来，他们三个人平时关系不错，不然邵老师那一脚要是换成别人，估计早就生气了；是很重的一脚呢，把彭老师直接踢倒在地上。我想他会发火，谁知他从地上爬起来继续抽着手里捏着的半截烟，什么话都没有说。

这几天大家都看到了，小赵是一个不错的年轻人。南老师说着把吐了唾沫的烟蒂用手指弹进不远处的一个垃圾桶里。这么个破球单位，还不知道什么时候才能再进来一个年轻人呢，所以我觉得还是让小赵知道真相好些。人生无常，说不上哪天就该轮到送我们哥几个上山了。如果再不把真相说给其他人，估计都会让我们带进坟墓里去的。

还有逼脸跑来祭拜？彭老师气愤地说。他那么做，是演给谁看呢？

他以为自己做得天衣无缝，没一个人知道那件事的真相！南老师说着冷笑一声。

心里面要是没有鬼，这么晚了又那么大的年纪，还会一天三趟地来祭拜？邵老师咬牙切齿地说，我同意让小赵知道，起码要让年轻人知道伪君子是怎么装出来的，免得都给蒙在鼓里。我最近也在琢磨着这件事，要不是甘老师实在承受不住这个压力，他会选择这种方式把自己了结掉？

要是只为了那件事，甘老师不会走这么一条路。甘老师真要是那么脆弱，我想他早就走掉了，能活到现在？刘小平弄他的事情他早就知道，能这么多年不出声，还是念着过去的旧情呢。当他知道还有比那件事更可恶的事情时，才对这个人完全绝望了。南老师说着使劲抽了一口烟。

你的意思是南老师知道了其他的事情？彭老师说着回过头看了我一眼。我觉得甘老师真是没出息，窝囊一辈子不说，到头来竟还死得这么窝囊，换到我，绝对把刘小平拉上给自己垫个背……

彭老师正气愤地说着，陈处长往进来走着，就不再说下去了，三个人都伸着头往门口看。我看见陈处长提着一个装麻将的盒子，就站起来迎接他。他走进来说早上把麻将拿回去忘记拿来了，想着你们四个肯定正无聊着，拿下来给你们支个场子。想着放下算了呢，又想着白天那么忙，都打了麻将谁来干活呢，就又拿回去了。他说着冲我笑眯眯地看着，小赵先歇一会儿，我先在这三个狗日的身上弄俩酒钱了你再来接班。我说不会打麻将。他说简单得跟个一一样，你又那么聪明，不到三圈就学会了。他说完大家开始搬桌椅。场子支起来以后我想着房子里只有我女朋友一个人，肯定睡不着，离得又很近，就想着回去看一下。陈处长笑着说两个人天天晚上搂着，不相信离开一晚上她就睡不着觉了？不让我回去，让待着，他十二点钟要准时回去睡觉，明天还要再忙一天，不敢熬夜，不然耽误事情。其他时间睡过头也没有什么，有这么一大帮兄弟照应着，他不来都行，问题是明天早上还要上山去，开追悼会火化这些事情他都要亲自盯着，不然弄出了差错留下笑柄。他说反正他就玩一小时，点子整大一些，自己输了心甘情愿，其他人输了别当怨妇就是了。他一说完两个肥胖的手就伸进麻将里，其他人也跟着搓了起来。声音很刺耳，听着难受，又不好意思走开，就给他们的杯子里加满水搬了把凳子坐在旁边等着给他们倒水。

我这个人天生对搓麻将的声音和下象棋的声音过敏，只要一听见这两种声音就烦得要死，根本没有兴趣学。好多人劝我学一学，无聊的时候可以解一解闷，我没有学，我说无聊的时候我宁愿踢石头玩都不会去干那种事情……

正想着时，我的手机短信响了，一看是我女朋友发来的信息，让我上微信想和我聊一会儿，她一个人都快要无聊死了。她这么一说我就往远坐了一些和她微信聊了起来。

六

陈处长的手气还真是不错，不到一个小时就赢了两千多块钱，到十一点半时就想回去，见好就收的意图很明显。三位老师都不同意，非要再打一会儿，十二点钟准时散场，陈处长死活不愿意再打下去。彭老师和邵老师说不打也行，那就去门口吃烤串喝啤酒。陈处长说明天还有那么多事情要干，喝多起不来。彭老师和邵老师说少喝一点就行，不宰你狗日的一下我们睡不着呢；不喝酒也行，那就请大家洗个脚吧。陈处长说那就去家里喝，他说他老婆今天晚上值大夜班，明天早上八点以后医院交完班才来，家里就他一个人，很方便。说完陈处长笑嘻嘻地看着我说你就先一个人待着，喝上一会儿他就让他们下来了。然后对他们说洗脚的事情就算了，老婆又不在家里，不然把人的想法洗出来还没办法解决……南老师说他这两天胃有点疼，不想去喝酒，让他们三个人喝，要留下来陪我。他说这大半夜的留下小赵一个人也不是个事情呢，毕竟还是个娃娃，这类事还是头一次经见，最好有个人陪着。见南老师这么一说时，三个人都高兴起来，把各自身上的烟掏出来全扔给南老师就快步往家属院里走去，走的时候陈处长把麻将收拾好也顺手提走。

刚才彭老师说甘老师是让刘副主席给害死的，到底是怎么回事，您能给我详细说一下吗？等他们三个人走了以后，灵棚里只剩下我和南老师时，我打量着南老师问。

看到他有点犹豫，我就把如何与甘老师结缘的事情给南老师详详细细说出来了，想以此博得他对我的信任，好让他把甘老师真正的死因说出来。我说甘老师在我的心目当中占有很高的地位，他突然用那种方式了结自己，我心里无论如何接受不了。他用其他什么方式了结自己我都能够接受，就是没有办法接受他这种死亡方式。真想死，我觉得卧轨、从悬崖上面纵身跳下去、跳黄河，这些可供真正的文人显示自己气概的死亡方式有千万种，偏偏选择了那么一种方式。看来任何人都不能摆脱俗气，哪怕是甘老师这么有名望的大作家。他和刘副主席到底有多大的仇恨，偏偏要把自己挂在人家门口？要是个普通人，我也不会这么好事，问题他是甘老师呢，在我的心目中他可是我从事文学创作的上师，胸怀应该和他的作品一样宽广，又是那么一个年龄，还有什么放不下的？

我认为甘老师是天底下最好的一个大好人，这话一点都不夸张。先不说其他的，就从这几天吊唁的人来看，哪个人不是抹着眼泪来抹着眼泪走的？我在这个单位工作了几十年，送走的有身份的人前前后后也有十来个了，这种悲情的场景还是头一次遇到。我从认识他到他去世的这二十多年里，从没听说过他因什么事和别人红过脸；工作上一直兢兢业业，个人创作上又有那么大的成就，做人方面更是无可挑剔，把谁都能当自己的亲人一样对待着。可就是这么一个大家公认的大好人到头来走得比谁都凄凉，有些事还真是说不清楚，也算老天瞎了眼，不然他不会是这么一种结局！南老师说着说着就难过起来。钱丢掉的那一刻，我们三个就觉得是刘小平设下的套，给甘老师说，他死活不相信，认为都是自己太粗心让人给偷走了；我们怎么说他都直摇头，觉得刘小平不是那种人。

是差旅费的事情？我急忙问道。

你是怎么知道的？南老师疑惑地问。

这几天大家都说这件事情，都当笑话说着。我一边说着一边回避着南老师刺眼的目光。说两万块钱的差旅费扎扎实实缝在裤衩里还是让人给偷走了，那么贴身藏着，又那么多钱，让人偷走甘老师居然一点知觉都没有。大家还笑着说肯定是一个美女偷的，不然那么个大活人有人脱自己的裤子还有不知道的事情？我故意诱导南老师。有的人甚至谣传，说甘老师出去鬼混什么的让人给敲诈了；也有人说差旅费他干脆就没有带出去，直接放在了家里……反正是说什么话的人都有。不过说甘老师把钱贪污的人不多，大家觉得甘老师不是那种人；我想甘老师也不会那么做的，虽然我从没见过甘老师，不过他的大部分作品我都拜读过了，想着肯定是文如其人，不然他不会写出那么棒的作品来。

刘小平的套。南老师说完紧咬牙齿。他们两个以前关系可不是一般好，有段时间甚至比我们三个都要好，快赶上穿一条裤子了。每到周末人家两家子人就约上去爬山，其他人都不叫。两家的女人都是在不同的工厂里面，两个男人又都在编辑部当小说编辑，四个人年龄也都差不了几岁，所以共同话题也多些。两人开始疏远起来，应该是评正高时的事情了。那时候你们编辑部只剩一个编审的名额，两人是同时评的副编审，评编审肯定要撞在一起。评审文件下来后，两人就有了隔阂。确切地说是刘小平两口子先疏远人家，心里嫉妒，因为甘老师那时候已经是省内外有一定影响力的作家了，按现在的说法，人气爆棚。他刘小平也写小说，可比到甘老师跟前他连当学生的资格都不够。从他后面发展的情况来梳理，我觉得他当时跟甘老师好不是真心好，让甘老师帮他修改作品的成分多些，他发表在几个大刊上的作品都是甘老师修改的，修改的稿件我在甘老师家里面见过……评正高时刘小平其实已经有动歪心眼的念头，只是甘老师发表的作品和获得的证书实在太多，又有一个省委组织部当处长的同学给甘老师背后出力，两人同时报上了，批下来的就甘老师一个，从那时候起刘小平就开始恨上甘老师，只是不好发作而已。好在第二年的年底你们编辑部有一个编审到龄退休，腾出来一个指标，第三年刘小平顺理成章通过评审。尽管他也评上了，依旧落在甘老师后面整两年的时间。过去两个人出去参加什么活动时桌牌都并排放着，后来他就排在甘老师后面，几次以后他就不与甘老师一起参加活动了。其实这种事情大家心里都明镜似的，只是甘老师死活都不承认关系出现问题是他们两个的原因，把这个黑锅扣给了两人的老婆，说女人之间出了问题，甘老师指的肯定是女人之间那些鸡毛蒜皮的事情。其实那时他老婆已经背叛了他，我见过几次他老婆趁着刘小平老婆晚上加班的空当往刘小平家里跑。刘小平家在三单元一楼住着，甘老师家在我们楼上住，两家不在一个单元里面。我就碰到过好几次，虽然院子里没有路灯，甘老师和我的关系也不错，经常来往着，他老婆的背影和走路的姿势我很熟悉。尽管碰见的次数多，又都是一些摆不到台面上的事情，我也不敢给甘老师说起，也从没有给其他人说过。再说，那时候两家都有了小孩，还要顾忌家庭和睦。南老师说着又点燃一支烟。

真有这种事情？我很惊讶地问。

甘老师那次丢钱的事情准确地说应该是刘小平和甘老师老婆两个人合伙干的，如果我没猜错的话，让人偷走的钱里一半肯定归甘老师爱钱如命的老婆。单位一些人都知道，这个水性杨花的女人结婚前甘老师不是她唯一的男人，结婚以后同样。没有结婚前，她的绯闻我们都知道。当然了，甘老师这个书呆子是个例外。南老师说着回过头看了一眼甘老师的遗像。不过她与刘小平的事情我估计发现的人并不多，不然早就传出来了，我从没有听说过他们两人之间的绯闻。好多人都非常清楚甘老师找了一个什么样的老婆，这是甘老师最为悲哀的一点；自己的老婆不停地给自己戴绿帽子，他居然一直被蒙在鼓里。那件事情上她得到刘小平多少的好处我不清楚，不过她给刘小平做内应还真是做得非常成功，直接压下自己的丈夫把刘小平扶到厅级干部的位子上。

真没想到！我气愤地说。这个女人真有这方面心思，应该说有跟刘小平过日子的打算，不然不会那么做。不要说是一个上班的女人了，连一天书都没念过的农村妇女都知道夫贵妻荣的道理。我估计她肯定有那个想法呢，不然不会做出那种事情来。没有成功，大概是刘小平把她利用完以后一脚蹬掉了。

根本就没那回事，这个女人绝对不可能跟刘小平过日子，这点我心里明镜似的，毕竟我们都很熟悉，也比较了解这个女人。甘老师虽然穷，但有才华名气大，是这个领域的权威人物。刘小平他有什么？除了一身恶习外，再没有别的了，她会抛弃甘老师这么一个让她充满光环的丈夫与刘小平一起过日子？根本就没这可能。我估计她从来都没想过离婚找个其他男人一起去生活，不然与多少男人有不正当关系的她到现在居然还和甘老师一起过着？她找其他男人纯属是为了钱，我是这么认为。女人都有爱慕虚荣的一面，何况她还是颇有姿色的一个，这样的女人虚荣心更强。

我心想，刘小平之所以能拿下她，应该在她身上花了不少钱。我们单位，那时候日子过得比较宽裕的只有刘小平一个人，他父亲是一个国营工厂里的厂长，听人说家里的日常用品根本不用自己花钱买，需要什么都有人送；用不完，刘小平私下里就让他老婆倒腾给别人，听说光这一项收入都要比他们两口子的工资还高。手头有多余的钱，两家人又走那么近，甘老师老婆又那么爱钱，刘小平又不是什么好鸟，面对那么一个爱钱又漂亮的女人他能放过？那时候的一两万块钱比现在的几百万的诱惑还要大，甘老师装的是公家的钱，干的又是集体的事，真让人偷掉，也不可能让甘老师来赔。能把其中的一半钱给那个女人，她会不干吗？根本不想后果，于是两个人就策划让甘老师如何藏钱的事。如果我没猜错的话，甘老师藏钱的那个情趣内裤是刘小平买的，之前就穿在甘老师老婆的身上，是刘小平说服那个女人借给甘老师用了，因为甘老师平日里不会穿那玩意，这点我们都知道。不要说让他花钱给自己买一个短裤穿，就是一双袜子他都舍不得买，大冬天他都光脚板穿鞋。为让一家人的日子过下去，他往死里节俭，除抽点烟，他什么钱都不花。而刘小平谋害甘老师的同时还连带着羞辱甘老师，只是穷得发疯的那个女人没有意识到这一点。

妈的，真够阴毒的！我气愤地说着捏紧了拳头。

都是文化人，但刘小平和甘老师的出身不同。很大程度上说一个人的出身决定一个人的性格，这点从这两个人身上得到了印证。甘老师家庭贫困，人特别朴实厚道。刘小平干部家庭，听说他以前在他老子的工厂当宣传科长，和女人乱搞的事情全厂子人都知道。把人家一个未婚女职工肚子搞大又不跟人家结婚，就闹了出来，花了很大的代价才把事情平息。丑事败露以后，他没脸再在厂子里待了，只能到外边去。他在宣传科发表过一些豆腐块文章，他老子就托人把他调到我们单位。听说所有部门里编辑部情况好一些，就到编辑部里当编辑。来这里的第二年又把小姨子肚子都给人家搞大了，他老婆差一点给闹腾死，小姨子也闹着要和他结婚，赔了一套房子才把这事情压了下来。这个人就是个坏种，属于人渣级别的男人。比甘老师迟几年评了职称就把甘老师恨在了心里面，不仅睡了人家的老婆，还利用人家的老婆给甘老师挖坑，可见他卑鄙到什么程度！

您怎么知道那个内裤就是刘小平买来的？我看了一眼南老师心里面难受地问着。毕竟你没有亲眼见到，怎么能这么肯定呢？

我和甘老师关系那么要好，如果那个内裤不是刘小平花钱给她买的，那么抠门的女人会把那么一个花好多钱买来的内裤缝个口袋给自己的男人穿在身上？内裤我从甘老师身上见到过，要好几块钱呢。那时候只有官太太等有钱女人才有能力去买那种内裤穿，普通收入的女人想都不敢想，她们大多穿的都是用拆下的旧衣服缝的；其他女人的我也见到过，家属院里住着的我见到过不少，洗了都搭在外边的铁丝上晒，万国旗一样，过来过去的人都看见。那时候的人可真是穷，绝大多数人拿不出来多余的钱胡乱买东西。即便不是刘小平给她买的，肯定也是其他的男人给买的，让她自己买她才不会花那么多钱买个内裤穿，她宁愿把那钱花在大家都能看得到的地方。不管那个内裤是不是刘小平买的，刘小平给那个女人做工作让甘老师把钱装进那个内裤的主意绝对是刘小平给出的，他是想当着大家的面把甘老师羞辱一番。共事这么多年，他是什么素质我还不清楚？再就是他肯定没少给那个女人钱，不然打死她都不会把那么好看的一个内裤让甘老师去糟蹋。

您就这么确定刘小平给甘老师挖陷阱？我心有不

甘地问。也就是说您怎么就那么确定甘老师丢钱的事情是刘小平和甘老师老婆合伙做的手脚？我想南老师会回答我这一疑问的，谁知他像没有听见一般接着往下讲。他说临走以前单位私下就传出来要从正高职称里选拔个副厅级干部充实到文联领导班子里，单位正高职称有十几个人，只是大多超过提拔年龄；有的虽然还没有超龄呢，业务上都相对弱些。话又说回来，那时候甘老师在省委组织部当处长的同学两年前已经提拔成副厅级部务委员了，都说那次的提拔是专门给甘老师设置的条件，所以十几个让领导劝说着报了名的人也没有当回事情，知道没自己的份，是属于陪考那一类的。刘小平心里面憋着一股子气，我们早都看出来，提醒甘老师提防着。可缺心眼的甘老师说他和刘小平是老交情了，不会给他使绊。听了甘老师的话我们心里面很恼火，眼看着自己的老婆都让人家给搞了那么多年，还把刘小平当自己兄弟一样对待，世上还有这种傻瓜呢！问题是这些话说不出口，我们只能憋在心里面。不过我们心里一直担心刘小平会动手脚，我们分析，他倒没有想过自己要替代甘老师上位，他真没有那个本事，起码组织部那边他是搞不定的，大家心里都清楚那个职位是专门给甘老师预留着的，作为单位里的一只“老苍蝇”，我不信他嗅不到这点。不过，提拔自己的本事没有，拉人后腿给人放绊的本事他有，这也是我们当时幼稚的想法，谁知道后来人家还真就当上了……出发前当他提出来让甘老师保管两万块钱差旅费时我坚决反对，彭老师和邵老师也都一起反对着。让人憋屈的是，我们使劲反对呢，甘老师人家自己答应下来了，直接把我们晾在了一边。后来我们问他是哪根筋出了问题？他说刘小平一提出来很多人都赞同起来，不保管就会一下子得罪十几个人，这样不太好。我们觉得他说的也有点道理，就再没责怪他，只是三个人多了个心眼儿，都暗地里保护着甘老师。南老师说着把灭掉的烟蒂扔进火盆里。

甘老师穿的是自己老婆的内裤这点前面我已经给你都说过，是巴掌大的那种情趣内裤，镂空的，粉红色，看着特别性感。出事以后甘老师当着我们三个人的面脱下自己的线裤子露出那个内裤时我们三个人都看到过。南老师舔着嘴唇说。为不让他出事情，临走前我们三个都问过他钱装在哪里，好让我们帮忙留意一下。他没有说装什么地方，只是说非常安全，不需要我们照看，压根不往出说。我估计他是不好意思说，倒不是信不过我们三个人。既然他给我们三个人都不说，其他人他就更不会说。他又是个心细人，我们想着他既然都不给我们说，应该保管得比较安全。再说了，钱也不多，两万块钱哪里都能装下。虽然这么说，又是在节骨眼上，提出让甘老师保管差旅费的人又是坏种刘小平，我们三个还是私下商量暗中保护甘老师，不让他出任何事情，毕竟自己的人上位，对我们没什么坏处。商量好以后我们就紧跟着甘老师走着，即便是上厕所三个人都不能同时去上，必须有个人和甘老师在一起。我们是上午到的上海，洗漱完稍微休息了一会儿就去吃午饭了，吃完在街上溜达。正溜达着，刘小平突然就碰上了熟人，听说在上海一个区当文化局长，对方提出晚上一定要给大家接风。当时我就有点怀疑了，这人生地不熟的怎么就会这么巧，刚一出门就碰上他的朋友？通常情况下，对方全请也只是一句客套话，顶多也就请一两个重要人物，其他的就未必了，带队的副主席那必须得请；换成我只请副主席一个人，其他人全免了，人多给人家添麻烦。副主席毕竟是单位领导，请去大家也不会说什么。可对方坚持要全部请，必须都到，不能落下一个人。看到对方真心请时，领导就同意让大家一起去解一解馋。等去了后，我发现作陪的是两个袒胸露背长得非常漂亮性感的女孩，看着都是二十啷当的年龄，脸蛋和身材一个比一个火辣，长那么大我还是第一次看见世上竟然有那么好看的女孩子呢。对男人来说，与长得那么漂亮性感的女孩一起吃饭已经很满足，上的还是茅台酒，对方还让大家敞开肚皮喝！南老师说着抿了下嘴唇。那时工资低负担又重，单位里过得宽裕些的就没有几个人，平日里好不容易凑在一起喝个酒，都是几毛钱的那种。国酒茅台只是见过，单位里除书记、主席这些爷爷们以外的人我估计喝过的都非常少。突然一下子抱进来几箱子，我们这些土包子一下子兴奋得就像是打了鸡血一般，男男女女的都看着摆在桌上的酒瓶子使劲咽着口水。又想着甘老师那么精细的人钱肯定装得很安全，一时贪心也就没有再管。看着那么多好酒，我们三个人和其他人一样都贪婪地喝着。听说散场的时候除刘小平好端端地没有一点醉意，其他人全醉倒了，男女都一样，怎么回宾馆的都没有人知道——喝到中途，我看见刘小平借着敬酒的机会嘴贴在那个胸部大得吓人的女孩耳边小声说着什么，过了一会儿那个女孩就去给甘老师敬酒。本来那阵子甘老师已经喝得有点多了，说话时舌头都大起来，但那个女孩站在甘老师面前端着三个大杯子不停地晃荡着丰满的胸部一个劲撒娇着，经不住诱惑的甘老师就把三大杯灌进肚子。过了会说他想出去小便，那个女孩子说甘老师可能要吐，她主动提出来要把甘老师扶到洗手间门口，等上完厕所再扶回来，不然滑倒出事情……后来就听说了甘老师在厕所的马桶上和那个女孩子做爱的事情来。这件事情是刘小平给我一个人说的，他说甘老师借着喝醉把人家女孩子给强暴了……事发后，那女的在他面前整整哭了一晚上，两个眼睛都哭出了血，最后还是他给了人家三千块钱才把事情给摆平了。我听完找甘老师核实，问他是不是真有这种事？甘老师只是抱着脸哇哇地哭着，什么话都不说，他不说那就是默认了。我当时那个气呀，正想要给他几耳光，手刚举起时就见彭老师和邵老师两个人走进来，只好把手放了下来。这件事刘小平似乎只给我一人说起过，应该再没给其他人说，包括彭老师和邵老师。要是告诉的不止我一个人的话，这消息早就传出来了。他为什么只对我一个人说起，我到现在都没有完全弄明白。有一种可能，那就是他觉察出我发现了他和甘老师老婆的龌龊事，他以这件事情来要挟我。除这点外，我再想不出其他的理由。

钱偷走后怎么办了？我出着长气问。

本来那次活动计划了半个多月时间，学习一个星期，大家再四处转一个星期。领导没有明确说出来，不过我看他的意思是要把两万块钱全部花完才回去。钱一转眼一分都没有了，那么多人吃了三天方便面才等到单位电汇来的钱。听说书记很生气，让带队领导和其他三个机关处室负责人留下来学习，其他人全部返回。绝大多数人都是第一次去上海，去的人谁不想沾公家的光好好玩几天见一见大世面！　让甘老师这么一顿折腾，大家的怨气一个比一个大。去的人大多都是各部门的负责人，回来后时间不长搞提拔前的民主测评，甘老师的得票率连三分之一都没有，只给大家买了几包方便面的刘小平居然快接近全票了！那次来搞民主测评的不光有组织部的领导，还有宣传部和省纪委联系我们单位的相关处室负责人。面对这么一种情况，即便领导不想让刘小平上去都不行了。依照当时的说法是众望所归、民意所向，这是省宣传部的一个处长在民主测评结果出来讲话时的大致意思。那个家伙很偏向刘小平，刘小平肯定找过他，不然倾向性不会那么明显。那次来的人里面就有甘老师同学，是来的人里级别最高的。结果当场公布出来后，我就看见他的脸唰啦一下惨白起来，中午单位安排的饭他都没有吃转身就走了，借口说还有点事情。都到了这个份上，甘老师还不承认刘小平故意搞他，只说差旅费让人偷走害得大家没有玩成，都把这个仇记在了他的身上，所以民主测评就没有通过。他还说自己压根就没有当那么大官的命，听了能把个人给活活气死。过后我几次追问他钱是让人怎么掏掉了有没有一点印象？他没有说，直到临终的三天前才给我说了实话，终于承认是刘小平设的陷阱，他说他隐隐记得那个所谓的女孩子并没有把手往其他地方伸，上完厕所他刚出来，就被她一把拉进一个没有顾客的黑黢黢的包间洗手间的马桶前直接把手往他的下面伸去了。生平第一次碰到那么风骚那么漂亮那么性感的一个女孩子，又喝了不少的酒，没把持住，就在她的配合下与她发生了那种关系。做完后他正准备提裤子时洗手间的灯突然亮了，看见一脸坏笑的刘小平出现在他们面前，不过倒什么话都没有说，等那个女孩子当着他们的面整理好衣服走出去后，他就拉着他继续去包厢里喝酒。本来他不想再进去，想坐在外边等大家，刘小平发现了他的丑事，怕给传出去，这才跟着一起进去。进去后，他再没有发现那个女孩，只有另外一个提着酒瓶子端着高脚杯摇晃着火爆的身子给大家敬酒。进去以后，刘小平就一直给他敬酒，只提过去的感情，他就放松警惕陪他喝起来……他当时的记忆就停留在这里，后面的就再也记不清楚了，等第二天凌晨醒来将手伸下面摸了一把，才知道坏事了，那地方除二哥安安静静地躺着外，其他什么都没摸着。他说绝对是那个女孩子偷走的，这一点没有任何疑问，只是刘小平不让他说出来，让他一口咬定钱让人偷走了，具体怎么偷走的他喝醉了不知道。他说反正是公家的钱，又为集体办事，只要一口咬定让人偷走了就不会有什么事。甘老师说他当时只想着刘小平是在保护他，这么多年一直没有把他往坏处想过，直到他发现他和他老婆肮脏的事情他才知道这个人有多么阴毒。

两个人交往了那么长时间，又在一个部门里共过事，我就不相信甘老师一点都看不出来刘小平的为人！我咬牙切齿地说。就是一个傻子都能感觉得出来，何况还是那么大的一个作家！

你不了解甘老师这个人，像一个小孩一样单纯，根本不会把人往坏处想。南老师解释道。

他的作品里有没有坏人我还不知道？我不服气地说，要没有遇到过坏人，能把坏人写得那么深刻？

文学上的事情我不懂，现实中的甘老师的确这样，与他走得近的人都知道。我猜想，他以前压根就没有把刘小平往坏处想，不然就甘老师的秉性，要是知道他老婆与刘小平有一腿，他绝对不会放过刘小平。再说了，因为两个人关系好，刘小平的那些黑历史我们也没有在甘老师面前说起过。有时候想想，觉得我们比刘小平还要阴毒呢，他那么羞辱甘老师，我们都看在眼里，尤其是他搞甘老师老婆的事情，三个人里我最清楚，只是不敢说，怕书呆子会弄出什么事情来。南老师说着两个手抓起了自己的头发。毕竟，那个女人外边乱搞，到了家里还是想尽一切办法把甘老师伺候得舒舒服服，连脚都给洗；尤其当我去他们家里时，她孩子都不管也要为甘老师跑出跑进地干活，这种情况下我也不敢说，想着说出来甘老师未必会相信的同时弄不好还会说我破坏他们夫妻感情，这也是我几次当着甘老师的面想说又不敢说出来的原因……

七

南老师正说着时，陈处长左右胳膊挽着两位老师摇晃着肥胖的身子往进来走着，南老师赶紧站起来往出去走，我也紧跟南老师出去了。陈处长不知道是酒量大还是喝得少些，清醒得很，两位老师已经醉成了烂泥。

这是喝了多少呢？南老师看了眼两个人问陈处长。

三瓶，三个人对着喝的，谁知道这两个狗日的越来越没情况了。陈处长说着松开了手，我和南老师赶紧跑上去，我抓着邵老师的胳膊南老师抓着彭老师的胳膊往灵棚里走。总共也就赢了两千来块钱，把老子的三瓶五粮液喝掉了，是纸盒装的那种，肝都疼，这还是前年我送一个人在家的老书记去医院看病他一感动回来硬塞我的，看样子在他那里最少存放了十几年，现在那种包装的五粮液市面上已经见不到了。陈处长说着一屁股坐在火盆前面。看来真都老了，去年我们发送老邓的时候，是我们三个第一天晚上守的灵，三个人喝了六瓶子，还是家属提供的那种勾兑的酒，度数很高，喝着辣舌头，可喝完吵了一阵架我们才躺下来的，第二天早晨一个比一个起得早，什么事都没有耽误。这才过了一年的时间，连一瓶陈年的五粮液都拿不住了，如果哪天再死上一个，让老子找谁喝去！陈处长悲伤地说道。

你狗日的连老书记的酒都敢往家里拿呀？南老师抱着彭老师一边往草铺上拖一边说。可见你都黑到了什么程度！

凭什么不喝他的酒？陈处长说着打了一声响亮的喷嚏。我是想让他把我从协会里调到机关过一把官瘾，谁让他给我安排了个伺候死人的活计呢？开始的时候给我说先干一段时间再调，这一干就干了十年，官位倒是不停地往起来升，主任科员一直升到了处长，都他一手操办的，就是不给你换部门，眼看着快干到退休了，干的还是送死人的活。后面来的几任书记我都找过，说的话都一模一样，让把老子降级成调研员去资料室里练字，嘴皮子都说出血，人家就是不愿意把我调出来，还说这个岗位离不开我，没有合适的人选。我日他妈的，送死人的活哪个龟儿子不会干，非要让老子干到退休？

我看这个岗位最适合你干了，你别说老书记还真是有眼光呢。放下彭老师后南老师大口喘息了一会儿哈哈大笑着说。我给你说吧，这个活除了你，别人还真的拿不下来，不信换个人试一试，看谁还会像狗一样给他跑前跑后的呢？死球的又不是自己的老子。这几天跑腿的人你也看见了，除小赵外，比你级别低的人有几个？除了你狗日的，其他人谁来干这活，他把谁能指使动？南老师低头说着，见陈处长没应，抬头看时陈处长正坐在火盆边打盹，南老师就踢了他一脚问：不回去睡了？

都这个点了，回去睡了我早上还能起来？让南老师踢着滚到一边的陈处长爬起来摇晃着头说着，并用粗胖的手指揉着两个红肿的眼睛站起来，等清醒了一会儿后扭着身子指挥我把麦草全部抱在火盆这边，他说让两位老师睡在上面暖和些。本来想让睡到家里，想着睡到家里我即便能按时起来也弄不醒他们，明天还要赶他们两个到山上给老子跑腿呢，他们不上去派给他们的活谁干？就把他们给提溜来了。草铺虽然冷了一点，有麦草又有火盆不会出事情。凉快一些好，后半夜就会冻醒，也省得我再去折腾他们。陈处长说着突然吭哧吭哧地哭起来，虽然我没有沾到甘老师什么光，可他人挺好的，还真是有点舍不得他走！

赶紧挺尸去吧，少在这里给老子添堵了。他一辈子穷得连双袜子都穿不起，哪来的光让你沾？还真是黑球子得很，想在谁的身上都要捞上一把！幸亏没有把你安排到要害岗位上，不然你现在也不知道在哪个牢房里受洋罪着呢。南老师说着嘿嘿笑起来，陈处长一边呜呜地哭着一边顺势倒在火盆旁边，没有多长时间就睡着了。看着陈处长睡着，我们两个把其他两位老师也挪到火盆边。我隐隐约约地记得有毯子，好像在一个纸箱子里面放着。去翻时，果真有四条，拿出三条给三个人身上一人盖了一条，另外一条盖在我和南老师的腿上。

您也睡一会儿，我一个人能行的。我看着不停地揉眼睛的南老师劝说道。

就这阵势，我还能睡着？南老师说着苦笑了一下。

南老师没说我还没有注意，他一说我才发现三个人的呼噜声都赶上打雷了。尤其是陈处长的，可能是肥胖的原因，打着打着突然就卡住了，然后使劲喘息着，都有一口气上不来的感觉，听得人心里发紧。

要是再来几个年轻人多好，都五十好几的人了，已经不是干这活的年龄了呢。南老师点燃一支烟抽了口说。实在不想来，我来单位二十多年了，有时候一年都要送上好几个，特别是这几年，走的多得很。这狗日的还真是邪乎，他之前的处长手里真的几年都走不了一个，他一当上后，平均下来一年不止一个，都说他到老干处是送叫差的，他还不高兴。远的先不说，这三年已经走了五个，还不算甘老师。估计过几天还有人走，听说躺在医院几个月都下不了床的有好几个。那地方，你没去过，去上两三次就再也不想去了。我和你一般年纪的时候天不怕地不怕，哪里都敢去。这几年情况有点变，最不喜欢干的事情是去医院看病人去山上送死人，怎么都开心不起来，有时候去一次要难受好几天。可没有年轻人怎么办呢，我们不干谁来干？有个别大滑头，老陈刚一拨通电话，就找借口，自己这儿不合适那儿不舒服，感觉都活不成了。都开始怕了，毕竟都上了年龄。我们和这狗日的一起进的单位，平日关系又比较好，他每次叫时再不愿意也得往来跑。不过送了那么多的人，甘老师是我最愿意送的。不光我们关系好、他文学上的成就很突出，还有他的人格魅力呢。我并没有说空话，甘老师是怎么样一个人，这几天朋友圈有多少人自发悼念他你也能看到，这就是最有力的证明了。

什么是送叫差的？我问。这话我听过好多次，就是搞不清楚是怎么一回事情。指的是什么？

阎王爷派的黑白无常接上人走的时候难道不给腐败一下？他就是干这差事的人，大家都这么说。南老师说着笑起来。人不错，就是爱当个官，一心想要当个有实权的官过一过瘾，就我们这种烂怂单位，哪个岗位有实权呢？撑死送两瓶假酒。按说现在官也大，离退休的人里面厅级干部甚至几个享受副省级待遇的老艺术家都由他管着，有时候不高兴了给人家鼻子不是鼻子眼睛不是眼睛的，权利够大了吧？还嫌自己的权力不大，逼叨叨嚷着要换岗位，来个领导就去说，领导一见他就说自己忙着呢，让他其他时间了再来，办公室的门都不让进。其实他情况挺好的，岗位是难听些、干的又是送死人的活，不过所有的部门领导里只有他拿去的白条子领导能当发票给报销，花多少就报多少，只要拿进去老大直接在上面签字，干了什么看都不看。就这，还不满足。见领导不让进办公室，就闹起了情绪，每到下午有会时中午他就喝酒，然后醉醺醺地去会议室，领导们在上面轮流着激情澎湃地讲话，他在下面呼噜噜扯着鼾声睡大觉，故意气领导。虽然脾气不好，干起活来那还真是叫麻利，只要有人死了，他都是第一时间赶到对方家里，把个丧事办理得让家属一句难听的话都说不出来，这也是他那么闹腾而领导不生气的原因。参加了那么多的丧事，他哪一个的都是尽心尽力，只是嘴上不饶人，事情过了以后家属单独给七碟子八碗子地伺候着吃喝，嘴里面还骂骂咧咧的。就甘老师是个例外吧，甘老师老婆楼都没有下来他照样欢欢地跑着。甘老师老婆那个德行，甘老师的人品没有任何问题，这一点他也很清楚。只是，这个老家伙走得太可怜了，那么好的一个人，这一辈子让自己疼爱的老婆给他戴了多少顶绿帽子不说，走到了这一步连个端丧盆的人都没有，你说让人心里难过不难过？要不是我上面还有个老子，我给甘老师端丧盆的心思都有呢，还用得着低三下四求那帮畜生！南老师说着两个眼睛里面闪动着泪花。

您求谁端丧盆呢？我边问边把地上扔的烟盒拿起来抽出一支往南老师的手里面递。

来的那几个亲戚里面，有一个是侄子辈，让端丧盆，干脆就不端，嚷着甘老师有儿子又不是没有儿子呢，凭什么让他来端？最后和老陈协商给了五千块钱才勉强答应下来了。

我听说他儿子优秀得很，不仅听说过，甘老师一些散文作品里也多次写到他，还为这么个儿子自豪着。我叹息一声说。听说现在是个跨国公司的副总裁，总部设在美国呢，个人资产都过亿了。按理说，这么一个有能耐的儿子，他老子走了肯定要红红火火大办一场，怎么一直没有见到人影？我最近一直纳闷这事。

都替甘老师脸红呢，说起来真丢人，都没脸说！南老师说着点上烟抽了一口。甘老师这一辈子省吃俭用把积攒下来的钱全部花在老婆和儿子身上，给自己连一双袜子都舍不得买。儿子没有上班以前他一直光着脚丫子穿鞋，春夏秋冬都是，谁知道甘老师大半辈子疼爱着的两个人把他的心伤透了！老婆和自己的同事加哥们乱搞，儿子至少七八年时间没有回来看过他一眼，长什么样子我都快想不起来了。南老师长长地叹息着说。甘老师说他这段时间突然间特别想那个畜牲，打电话让回来一趟，他居然没有答应，说自己忙得干脆就脱不开身。本来甘老师已经在红腹锦市给他和他老婆买好了墓地，想死后葬在这里，方便儿子上坟；虽然也想过埋在老家，毕竟是小地方，又很穷，交通很不方便，上坟时会给儿子增加负担。后来我听老陈说甘老师临死的前一天把他叫家里亲自安顿，等他哪天要是死了就给老家的人打个电话让把骨灰撒到老家的山上，不想再安葬在这里了。当时我以为他只是说气话，谁知一天以后人就展展地躺下了。依照我的推测，真正让甘老师把自己了结的人是他的儿子。如果甘老师打完电话他的儿子能赶回来的话，我相信甘老师就不会走那么一条路，他会为自己的儿子活下去。当甘老师把想要继续活下去的最后一线希望完全寄托在自己儿子身上时，儿子又兜头给他一瓢凉水，直接把他给活活冰死了。南老师说着说着就苦笑一声。

不过现在仔细想想，那么一个家庭出身的孩子精神上肯定有问题，从小就缺少母爱，那个女人正常待在家里的时间特别少，好多次老远看见她挎个包包在大街上晃悠，也不知道在等谁。年轻的时候那个样子，老了也正经不到哪里去，现在依旧那个样子，只是不怎么在大街上晃悠了，改在老干部活动中心。每天早晨都会把自己收拾得妖里妖气地出去，三更半夜才踩着高跟鞋咯噔咯噔上楼，很少待在家里。年轻的时候，我从没有见过她领着儿子出去玩，每次去他们家时都看见她儿子在冰凉的地板上面趴着自己玩耍。你是作家你也知道，在这样一个氛围里，孩子的心理能健康起来吗？没有走上邪路，就已经很不错了。

您刚才说甘老师去世前才发现了他老婆和刘小平之间见不得人的事情，难道说这两个人一直保持着来往？我急忙问着。

早断了，应该是刘小平上位时间不长的事。南老师说着又抽出一支烟点上。刘小平当上副厅级领导时间不长的一个晚上我发觉他去了甘老师家，那天甘老师去外省参加一个活动，早上刚走掉的，路上碰见我，还叮咛我周五下午去托儿所帮忙接一下孩子，他要去一个星期呢。晚上我出来倒西瓜皮听见甘老师家里传来刘小平干咳的声音，时间不长就听见那个女人歇斯底里的诅咒声，左一声畜生又一声畜生地骂着。几分钟以后，我就看见低着头叼着烟的刘小平走了出来，之后就再没有见两个人来往过。路上偶尔碰到，刘小平都是低着头走路，而那女人露出来的都是杀人一般的眼神。这之前两个人路上撞在一起时尽管旁边有人呢，眼角里还是能够流露出来一些东西。后来我就听说刘小平又和一些女演员打得火热，出一次差领一个；他当副主席以后分管着戏剧家协会的工作，有很多便利条件，又有一些女人投怀送抱，听说在位的那些年过得比神仙还要快活。至于说那个女人吧，和刘小平好的时候也没有守着刘小平一个男人，只要甘老师不在家，她好像一下子就不用加班了似的，天天在家里，尤其孩子后来送到托儿所里后，只要甘老师不在家里她就在家里面。只要她在家，那个家里就不断地有不同年龄的男人出进。甘老师一来就又没有了，不过她也就会像以前一样借口加班不回家。我几次怀疑她有卖淫的迹象，不过我没有亲眼见过，也只是个猜测。南老师说着把抽完的烟蒂扔进火盆，沉默起来了，我不知道该说什么，也跟着沉默着。我以为他心里难受不想再说了，可沉默了一会儿他又接着说开来。

甘老师临走的三天前的早上打电话让我去他家里坐一会儿，本来我正准备上班去呢，包包都提在手里，早上还有点急事情要处理。但他一叫，我就把包包放在家里下去找他了。这个人退休以后怪得很，要是我不主动给他打电话或者去找他，他根本不会主动联系我。冷不丁突然打电话让我去他家里，肯定有事情，我不能不放下自己手头的事情跑下去。进去时我看见他的脸色特别难看，问他是不是吃了什么过期的东西？他说好好的呢，说着就把一块女士手表拿出来让我看。很面熟，仔细看着看着，我的脸就烧了起来。那块手表我记忆犹新，是那次去上海等单位电汇路费时刘小平说给他老婆买的，给大家炫耀时，除了甘老师没有认真看外，其他人都拿着端详了一会儿，所以甘老师刚给我伸到眼前我一眼就认了出来。不过已经很旧了，看样子都戴了不少年成，磨损的痕迹很显眼。甘老师说他没有想到自己疼爱的老婆竟然和自己信任的兄弟搞破鞋！说这话时牙齿都咬出血来。然后就回忆起一些过去的事情，终于知道刘小平一直在搞他羞辱他。我们已经都是一把年纪的人了，没有必要火上浇油，试图找各种理由否定，并一口咬定那块破表是嫂子什么时候从垃圾桶里捡的……正说着时，他打断我的话，认为我是在胡说八道。他说从垃圾桶里面捡来的东西不会放那么仔细的。再说，家里虽然一直穷，她还没有从垃圾桶里捡东西的那个习惯。她一直把自己当成名人老婆看待，怎么可能像一些捡破烂的妇女一样爬在脏兮兮的垃圾桶里从里面翻脏东西？表面上她一直把自己装扮成一个有钱女人、英国式的贵太太，这样的一个女人会跟那些专门捡垃圾的妇女一样翻垃圾桶？我就摸着滚烫的脸蛋问他你从哪里找见这块表的？他说他找个东西几天都没找着，就去他老婆的橱柜里面碰一下运气，这就发现了这块表，还有一些他说不出口来的东西，其中有一些东西他从刘小平身上见过，比方说几个玉石吊坠什么的。说到这里他突然呜呜地哭了起来，说他突然非常想见儿子。我说想了你就给他打电话让他回来住上几天，现在交通这么便利，用不了多长时间就能到。我正说着时他突然又抱着我哇哇哭开了，和当初差旅费让人偷走一样悲伤，两个手紧紧地抱着我，脸在我肩上搭着，鼻涕眼泪都淌了我一肩膀，像个失去母亲的孩子似的，把人的心都能哭碎。我还以为他这么悲伤是他的儿子出了什么事情，毕竟也是在我眼皮子底下长大的，多多少少还有那么一点感情。等我难过了一会儿问他时，他说人好好的。

我一听气一下子就上来，赶紧一把将他从我身上扯开了。我说好好的那你哭球个什么呢，三岁小孩子一样？他就一边哭着一边数落起自己的儿子，他说刚才给小畜生打了电话，想让他抽点时间回来一趟，我说最近可能要死呢，得了一个治不好的病，是前几天刚查出来的。我想这么一撒谎他可能会回来看我，谁知小畜生说他忙得很，最近根本没时间来。他说既然人都不行了，大老远跑来了也不一定就能见上一面，让我放心地走，等我走了以后他会把他妈妈接到美国养老，死了再送回来和我埋在一块。过几天他就联系陈处长，给他打五千美元负责我的丧事。他说那可是真真实实的美金呢，折合成人民币要三十几万元。他说让陈处长负责好我的丧事的同时再让陈处长给我花高价钱买上一块风水宝地做墓地，到时候他会交代陈处长等我下葬的时候再花点钱让人把我的骨灰盒端端正正放进去，这样会荫及他的子孙后代！他说我刚一听到这里就挂断了电话……说到这里甘老师又哇哇地哭着，哭完气呼呼地说，我就偏不葬在这里，等我死了你跟老陈说让老家的人把骨灰带到老家随便找个地方撒掉，不给他留下任何麻烦……

那个小杂种前天倒是给我打过一次电话，让我发个银行卡号。我听他说没有时间回来时，直接挂断了电话……南老师刚说到这里，有个幽灵般的声音传进我们两个的耳朵里，我们两个都吓了一大跳。回头看，发现陈处长不知什么时候已经在我们身后坐着。

八

我们三个人的聊天让送早餐的三马子刺耳的声音打断了，陈处长正在数落甘老师的儿子，有两道强光照进灵棚，不一会儿就传来一辆三马子独特的喧叫声，还夹杂着几个男女的说笑，我估计是殡仪馆安排的送早餐的人来了。陈处长从地上爬起来出去招呼，南老师踢着彭老师和邵老师的屁股，两个人揉着眼睛骂骂咧咧地坐起来。等他们完全清醒后，三个老师分别往三个火盆里填煤块，我赶紧收拾毯子和地上的草铺。

兄弟这几天很给力，不光我看在眼里，其他人也一样。不管是来帮忙的人，还是吊唁的人，没有一个不夸你的。你绝对是很棒的，老哥给你点个赞！但早上还要忙呢，早上忙完我可以给你放三天的假让你好好陪陪你的女朋友。陈处长晃着肥胖的身子走过来对我说。今天早上还有两个任务，你选择一个，要么陪甘老师老婆和他们的亲戚先上山，要么去押运花圈。

押运花圈。我没有犹豫就报出来。

那好，等起灵后，所有的花圈都要拉到山上，三辆大卡车马上就要到，由你指挥，等车来了你们就往上装花圈，现在赶紧吃点东西。说到这里陈处长的电话响起来，他走到一边去接，接完又给其他人交代任务。

其实我很想陪甘老师所谓的老婆先上山去，那样我就能够提前看到甘老师的遗容，问题是和那么一个让人恶心的女人在一起我心里面难受。如果她是个正经女人，甘老师能那么早走掉？

我正生气着，抬头一看，发现天已经亮了，院子里一下子热闹起来，人也越来越多，都是起早来帮忙的同事，有的蹲在地上吃着早餐，有的站一边抽烟，有的和大家闲聊。我正看他们，手机短信响了，我一看是女朋友发来的，她说早点做好了，让我赶快来吃。我说时间紧张，来不及了，你自己吃，不要等我，中午了再一起吃饭。正聊着时，我就看见三辆加长货车打着喇叭慢慢往进来倒着，估计是来拉花圈的车。我就给女朋友说这会正忙着，等忙完了联系。说完收起了手机跑过去看，发现果真是，便指挥司机把车先停到墙根。车停下后我问三位司机师傅早晨吃过没有？他们说没有，我就让他们吃点东西，吃完了再装花圈。正说着女朋友的短信就又发了进来，叮咛我别忘了吃点东西，她这一提醒我就过去抓了两个花卷蹲在地上和大家一起吃着。想着端一碗热乎乎的烩菜吃呢，感觉来不及了，就没有端。

吃完正在装花圈，灵棚旁边响起了鞭炮，紧接着我就听见一声撕心裂肺的哭声传过来，是个女人的声音。其他人也都哭着，不过声音都没她大，我想肯定是甘老师老婆在装腔作势。仔细看，发现有一个保养得很不错的还有那么点风韵的女人在两个妇女的搀扶下大声号哭着往过来走，我想她应该就是南老师说的那个女人吧。正要往跟前凑着看呢，一个中年司机一把就将我扯到了一边，他说不能迎着哭丧的队伍，会犯冲的。他这么一说我再没往跟前凑，和三位师傅站在一起等送葬的人陆续进了大门口停着的几辆小车里后，我们就继续装花圈。

原计划拉花圈的车跟着灵车走，这样我就能参加上追悼会，可灵车走的时候花圈还没有装完。等装完时，灵车早走了。更让人揪心的是，三位师傅都是刚来腹锦市谋生的，没有一个人知道火葬场从哪条路口上去。就用手机导航，导到哪里就堵到哪里，等山上时，太阳已经老高了。

我也是第一次去火葬场，上去时发现漫山遍野都是各种没有烧化的纸钱、人群和不同的车，我们的车都没有地方停靠。好不容易找了个地方停下来，十几个烧花圈的锅炉和几十个烟雾缭绕的窗口前面已经黑压压排着高举花圈的队伍。我给陈处长打电话说花圈已经拉到山上来了，是不是安排了专门的人来烧？陈处长说赶紧排队烧，都要烧在一个窗口里面，不能分散烧。等陈处长挂断电话时我看着绊脚的人群心里面真是很着急，想着这么多的人什么时候才能排到跟前！尽管心里很烦躁，我还是给三个人指着就近的一个锅炉说就这个炉子，我们四个人各占一个窗口，分头排队，谁先排上谁就给我打电话，我先排上我就给你们打电话，花圈都举在手里面，说完我就先抱着一个大花圈去排队。排了近一个小时，前面几个排着的人都往我身后退，我问怎么回事？他们说花圈还没拉来，是提前排队，车可能堵在半路上了，让我先排。我说你们手里面不是都举着花圈吗？他们说临时借的。我苦笑一声再没有说什么，把手里抱的花圈搭在窗口前先占上位置，再给三位司机师傅打电话让赶快把花圈往过来抱。于是他们往来抱我负责烧，又用了一个多小时才算烧完了。

烧完了花圈，陈处长的电话没有打通，我就给他们处唯一一个给他跑腿的同事打电话问追悼会开完了没有？他说半个小时前就开完了，尸体已经推进锅炉房排队火化，处长正安排车往山下送年龄大的人，他陪家属在出口等着取骨灰盒。我说什么时候下葬呢？他说骨灰要带到老家去，下午就走了。我问他甘老师的老婆在不在？他说还在，这女人真够痴情的，从早晨哭到了现在，两个眼睛肿得都看不见人影了，还一个劲哭着。又是在这么个地方，待得人心里面发毛……我心想，要是甘老师葬在这座山上的话，我怎么着都要送他最后一程，看来骨灰果真要带到老家去，我就没有心情再去了。

还是多腾出一点时间陪一陪我女朋友。我突然这么想。估计她一夜没睡，不然就不可能起那么早做早餐。想到这里，我就给站在一旁抽烟的三位师傅交代让他们把各自的车开出来，我们现在就下山去。我的话刚一说完，三个人一下子都消失在了烟雾中……

叁

少年高来女

有一段时间我特别恨我的父亲，倒不是我每次闯祸后他把我往死里打的缘故，是他给我取了一个这么难听的名字。四岁以前，我还处于懵懂状态，懂得的事理还不是很多，只要能给一口饭吃，别的事情我都不去想，拉着弟弟到处疯玩，什么都不会顾忌。

一

有一段时间我特别恨我的父亲，倒不是我每次闯祸后他把我往死里打的缘故，是他给我取了一个这么难听的名字。四岁以前，我还处于懵懂状态，懂得的事理还不是很多，只要能给一口饭吃，别的事情我都不去想，拉着弟弟到处疯玩，什么都不会顾忌。四岁以后，慢慢明白了一些事情，尤其当一些小伙伴叫着我的名字起哄时，我就不止一次哭着让父亲给我重新取上个名字。那时候我还没有干过坏事，他还算疼我，给我说名字已经让乡政府的人登记走了，再改不过来。起先听着不怎么顺耳，习惯了就好了。我觉得这只是他找的借口，自己的家里面生娃娃与乡政府有什么关系？就老是闹腾，只要小伙伴们拿我的名字欺负我，我就回家闹腾父亲。过去我怎么闹腾他都不动手，顶多是不理睬我。在四岁半的一天里，我再为这个名字的事情闹腾时他就打了我。往后，感觉他打我都打上瘾了，只要我再提起改名字的事他就动手。开始用手打，发展到后来，手上能捞到什么就拿什么东西打。从那时起，我就恨上他了，认为我不是他的亲生儿子，觉得亲身父亲打自己孩子下手不会那么重。村子里面和我年龄差不多的小伙伴有百十号人，他们也都淘气，经常给家里惹祸，可他们的父亲都不会那么打他们，顶多揪一下耳朵，重的也只是在屁股上轻轻踢一脚。哪像我父亲，根本就对我没有一丁点感情，有时比对待牲口下手还要狠，弄得我只要一看见他心里就发毛，就恨得牙痒痒。

小伙伴里，我算成熟得比较早的一个了。倒不是我们家生活好让我的智商噌噌地长着，我一直以为那是父亲给唬出来的。成天都在看他的脸子，不早熟才是怪事。

弄明白父亲为什么会给我取一个那么难听的名字，是我过五岁生日的那一天。明明是我要过生日，母亲却只给生病的弟弟煮鸡蛋吃，根本没有把我当个人对待！心里面难过，家里不想待，于是去三叔家找爷爷听古今。去时爷爷不在家，就奶奶一个人。我问其他人哪里去了？奶奶说，五黄六月的，除我小脚进不了地，谁还会像你一样闲得到处乱转悠？我说高旺财两口子也在家里待着，大哥和二哥也都在家里。奶奶说，别没大没小的了，你老子的名字是你叫的？小心听见再打你。我说有本事你去说，看我不把你那几只鸡的毛给拔光了！奶奶瞪了我一眼说，上次拔的我都没有给你爸告状，再看见你拔，我说给看不把你给打死！我说你让他狗日的等着吧，等老子哪天有武功了第一个修理的人就是他！奶奶再没说什么，从炉膛里把一颗烧得黑乎乎的洋芋拿了进来，她说你今天要过生日，奶奶也没好吃食给你，就烧了颗洋芋。她不提这档子事我心里还没有气，她一提起我就火了，接住洋芋顺手扔到院子里。奶奶一边迈着她那不到一拃长的小脚捡洋芋一边数落着我。我说老子今天过生日着，狗日的高旺财两口子给弟弟煮鸡蛋吃，根本没有把我这个儿子当个东西！说着说着我就哭了起来，我说高旺财那个杂种直接不是个人，给老子起了这么个难听名字，还说乡政府的人不给改，是他生儿子，还是乡政府的人生儿子？

奶奶再没有骂我，只是笑着剥洋芋，把剥好的洋芋硬是往我的手里面塞着。看我接住，她高兴起来，说这也不怪怨他，都是命。她说着叹息一声，就把父亲为什么要给我取这么一个名字的事情说出来。她说你爸妈一直都希望生一个女子娃，你们家里穷，起初他们想生两个孩子，希望老大是儿子老二是女子娃，有一双儿女就行了，不想再生。无奈第二个生下来依然是个儿子娃，想着下一个一定能生下个女子娃，又准备上了。生下你时，看你皮肤白嫩面容清秀，特别像一个女子娃，想着下一个肯定能随了心愿，还给你取了个很女气的名字，意思让你往来招个妹妹。生下你弟弟他们才死心，大家动员你爸爸，这才给你母亲做了节育手术……

那时候计划生育政策已经很严厉了，不过我们毕竟住在偏僻的大山上，交通实在不便利，乡政府的人也不常来。不光我们家，其他人家也都生了好多孩子，不过像我们家这样一个劲生男孩的没几户。村子里面也有一个劲生女孩的人家，看着我们家一堆男孩子，就恨得要死。我没有成为村里的恶霸以前，只要我和弟弟路过那些人的家门口，总会有人欺负我们俩，大人用恶狠狠的眼光看我们的同时还会把脏水往我们身上泼；这些人家的女孩还会伙同其他一些女孩一起叫着我的名字来侮辱我。她们都知道我不喜欢这个名字，还一个劲叫，明显是在欺负人。

欺负我和弟弟的不光是她们，还有村子里的一些男孩，他们欺负我大多以叫我的名字气我，欺负弟弟的方式比欺负我还要恶劣，会抓着弟弟的头伸起一条腿从弟弟的头上绕过来绕过去玩。这样的举止在我们山旮村最是耻辱了，我几次想要与他们拼命，无奈个头实在太小，还没有到人家跟前就给一脚踢了出去。这是我五岁以前的事情了，那时我只是和弟弟一起哭着，人那么多，自己个头小力气小，根本没有反抗能力。五岁以后，我的反抗情绪慢慢起来，尽管知道打不过，我还是往上冲着，只要让我抱住了大腿，就使劲咬，下死口。咬过几个，再有人来欺负我时就不敢轻易往近靠，不过还是变着法子继续欺负，直到一次把我惹得实在急眼了射瞎两个人的眼睛，大家才有所收敛。

那是我刚过完五岁生日不久的一天中午，我和弟弟正在院子里练射箭玩，母亲说她忙，让我和弟弟去抬一桶水来她给我们做饭。泉在村边，去泉那里要经过一个家里面生了五个如同母老虎一样厉害的女儿的家门口；他们家就五个女儿，没有儿子。那五个小蹄子都厉害得很，打起架来脸都不要，抱住我们后把个脏兮兮的手直接往我们裤裆里伸着要掐我们的牛牛。

我们都领教过好多次了，恐怖得很，五个人突然疯狗一样扑了上来，根本不容我们反抗。每次碰上她们，我和弟弟都要瘸好几天的腿，大腿根被挠的伤口十天半月都好不起来。为了躲开她们，有时候母亲让我们两个抬水时我们都会从我们家房后的山坡上绕着往泉那边走。山坡没路，从地埂和沟渠走着不说，路还远，比从他们家门口经过要远好多不说，还很难走，每次我们把水桶舀得满满的往回来抬，等到回来一桶子水仅剩下三分之一了，其他的全部洒在我们两个人身上、路上。那么点水，做饭肯定不够，我们只能一趟一趟去抬。从他们家门口走路不仅近，还平坦，满满一桶水等抬到家里时，也洒不了多少。可我们就是不敢路过他们家门口，除非知道他们家哪一个小蹄子跟父母走亲戚、缺一个后其他的不敢出来，这才敢路过，也得蹑手蹑脚快步过去。那一次我没有去绕，是我身上背着弓箭，我给弟弟说不要怕，这一次我的身上背着弓箭，她们再敢欺负我们，我会射瞎她们的眼！弟弟开始不愿意从他们家门口走，我劝了好几次才勉强同意。

往去走的途中我让弟弟提着扁担和桶子前面走，我跟在他后面做掩护。快到那一家人门口，我把弓箭从肩膀上取下来把两支箭搭在弦上走着，做好了随时射出去的准备。路过大门口，见他们家大门虚掩着，五个小蹄子在院子里正玩打沙包，没看见我们两个，我也不想惹是生非，和弟弟一起快速往过去走。

就在我正为去的时候没有碰见她们庆幸时，听见后面有跑步声，回头看，发现比我大近十岁的我爷爷辈的顶门柱和二狗子正领着一帮小伙伴往来跑。这两个人是村里的娃娃头，经常怂恿大家欺负我们，今天肯定也是来欺负我们的。快到跟前时，我给冲在前头的两个人说今天谁敢欺负我们弟兄两个我就要射死他！我这么一说，两个人就站住了，看了一眼周围嬉皮笑脸地往我面前移动着脚步。我说再敢往前走一步你们就死定了！谁知两人根本就没有把我的话当回事，撸起袖子继续往过来走着。其他人往来走着的同时那五个小蹄子也跑了过来，五个人商量好似的异口同声地叫我名字。顶门柱和二狗子说，今天不欺负你俩也行，不过得要从大家的裤裆下钻过去才行！我说你们敢让我们那样做我就射死你们，不信了看着！顶门柱和二狗子说有种就射呀！两人说着还把各自的两个眼睛用手往开了翻，其他人起哄着，说不射那就钻裤裆呗。当时我们与他们两个之间有三米左右的距离，我看了一下往后退着。想着他们要是不往近靠了，我便不会放开手里的箭，可我退一步他们往前走两步，还都提起裤腿。我一气之下松开了手，两支箭射了出去，不偏不倚，分别扎在两个人的眼睛上。平日我练习射箭时，都是多支同时射一个目标，只是一次都没同时射中目标过，大多是一支射在目标上另外几支散开射到其他东西上面，不知道练习过多少次都没有成功过一次。觉得那天有点邪门，全部射中了，两支箭有一支射进顶门柱的左眼上有一支射进二狗子的右眼上。等我睁开眼睛时，看见两个人蹲在地上哇哇地哭着，捂着眼睛的手上全是血。其他人看见这个阵势，转过身一边大声喊叫着一边跑，有的鞋子跑掉了都没有去捡，光着黑乎乎的脚板子跑着，像身后有狼追着一般。

见我惹祸，弟弟吓了个半死，蹲在地上两手紧抱着身子不停地颤抖着，脸色也蜡黄了起来。我知道出了大事情，不过还是口气生硬地瞅着那两人冷笑着说，给你们两个各留一只眼睛，下次要是胆敢再欺负我们两个，我就要你们双目失明彻底变成瞎子！说完我背上弓箭，拉起瑟瑟发抖的弟弟提着扁担和桶子往泉边走去。抬了满满一桶水往回来走着时，路过那一家的门口，为了震慑，我还故意放下桶子，冲着站在院子里互相抱在一起看我们的五个小蹄子，把一瓢水泼进了他们家院子，并扬言再欺负我们眼睛都射瞎，看瞎了眼以后谁还娶你们当老婆！骂了一会儿，才和弟弟抬起水桶往家里走去。

开始我还得意，觉得得了血的教训以后，他们再不敢欺负我们了。走着走着，想起顶门柱和二狗子滴着血往回去走着的情景，我突然害怕起来了，真担心他们两个的眼睛瞎掉。真要是这样，我父亲非打死我不可！幸亏出门前我把插着大头针的几支箭没有拿上，不然会出大事情的。尽管这样，我心里还是害怕，都有些走不动了。这时候偏偏弟弟找借口说要去撒泡尿，放下扁担竟然跑了，丢下我一个人。没有办法，我只能一个人把满满一桶水一步一挪地往家里面提。到了我们家场院，老远就看见我们家院子里围着好多人，还有哭声，我能听得出来，那是顶门柱和二狗子的母亲在哭。

大概有人看见我来了，大家正转身往外看时，我父亲像有轻功一样从院子里奔出来，然后将我的身子一把抓起来扔到崖下面。我只听见自己的身子扑通一声响，后面发生的事情我就不清楚了。等我醒来，已经是半个月以后了。睁开眼睛，发现自己在我们后院里的牲口圈的土炕上睡着，弟弟坐在身边玩我的小宝贝。我问弟弟家里的牲口怎么没有了？弟弟说为给顶门柱和二狗子治病，父亲把家里除人之外的东西全部卖了，他和母亲、大哥一起新做的家具也卖了。我问弟弟那两个狗日的怎么样了？弟弟说昨天刚从医院回来，各瞎了一只眼睛，听说各换了一只狗的眼睛，仍旧是什么都看不见。他没去看，是听看了的人说起的；看见人来，两个人都偏着头才能看清楚是谁。听说县上还给一人发了一个叫二级残疾的红本本子，以后会享受好多优惠政策。两家父母都到处乱谝，说自己的孩子将来都有资格去当干部，只是不让当兵，视力这一关过不了的；只要有本本子，以后好多事情都会优先考虑。见了人就夸，好像多光荣。

这个玩具以后归你了，我活着的时候你一直玩，等我哪天死了你就放进我的棺材里吧。这应该是一个值钱的宝贝。我听爷爷讲，皇帝的大印就这样子。只是别给任何人说起了，不然会让人偷走。我有些难过地说着。弟弟一听就哭了，他说你都活过来了，怎么又会死？再说，小孩子死了不会给做棺材，都浑浑全全扔进万人坑，打老辈人手里就这么做着。我说那就送给你做个念想吧，反正我是不想玩了，只是不能让大人知道，不然会惹出杀身之祸。听说古代的皇帝丢掉大印的不止一个，保证是皇帝的大印，就是不知道是哪个皇帝的。再就是，千万不要拿到院子里玩，这是古墓里出来的，拿到院子里会死家里人，尤其不能让那个狗日的高旺财发现了，不然会打死你。弟弟说我放回原来的地方，反正这是你弄来的东西，怎么处理你自己看！弟弟说完就跑下炕，把我从一个地洞里死人的干尸怀里取下来的一个草帽顶子一般大的、顶部像一条盘着的龙下面一边刻着文字一边刻着一些花纹、像石头又不像石头、圆不圆方不方的东西塞进我们两个挖出来的一个隐蔽的地坑里。这段时间他们再欺负过你没有？我看着忙完站在地上两眼看着我的弟弟问道。没出去过，自从父亲把你放进这个地方以后我白天一直守着，哪里都不让我去。我说那晚上是谁守着？弟弟说大哥和二哥两个人轮着守。我说你现在就去玩吧，看样子我一时半会死不掉。说完我头一转不再理睬弟弟了，弟弟站了会儿就走了出去。

本来我想起来，几次都没成功，感觉整个身子除了头还能勉强动弹一下，其他部位就像粘在炕上一样，竟然没有任何知觉。我咬牙忍着头疼想那天发生的事情，想着想着眼泪就流了下来。我觉得这个世界上最凶狠的人就是我父亲了，那个崖距离地面有近十丈高，他居然把我提起来一把扔下去！爷爷讲古今时说，虎毒不食子，这个狗日的高旺财简直比老虎都凶残！让他等着吧，这次老子要是不死，我一定要想办法把爷爷板箱里藏着的两本秘籍偷出来好好练练，等练成了绝世武功，我绝对会去找高旺财报这个仇！

二

爷爷识一些字，能读好多书，他有个板箱，是能装二三百斤粮食的那种大箱子，听说还是奶奶的娘家给奶奶陪嫁过来的。后来为什么归爷爷使用，我说不清楚，反正里面装着满满一箱子的古书，大多数是线装的那种，拿在手里软绵绵的。也有一些现在的书，用针装订的那种。爷爷有次说起过，箱子里面的书他都读过了，他给我们讲的一些古今都是从那些书里面看的，全记在脑子里以后再讲给我们。爷爷讲的古今是山旮村里最有名的，我们那里穷，住的地方又偏又远，没有什么娱乐活动，每到天下雨或者农闲时节里，好多人都会围在爷爷周围听爷爷讲他从板箱里面读来的古今。我是爷爷最忠实的听众，每天吃完晚饭我都去听一会儿。也背着爷爷奶奶翻过那个板箱，知道里面有两本拳谱，有一本是油印成的，土坯一般厚，里面的拳谱杂些，什么拳法都有；有一本是手绘的，全是空手拳，不用武器，用红绸缎包着，压在箱子的最下面。以前我对那两本拳谱没动过心思，虽然我跟着大哥和二哥他们去几十里以外的村子里不止一次看过武侠电影。不是我没有这个想法，是我知道爷爷不会借给我。有几次正好碰见他翻箱子，刚要往跟前凑他就把我喊住，不要我靠近。自从父亲把我那么扔下崖，我报仇的愿望特别强烈，就想着如何才能把那两本拳谱偷出来练，练成后找父亲算账。

那天我感觉自己能动了一点，让弟弟把个老铁锨的把卸下来让我拄着硬撑着慢慢地去了三叔家里。我去时家里只有奶奶一个人纳鞋底子，其他人都去地里干活了。奶奶看见我往进走，说你不好好躺着养，怎么胡乱跑？我说这么长时间没有来了，想爷爷奶奶。奶奶一听两个眼睛就红起来，用手背揩了一下眼睛下到地上迈着三寸金莲拿过碗给我冲了一碗红糖水，冲好端到炕边上一边忙自己手里的活一边骂父亲下手没个轻重。我听着听着就不高兴了，我说人家高旺财是教训自己的儿子，管你老太婆个屁事！奶奶瞪我一眼就不说话了，低头继续纳鞋底子，纳了一会儿把盛着红糖水的碗推过来说趁热喝上，这是你二叔孝敬我和你爷的，平日我都舍不得喝一口。我没有理睬，端起碗几口喝掉了，然后把碗扔在一边斜躺在爷爷的铺盖上看奶奶熟练地纳鞋底。我这一次来的目的不为听古今，我的两个眼睛在爷爷的板箱上面反复地扫描着。发现板箱上面挂的一把铁将军上落着一层尘土，看样子有一阵子没打开过了，就一边扫描着一边动起脑筋来，想着怎么才能把锁子给弄开。

我正想着把奶奶怎么支出去时，院子里突然响起来了花豹鸡咕咕蛋咕咕蛋的张扬声来。我说每次都是这么个德行，下颗蛋赶上生了个儿子娃似的满院子吆喝着，哪天老子要是实在看不顺眼了逮住把毛全拔光！奶奶放下鞋底子往出走着说，其他鸡都不怎么下蛋，就这只还三天一颗蛋下着；前几次你拔的我还没有给你老子告状，再拔一次看我敢不敢给高旺财说？

我没理会奶奶，把喝过红糖水的碗扔着玩，边玩边看她，等她出去以后我就在爷爷睡觉的地方一点一点慢慢摩挲了起来。我感觉爷爷不会把板箱的钥匙带在身上，我见过他身上带的钥匙链，整个绳子上面只挂着一把钥匙，是开大门的，再没有见过其他钥匙，肯定在哪里压着。翻了一会儿，我就从爷爷枕头下面的褥子里找到一把黄铜钥匙，赶紧拿起来试着，果然打开了锁子。开了锁子我没有急着揭开箱盖，怀着紧张的心情往窗户外边看，发现奶奶去了厨房，花豹鸡跟在奶奶身后有一声没一声娇情地叫着。我心想，看来没有现成的食物喂那只让我厌恶的家伙，奶奶应该是拌食去了，得有一阵子。我心里很得意，于是揭开箱子的盖从码得整整齐齐的箱子里找那两本拳谱，很快找到了，抽出来塞进怀里把书整理好把箱子锁上又将钥匙放回原来的地方。

做完这一切奶奶还没有进来，正把拌好的食盆放在厨房门口看着花豹鸡吃。其他的鸡也想过去蹭一口，奶奶先是喊着，鸡不听，冲过来直接把嘴塞进食盆里抢着吃起来，一边吃一边抬着头转着眼珠提防人。奶奶很生气，进去拿出来一个搅食棍子恶狠狠地向那群鸡打了过去，所有的鸡都扑棱一声躲开，只有花豹鸡优雅地一嘴一嘴悠闲地吃着，没有受到丝毫惊吓，那神气与欺负我和弟弟的人没有任何区别，我越看越生气。幸亏今天还有要紧的事情，不然我冲下去直接捉住它摁在地上等其他的鸡吃完再松手。看了一会儿，我想走，又怕奶奶怀疑，就又躺在爷爷的枕头上假寐着。不一会儿奶奶走了进来，她说要睡就把被子拉开好好睡，别像个二流子似的没有个正形。我说头有一点疼，想回去躺一会儿。奶奶说那就赶紧回去，实在不成就让你老子把先生叫来再看一下。我慢慢往地上挪着身子说高旺财那个杂种才不会稀罕我这个王八蛋，他很早以前就希望我死，你又不是不知道，还会给我请个先生来！说到这里，我的鼻孔一阵发酸，眼泪差点流下来。我忍住没哭出来，心想，那个狗日的我迟早会收拾，老子马上就是个有武功的人了，什么时候报这个仇那就看老子的心情了。想到这里，我拄上棍子往出去走，奶奶问要不要搀一下？我说你还是把你自己的事情管好吧，别人的闲心你少操一点能多活几年。说完咣当咣当拄着棍子往出去走。

进了院子，看见只有母亲和弟弟两个人各自忙着，其他人都不在，看样子父亲领着大哥和二哥去地里干活了。我跟谁都没说话，进院子后直接往后院走去。刚要进后院门时，母亲说她已经把被褥抱到上屋了，要睡觉的话就去上屋睡，牲口圈里潮得很，会着凉。我说我这辈子都不会再在那个狗窝里睡了，牲口圈就是老子的家！说着走到正屋的炕上一把抱起自己的被褥进了牲口圈。进去后，我先把后院的门从里面扣上，再把牲口圈的门也从里面扣上，然后掏出两本拳谱把一本没有包的藏起来打开包着的那本靠在被褥上一页一页认真翻阅着。

第一遍我看得很快，大概一袋烟的工夫就翻完了。回头想，感觉记住的还不是很多，就又看。第二遍我看得慢，每一个动作都要仔细瞅一会儿，大概花了一个时辰才看完。回头想，又记住了不少，就又看了起来，第三遍比第二遍还慢。

我没有急着练，是想先把内容熟记在心里，等完全记下以后我再去练也不迟。之所以这么想，是担心爷爷发现拳谱不见了会着急，特别是用绸缎包的这本，应该是一本很值钱的书，不然他不会这么保护着。既然爷爷认为那是宝贝，那就一定是个真宝贝。要是他哪一天心血来潮翻箱子找不见了，第一个要怀疑的人绝对就是我。要是让他知道我的手脚不干不净，凭爷爷的性格那我以后就别想着再去三叔家里。这么做，就想以最快的速度把里面的内容全部记在脑子里尽快把书还回去。

七遍以后，书里的内容我已经记得滚瓜烂熟了，每一个动作都深深地印在我的脑海，想忘记都忘记不了。本来我想把另一本也用如此方法来学习，又按捺不住好奇心，便把书收拾起来缓缓下炕去练，竟然没有错过一个招式，我很激动，反复练着。等到天擦黑时，那本书里的内容我很快就会了不说，感觉身体也比前面舒展了好多。还想继续练，外边有人推门，我出去看时，发现弟弟一手端着一大碗饭一手捏着一双筷子正用破旧的黄球鞋踹后院的破门扇，我只好走回来拄着棍子去给他开门。

吃完了饭，我把碗递给弟弟就拉开被子躺了下来。我说你出去吧，没有什么事情就不要来打搅我了，我想要睡觉。弟弟说感觉哪里不舒服了就说出来，让爸爸告诉先生再给你开点药吃上。我说都好好的，就是特别困，想睡觉。弟弟仔细观察了一下我的眼神，又用手认真摸了一下我的额头，他说烫得很，感觉有点发烧。我说没有，是刚才吃饭吃得太快了，热气还没有完全散开，过一会儿就会正常。我这么一说弟弟相信了，他看着我往出去走着，告诉我哪里不舒服了就喊他。我说知道了，说完把被子蒙在头上。看见弟弟拉上门出去了，我又把被子拉开。等他出了后院门，我就想把后院门扣上，又一想，那样不好，茅坑在后院，扣上了其他人不方便不说，还得我一趟一趟开门，就没有扣，只是把牲口圈的门扣上又练起来。

那天晚上我没有睡觉，整个晚上都练，把那套拳谱里的内容练得非常熟练。当我收拳时，天已经大亮了，我这才回到了炕上。原想着躺一会儿，又躺不住了，就拿出另外一本看了起来。也是像前面的一本一样先反复阅读，把每一套拳每一个招式使劲地往脑海里面塞。等到中午母亲把一碗我喜欢吃的酸菜疙瘩汤和一块酸菜饼子端进后院来时，另一本拳谱里的内容我也已经完全消化了，只等去练习。

母亲把饭碗放在炕上后没有急着离开，拿着地上扔着的烂笤帚在地上扫着，弄得骚臭味满屋子里都是。想说她几句，话到嘴边又没说出来，只是闷头吃着。母亲说不要怪怨你爸，他就是那么一个人。那天他那么做是给别人看的，把人家的眼睛射瞎了，他再不那样做，真就没办法交代了。我一听火就上来，我说那两个狗日的领一帮狗杂种三天两头欺负我和弟弟，难道他狗日的高旺财眼睛瞎着吗？同样是老子日道出来的娃娃，你看一看别人家，哪个欺负了自己的孩子，人家老子不是第一时间去找着算账？我们家的怎么样，胳膊肘子往外边拐着，亏你还觍着脸给他说情，我没见过这么狠心的娘老子！如果他们两个狗日的不欺负我和弟弟，我会射瞎他们的眼睛？有几十个人围着，男男女女的一大堆，他们两个人要让我们两个从大家的裤裆下面钻过去，你说他们是不是找死？我使劲抹着眼泪说道。幸亏是老子的箭法还没有练到火候上、插针的箭没拿，不然他们还能吃上今年的新麦子吗？早去阎王爷那里报到了，能给他们两个一人留下来一只眼睛那是算我还仁慈！我这么说时，母亲再没有说话，只是一边扫着地一边抹着眼泪。我还想骂父亲，看她那个样子就没有再骂，吃完饭把碗往炕边一扔就蒙着被子又躺下来。本是想着装睡，等母亲出去以后我就接着练，谁知躺下来不多一会儿就睡着了，母亲什么时候出去的我竟然一点知觉都没有。

我做了一个很奇怪的梦，开始时是找父亲报仇，可刚一转眼，突然就碰见我们家的邻居大伯和二叔兄弟两个。我一个健步冲上去，一手一个把两个人直接提了起来，然后对他们两个大声地说，上次把我爸的头打破的事情还记着没有？两个人说我打的是你老子，与你屁事！我说我是他的儿子，怎么就是屁事了？今天我就要给我的老子报仇，非让你们两个长点记性不可！说着我就把两个人的头往一起撞，声音大得都震得我的耳朵疼。我想着他们的头给撞烂了，低头去看，两个人居然哈哈大笑，说他们与铁头狼的头一样，撞不烂。紧接着大伯说高旺财差点把你摔死，你不是口口声声说要报仇，怎么找上我们两个了？我说他是我的老子，老子教训儿子天经地义，我凭什么报仇？我的仇家是你们弟兄两个，你们给我记住了，老子是练过武功的人，弄死你们两个人就像踩死两只蚂蚁一样轻松！说着我就把他们两个扔出去，正好扔进我们场院门口的崖下面，就是那天我父亲把我扔下去的那个地方。我刚一松手时，就听见扑通一声。这一响把我惊醒，睁开眼睛一看，发现从窗户缝隙射进来的太阳正照着我的两个脸蛋，烤得我的两个脸蛋火辣辣的，我摸着脸赶紧坐起来。

当我从炕上往地下跳时，发现整个身体转眼之间居然好端端的，好像从没有受过伤一般。就把第二本拳谱的内容练习了一遍，发觉身体感觉不到一点疼痛。昨天晚上练时还这里疼那里疼着，睡一觉起来身体竟然不再有任何酸楚。看来这本拳谱不光是拳谱，还能治病，这点还真让人没有想到！

看到自己好很多，我非常高兴，提起炕边放着的我这段时间拄着的棍子演练第二本书的内容，还是从头到尾没有出现一点差错，和前一本一样已经完全印入脑海，我就为我的好记性兴奋起来。既然已经全部记住，那我就没有必要再把两本书放在身边，想还给爷爷。出门时我走得很快，都把我吓一跳，为了不让别人看出破绽，我转身回来又把棍子拄在胳膊下面扭动着身子一瘸一跛出了门。

快到了三叔家门口时，看见奶奶正在门口晒刚摘下来的花椒。走过去后，我给奶奶说我还想喝红糖水，想了一晚上，觉都没有睡好。奶奶说你自己一个人冲行不？我这阵正忙着。我说那你忙，我自己去冲吧，说完我就快速进去。进去后，我看见花豹鸡正在爷爷奶奶的屋门口趴着，本来想踢一脚，那鸡看见我赶紧跑掉了。我因为还有要紧事，没有追，径直走进屋子把钥匙取出来把两本书放在原来的地方锁好箱子将钥匙放回到褥子下面，这才去厨房端来一只碗打开奶奶的橱柜从一个罐头瓶里挖了些红糖。正冲着，奶奶迈着小脚摇晃着身子走进来，防贼一样上下打量着我。我说你怎么那么看我？她说她担心让我几勺子给挖光就麻烦了。再没了，就剩了那么一点，最近我都没舍得喝。我说我就挖了一点点儿，这玩意放多了苦甜苦甜的，你放开了让我多挖一点我都懒得挖，就你把这玩意儿当稀罕，以后我说不上都不喝了。奶奶什么话都没说，瞪了我一眼又往出去走着。为防止奶奶起疑心，我就端着碗跟着她出去，边走边对她说你要对我好点，等我长大了挣了钱给你和爷爷一人买一件狼皮做的褥子。奶奶说狼皮的就算了，垫着瘆人得很。真有这份孝心，给我和你爷爷一人买一件羊皮棉袄。我说你们家不是有羊吗？现成的不做，光占我的便宜！她说我也想，问题是有人不愿意，吃口饭自己也搭把手着都看人脸子，还敢做那事！自己老了当不了家，不敢乱想了。既然你想要举孝心，只能指望你给我和你爷爷买。我说行，多大点事情，不就两张烂羊皮的事情，看把你愁成什么样子了！我说着把空碗扔进花椒里。这事就这么说下了，等我以后有了出息第一个实现你这个心愿！说完我就走了。走了好半截才发现忘记拄上棍子，去取时，奶奶正吃惊地看我，她说你这么快就好了？我说是喝了你老太婆的红糖水的原因，不然我怎么跑来要？感觉比喝了娘娘庙里的圣水都灵。奶奶再没说什么，露着没有牙的嘴呵呵笑，笑得眼泪都流下来。我转身就走，走的时候还踢了一脚一旁放着的还没有倒出来的装花椒的化肥袋子，刚一脚就踢了个大窟窿，花椒哗啦啦往出来淌着，也没有理睬奶奶的唠叨，转过身子扛着棍子往回走。

快到家门口时，我又把棍子拄上。我不想让我父亲这么早就看见我已经好利索了。现在他肯定在家里，他下手那么重，我要让他心里多难受上一阵子！

三

那段时间，我发疯一样练着。开始我是怀着要向父亲报仇的目的下狠心去练，后面报仇的欲望越来越弱。还那么坚持练，是我觉得我越练我的身体感觉越轻了，速度快快地跑，跑上几步脚步就能离开地面跑十几步远，觉得很好玩。越练腾空跑的步数越多，这是我想坚持练下去的原因。有天晚上当我一口气跑上树时，我脑子里突然就萌发了要当一个武林至尊的念头来。这念头一出现，我的身心感觉都舒畅好多，心情也敞亮起来。

那是我下苦功练习了一年以后的事情，等到身子能完全腾空时，我就不再后院里练了，每天晚上等家里人都呼呼入睡后，我就从我们家院墙上翻出去，在场院练着。我们家场院很大，和一个小型的足球场那么大，周围又有好多比我年龄要大好多的洋槐树，对我是最好不过的练功场了。那段时间，我越练越想当一个武林至尊，想得我脑子生疼。不过我又想，武林至尊是一步步打出来的，想成为一个武林至尊，先要从山旮村里起步。打几个年龄小的我已经没有兴趣了，村子里有几个练家子，成天提着大刀瞅着人多的时候乱舞，以前我看见就害怕；现在我怎么看都不顺眼，就想找他们的麻烦让他们知道什么才叫真正的练家子。有那么几次我都想好要去找，又没去。我是偷爷爷的拳谱练的，我去找他们的麻烦，爷爷一眼就能看出来是怎么回事。他要知道我偷了他的拳谱，还不给气死，于是没敢动。

虽然我没有找那几个二把刀挑战，不过我还是要想办法从村子里建立起我的威信。把顶门柱和二狗子的两个眼睛射瞎以后我想着村子里的那些小伙伴不会再欺负我和弟弟，谁知好多人根本就没有把这当一回事。那事过了一段时间，他们又开始叫我的名字不说，每次弟弟出去玩时都哭着鼻子回来。当然了，欺负我们的人里面没有顶门柱和二狗子，他们两个现在已经不是村子里的刺头，刺头已经换成其他人了。我很想教训他们，为给父亲装我还病着，便一直没动手。后面发觉拄着棍子走路实在难受，我只好取掉。从那天开始，我就寻找下手的机会。

有一次母亲打发弟弟用瓦罐去提水，等弟弟回来时手里面只捏着根拴瓦罐的绳子，脸蛋肿着，两个眼睛哭得鸡蛋一般大。母亲一看什么话都没说，低着头继续忙手里的活计。我跟弟弟说我们两个去抬水，我已经好了。说着我就把拄着的棍子放在一边提起扁担和水桶往出走。弟弟没有动弹，我问他为什么不走？他说那帮家伙还在路口上站着，他们说只要见我一次就打一次。我说以后再也没有人敢打你，我今天就向你保证！说完我就提着水桶和扁担往出走，弟弟犹豫了一下也跟着出来了。

快到那一家门口时，我看见还真有好多小伙伴蹲在那里，看见我们都站起来了，有的叫着我的名字有的叫我父亲的名字起哄。我没有理睬，低头往过去走着。刚要路过那家门口，所有男孩子呼啦一下都站在前面堵我们。我放下了水桶，抓着扁担横在他们面前。我说赶紧给我滚开些，不然我不客气了！我的话刚一说完，所有人都哈哈大笑起来，他们说滚开可以，前提是从大家的裤裆下钻过去才行，男的女的都得钻。我一听就把扁担横起来往去推了一下，感觉还没怎么用力就把一大群人推出去好远。我吓了一大跳，幸亏用的力小，不然不知道出什么麻烦！可那些家伙并没有发觉我练过，从地上爬起来又向我扑来，我抡起扁担一阵乱打，只几下就把那些人全部打倒在地，男的女的都摸着腿哇哇哭着。我说今天算是个警告，以后要是敢再欺负我弟弟的话，全部打折你们的腿！说完我提着桶子和扁担看了看躺在地上摸着腿的人一眼，拉着弟弟往泉边走去。

打的人里没有那几个刺头，他们是后面追来的。还没有到我身边我就出手了，等我收了拳，五个人都抱着肚子和腿在地上一边翻滚一边哇哇大哭。正好遇见了那几个练家子，也是去担水，看见这阵势放下水桶抡起扁担一起向我扑来，我侧起身子来了个连环脚全部给踢到路边的地里。因为他们都是大人了，我就用的力气大了些，等我收脚时，发现那几个人都龇着牙躺在地里半天没有动弹。我想，他们缓过来肯定会联手打我，没有，都一直在地里躺着。

从那以后，村子里再没有一个人敢明目张胆地欺负我和弟弟了，有的见了我老远就跑掉，有的看见我背着东西，赶紧跑过来三爷长三爷短地从我身上接过背篼自己背在身上。那几个练家子不敢再靠近我，看见我时也老远绕开。

时间不长，村子里游手好闲的一帮小伙伴都聚拢在我的周围，我让他们干什么坏事他们都干，从没有一个人拒绝过。那段时间我有点飘飘然了，尤其当那些小伙伴左一个三爷右一个三爷地叫着，我心里不知道有多么惬意。其实我们家的辈分在村子里面是最低的，几乎所有的小伙伴按辈分我都得叫爷，可他们用这种谄媚的称呼巴结我时，我根本没有乱辈分的感觉，有的只是无上的荣耀。

那段时间，我伙同那些小伙伴做过好多让村里人诅咒的事，甚至打发我三叔的小儿子把我奶奶的那只还在下蛋的花豹鸡抓来和大家伙一起去野外烧掉吃了，气得奶奶在我父亲跟前哭了好几场。她不让我再进他们家门不说，还到处骂我娘，说没有管教好我。为这些招人恨的事情，父亲几次当着大家的面说哪天他非要买一包老鼠药把我给药死。为了防止父亲谋杀我，每次饭熟了我都会当着家里人的面端着我的碗让弟弟先吃上几口，看见没事我才吃。

这样的日子持续了很久，大概有一年多时间。这一年多时间我伙同小伙伴干过好多缺德的事情，村子里几乎每户人家都让我鼓动的小伙伴糟蹋过不止一次。虽然我在村子里的名声臭得不是一般，不过大家并没有传扬出去。当我当着大家的面把邻居大伯右腿的五个脚趾头用我们家一把老铁锨给齐齐切掉以后，我的恶名一下子传播到了村外，直到影响了我大哥的婚事我才收敛了一些。

四

我母亲买来一头小猪崽让我喂养，那天早晨我背着背篼拿着铲子正准备去野外给小猪崽打草，我三叔的小儿子不知什么时候来的，我转身时，发现他在我屁股后面跟着。以前这小子势利得很，跟着一些刺头没少欺负我和弟弟，自从我成刺头以后，他就成了我最忠实的小跟班。他每天跟着我，都快要把我烦死了。我正要去撵他，他赶紧弯着身子给我作着揖。

三爷，今天小的要给你说个事情。他瞅着我笑眯眯地说道。

狗嘴里吐不出象牙，有屁赶紧放，老子还忙着！我瞪了他一眼边走边说。

昨天晚上爷爷和奶奶吵了一晚上。他一把从我肩膀上将背篼取下来背在自己肩上说。

又不是没有吵过，这也叫事情？我说着转过身背着手走。

要别的事情，我也不会稀奇的，是为三爷的事情。

怎么又扯上老子了？他一说我马上想起偷爷爷拳谱的事情来。

前天奶奶不是让二姑接去娘娘庙烧香了吗？

她以前又不是没有烧过，我都跟着去过好几次了。

这次是为三爷去的。

怎么是为我去的？

奶奶说三爷是中邪了。

放你娘的狗屁！我说着照三叔儿子的屁股就给了他一脚。

真的，三爷还不信！三叔的儿子摸着屁股红着两个眼睛说。三爷不是让大伯扔到崖下了？

再说！我一下子生气了。要再提那事，我打死你！

我还说不说了？三叔的儿子委屈地看着我问。

爱说不说！

我不敢说。三叔的儿子低着头偷看着我小声地说。

说吧，老子听着呢。我说着叹息一声转身往前走。

崖下不是二太爷的坟吗？当时三爷就掉在了二太爷的坟上，我和我爸下去找三爷你时看见的。二太爷是山旮村里公认的大恶人，他虽然死了很多年，恶气还在。奶奶说三爷以前蔫叽叽的，现在突然变得像一个混世魔王一般，是中了二太爷的邪气。她说她以前就怀疑，只是没有把握，这次去娘娘庙问，果然是，就要让巫师给三爷做法事禳解。把这话说给爷爷，爷爷骂奶奶是妖精，整天神神道道的。两人就吵起来，整整吵了一个晚上，吵得小的觉都没睡好。小的没有骗三爷，这可是小的亲耳听到的话，听得清清楚楚。

这个老太婆事情真是多，操得哪门子闲心！我很气愤地说道。想要让老子给她买羊皮袄，还买个屁！

反正小的把这事说给三爷了，至于怎么应对三爷掂量着些。三叔的儿子一边走一边踢着小石头说。大伯这个人三爷也是知道的，爷爷的话他不会听，奶奶的话他最爱听了。既然奶奶一口咬定有这么回事，那大伯肯定要按照奶奶说的去做。

你现在就给老子滚回去，把二姑送给老太婆的小鸡崽子给老子一背篼全部背了来，然后喊上几个狗日的，晌午饭在外边吃。我说着坏笑起来。小鸡崽子老子还没有吃过，想尝一尝什么味道。活的死的都无所谓，只要背来就行了。让那些狗日的来的时候把调料多弄一些，上一次烧的四喜家的几只鸡老子干脆就没有吃过瘾，要盐没盐，和嚼柴火没什么两样。

三爷，你就放过小的吧！我正说着时，三叔的儿子突然扑通一声跪在我面前。我爸已经警告过我，要是敢再偷奶奶的鸡，他就把小的皮给一层一层剥掉，小的实在不敢再偷了！

那怎么惩罚那个老太婆？我瞪三叔儿子一眼问。

怎么说都是咱们的奶奶，她那么说也是为了三爷你。那么大的年纪脚又那么小，为了三爷去爬那么大一座山实在不容易。三爷就放过她吧，我替奶奶给三爷磕头求情了！三叔的儿子说着脑袋使劲往地面上磕着，额头都快要磕出血来。

那好，看着你狗日的面子上我不追究那个老太婆，但老子中午想吃鸡，去哪里找那就不是老子的事了。我说着从三叔儿子的身上取下背篼自己背上往前面走着。别像那些狗日的一样弄来的都是瘦不拉几的，光是些骨头，老子要吃肉多的。我看着三叔的儿子说着哈哈大笑起来。老子就在万人坑山前面等着，晌午的时候要是吃不了鸡，你娃就给老子等着吧，老子先就替你老子剥了你的皮！说完我就吼着秦腔走了。

快到中午，三叔的儿子领着一帮小伙伴跑来了，我看见几个人怀里揣着些东西，不由得高兴起来。有八只母鸡，果真一只比一只肥，大腿都那么粗，看得我直流口水。我检查完，觉得还算满意，就架着腿躺在避风的地方看二十几个人拔毛的拔毛烧火的烧火，觉得很是热闹。

吃完了鸡，大家都满意，抹着油乎乎的嘴和我一起吼着秦腔往村子里走。快到村子时，我听见几个女人大声哭着，边哭边骂，话要多恶毒就有多恶毒，其中有几个是和我在一块的小伙伴的母亲。快到村子里时，我让他们不要再跟着我，散开各走各的，然后背着大家帮忙给我打的满满一背篼猪草往家里走着。

快到场院，弟弟跑出来四处张望着，我问找什么？他说父亲请来了巫师要给你禳解。我说草你背回去吧，老子还有些事情。正往下来取背篼，母亲出来了。开始她劝我回去禳解，我不同意，我说那都是些放屁的话，没看见我好好的！我刚一说完，母亲就蹲在地上呜呜哭着，她说你要是再不听话你爸真要把你弄死，反正又不让你做什么事情，就半个时辰，禳解完你就好了，我们一家人也就能安安生生过日子，不然你这么下去我们还怎么活人？

正说着时，村子里有一些好事者听见风声都往我们家场院里走。就在我犹豫着听不听母亲的话去家里，就见我父亲提着一把铁锨恶狠狠地站在大门口。看样子他这一次是要来真的，如果我不进去的话，他有可能抡起铁锨劈我。

三爷，你就听娘的话，赶紧进去吧，不然爸爸真要下手！他已经忍不住了，剐你的刀子都磨了好几天呢；快得很，把头发丝放在上面吹一口就断。弟弟摇晃着我的胳膊哀求着我说道。只要你听话乖乖进去，爸爸就不生气了。你要听话了，爸爸要是再来横的，还有我和大哥、二哥护着；你要不进去，天王老子都救不了你！

我已经忍高旺财好一阵子了，他敢给老子耍横，老子根本就不会害怕他的！我大声说着瞪了一眼父亲拉着弟弟的手低头往进走。说个难听的话，弄死高旺财我只用上一根指头就足够了，根本不用吹灰之力的。我说着就长长地叹息一声。上一次他给老子耍横的，老子忙着还没有顾得上收拾他呢！

什么话都不要再说，进去后老老实实地跪下来，巫师怎么说你就怎么做吧。母亲跟上来把我的帽子戴好后说。现在想弄死你的人不光是你爸，整个村子里都有这个想法。再怎么说你也是我身上掉下来的一块肉肉，如果今天能禳解回来，以后什么事就都没有了，不然这么下去真的会出事情。

我什么话都没有说，和弟弟一起走进家里。进去时，发现道场已经布置好，巫师也穿好了袍子，就等我就位。

等我刚穿上巫师给我的衣服跪在地上的草垫上，院子里就放起了鞭炮，在鞭炮声中巫师敲着扇皮鼓念念有词地绕着我转圈子。父亲端着香盘一边烧纸一边磕头。他让我也磕时，我跪着没动，只看着小丑一样的巫师傻笑。不过，过了一会儿我就什么也不知道了。等我醒来时，已经在正屋的炕上躺了一下午，晚饭都快熟了。我一直不相信那是巫师弄的，是我实在无聊给睡着了。

那次法事过后我收敛了好多，倒不是那个拿腔作势的巫师的法力有多么厉害，是害怕父亲真的拿那把寒光闪闪的刀子来捅我。真要捅我，我肯定会反抗。就我目前的身手，真要是动起手来，村子里还没有一个人的本事能近到我的身边；父亲真下死手，我肯定还手，到头来伤着的人是我父亲。虽然我不喜欢他，但怎么说他也是我的父亲，他能对我下死手，我觉得我不能，我做不到他那么狠。我无所谓，死了就死了，他不一样，那么大一家子人还要指望他来养活。可就他的处境和性格，如果我再不听话，他还真有可能冲我下黑手。到那时，我不还手，就只能等死；我要还手，他不死即残。要是他知道我有武功，也许情况会好些，问题是我练功的事情根本就没一个人知道。虽然我在村子里干了那么多坏事，为了避免让爷爷发现，我还从没有使过一招一式。

接下来让我更烦的是我大哥的婚事不知什么时候就受到我的影响，让我从内心深处发现自己给这个家的危害有多大。以前二姑给我大哥介绍了个女朋友，双方都见过面，互相满意，计划明年嫁过来。我的劣迹传出村子以后，对方家里主动要求退婚，理由是我们家门风出现问题了，怕沾染到他们家。他们家里面也有几个儿子，以后都要娶妻、成家。我们那里那时候风气还很保守，谈婚论嫁时对方不太在意家底，重点看门风。他们认为门风好的人家日子再怎么困难，以后会好过起来；要是门风不好，日子肯定过不起来，还会连累别人家。那段时间看见父亲急得头发都白了，我才真正意识到自己的行为举止对这个家庭的影响有多么大。

当一系列对我们家不利的消息传到我的耳朵后，我就不再和村子里那些小混混们在一起混搭，干什么事情都是我一个人或者和弟弟两个。其他人要是再往我身边凑着，我直接往死里打。慢慢地，有些小伙伴怕我打，也就不敢再来找我了。

尽管我这么做，我们家在村子里的坏影响还是没有消除掉，我大哥依旧找不上女朋友。我心想，既然我让这个家蒙羞了，我一定要想办法把我们家以前的好名声挽回来。自己到底怎么做才能让大家重新接纳我们一家人，我还没有想好。然而，从未出现过的狼群偷袭了我们村子，无疑给我提供了一个绝好机会。

五

狼群还没有偷袭我们村子前，发生的一件事情把我的恶名一下子推到极致，那就是我当着村子里好多人的面把邻居按辈分我叫大伯的人的右腿的五个脚趾头齐茬茬地剁掉的事。以前村子里的大人时常在我身后指指点点地诅咒着，这件事情以后，再没有人敢光明正大骂我。当然，我也没有受到父亲的惩罚，因为这件事情是他默许了的。

我该怎么说大伯？这个人按现在的说法是我们山旮村里长得最帅气、颜值最高的一个男人，比我父亲大一岁多。我父亲没有成家前，听说两个人关系特别要好，外出走亲戚时，还互相借过新衣服新裤子穿。我父亲成家以后两个人关系慢慢疏远起来，尤其他们家的房子和我们家的盖在一起时，为房子的水路问题两个人多次大打出手。以前的事情我们不太清楚，从我记事开始，两人就没有消停过，每次天一下雨事情就来了，而且每次都是他先来找父亲闹腾。我记得最清楚的一次是两个人打架，他弟弟也就是我二叔也掺和了进来，两个人一起抱着我父亲打，还把我父亲的头打破了。本来我父亲想把我们家房后檐的瓦片处理一下把恩怨了结掉，那次后，我父亲再不提这事，有事再找来闹腾，他手里面提什么农具我父同样拎什么农具，再没让过他。两个人在我们家场院里铺开阵势打起来，铁锨和镢头带着呼呼的风声在各自头顶上飞着，看过了的人要连续做好几个晚上的噩梦。侥幸的是都只受过些皮肉伤，没有出过人命，因为每一次都是到了紧要关头让人拉开。

平心来说，我父亲真没有他那么蛮横，只要有人拉时就会借坡下驴停止向他进攻。他却不依不饶，大有把我们家灭掉的架势，看着让人特别来气，恨不得一把将他的脖子拧断。只是那时我们都还小，根本就帮不上父亲的忙，每一次打架只能眼睁睁看着父亲吃亏。父亲见他可怜，明显让着他；要是真的打，他那弱不禁风的身板根本就不是父亲的对手。有一次我问父亲为什么不往死里打？父亲说大伯那么可怜，怎么能下得了那个手？我知道父亲指的是什么。

大伯这几年一直一个人过着，他没结过婚。记忆当中有那么几年大伯的屋子里面出现过不少女人，都是一些单身女人，有的是离异，有的死了男人，长得都还可以。依照一些女人的说法，那些出现在大伯屋子里的女人一个要比一个长得俊，看着嫩嫩的，感觉轻轻捏一下就能出水。不过，出现在大伯屋子里的那些漂亮女人没有超过三天就都走掉了，有的是第二天早晨走掉的，有的是第二天下午，能撑到第三天的女人很少。当她们一个个出现在家里时，脸蛋绯红，有的直往脖颈上红；走的时候都一个个吊着脸子，好像受了多大的委屈一样。

因为我们和大伯家只隔着一堵院墙，他们家里有什么热闹的事情，总能最先传到我们家院子。每当听见他们家院子里嘻嘻哈哈说笑着时，总有新的女人在一些伙伴和自己的亲房陪着进门了，迎客的一些女人就欢笑着往大伯屋子里请着，这喜庆的声音一下子就传进我们家院子。

我们两家的大人，从我记事起就没再来往过，有什么吃酒的事情也不互相请。不过我们娃娃们从来没有管过这些，尤其我和弟弟与二叔的两个女儿和一个儿子的关系还不错。二叔的儿子没有死以前，我和弟弟一直在他们家后院玩。二叔的儿子夭折后，我们尽管不再去他们家翻箱倒柜地闹腾了，有那么段时间他们的两个女儿还与我和弟弟偷偷玩耍着，有时候他们家做了什么好吃的时，姐妹两个人会一碗一碗悄悄端出来给我和弟弟吃。我一直念着她们两个人的好，在我成为刺头的那段时间，村子里的丫头片子我怂恿小伙伴几乎都惹哭过，她们两个我一直没有招惹。那时候只要听见大伯又找了女人时，大哥和二哥碍于面子不进去凑热闹，我和弟弟会去，听见动静撒腿就跑进去了。从大人的胳膊下面或者腿缝里钻进去，然后站在院子里等着新来的女人像以前来的一样把自己口袋里装着的洋糖一把一把掏出来散着，等拿到洋糖以后我们才跑出来。

每次散洋糖，给男孩子先散，等给男孩子散完了，才把剩余的撒向后面站着的女孩子的身上。那时我们那里重男轻女现象还很严重，不管干什么事情，女孩子不能冲在男孩子的前面，不然人们会说那些女孩的母亲没教育好她们。这是很严重的一句话，传出去会影响到女孩子将来嫁人。我们那里认为，养儿不教父之过，养女不教母之错。有女孩子的人家母亲对自己的女儿看管得非常严，所以每次大伯的新媳妇散糖时女孩子们只能一只手塞进嘴里唆着等，等到撒向她们时才能去抢。到那时撒向她们的糖已经没有多少，又有我们这些贪心的疯孩子冲过去继续抢，能抢到糖的小女孩没有几个不说，大多还都让我们踩得哇哇哭着。

我们和大伯家关系一直不好，往常大伯路上遇见我们兄弟几个也是一脸的恶相。不过每次这时候去他们家，他把我们当其他小孩一样对待。有时候还会和新媳妇一起把手放在我们头上抚摸，寓意他们两个也会生一个儿子，从没有在他们家里怂怼过我和弟弟。

来了那么多女人，为什么就没留下一个，我们也说不清楚，不过这种情况出现过几十次以后，就再没有一个女人来过他们家。女人不再来他们家后，大伯在家里的处境就越来越尴尬，有好多次大清早我都听见二叔的媳妇指桑骂槐，话特难听，就是傻子都能听出来是在骂大伯。时间不长，大伯就从他那个屋子里搬出来，住进了我们家房子侧面他们家场院里的一个看田禾的小茅草屋里。从那以后就再没有见他回去住过，春夏秋冬都在那个破旧的小屋里住着，饭也是在房子门口自己新垒的灶台上做着吃。至此，他就变成我们山旮村真正的光棍，也是唯一一个光棍。平日与他父母一起在自家的地里面干活，干完活其他人回家吃饭，只有他一个人烧着炉子往锅里揪着厚厚的面片。

我前面说过，大伯家和我们家只隔着一道院墙，两家人中间有条半米宽的檐水渠，因为紧邻着他们家的是一堵院墙，我们家的房后檐比他们家的院墙高出了好多。每到下雨，我们家后房檐上的水在风的助力下有时会冲向他们家房的院墙；他们家后院墙的瓦上下来的水会冲到我们家的墙基上。每次下雨损失大的是我们家，可每一次雨后都是他主动闹。村干部曾经协调过，让我们两家各退让一步，我父亲倒同意把后房檐的瓦片收缩一下，大伯却是另外一种想法，非要让我们家重新盖房。我父亲肯定不会同意，这事情就一直搁置了下来。只是每次天一下雨他就来找麻烦，闹得两家人仇恨越来越深。

那年的那场雨是那年的最后一场雨水，下得不是一般大，哗哗啦啦整整下了三天三夜，破坏性很大，庄稼全部报废了。更让人恐惧的是，那场雨停了就再没有下过，天一直干旱，这种恶劣的天气状况持续到第三年的秋天才结束，村里人差点都一个个绝望死了。

雨刚下起来时，大伯就在村里一伙人的怂恿下光着脚丫子戴着草帽提着把铁锨站在我们家场院里开骂。当时我们一家人正坐在炕上吃晌午饭，感觉不对劲，仔细一听时大伯正在大声叫着我爷爷的名字骂着我父亲。我们村子里的人互相吵架，最恶毒的话语就是叫着长辈的名字来骂晚辈，几乎每个人都是这样；之间仇恨比较深的，刚一张口就叫对方长辈的名字，火一下子就给烧起来了。

我们听真切了，父亲什么话都没说，只是端着碗继续往嘴里扒拉着饭，这与以往相比，有点反常。我大哥二哥都忍不住了，扔下饭碗就要往出去走，让父亲一声给呵斥住，然后把脸朝向我瞪了我一眼，我立马明白了父亲瞪我是什么意思。我没有急着动，捧起碗把碗里的最后一口汤喝完了、伸着长长的舌头把碗舔干净后，吸溜了一下鼻涕用袖子揩干净嘴就下炕了。出门的时候我很想把我那个棍子拿上，想一想没有拿。我心里想，对付那么个二杆子老子根本不用专门的家伙，有一把老铁锨就够够的了。想好以后，出大门的时候我顺手把门背后母亲用来清理灰的一把老铁锨提在手里，再把门背后挂着的一顶破草帽扣在了头上，然后出门。

我以为就大伯一个人，出去才发现村子里好多人都在我们家场院里站着。看似在互相闲聊，其实都是来看热闹的。我出来时，那些人突然哈哈大笑，这更激起了大伯的嚣张气焰来，骂得更猛。我什么话都没有说就往过去走，我走着的同时看热闹的人也往一起聚拢。我抬起头指着大伯说，有种的话再叫一声我爷爷的名字！

高旺财窝在家里面当乌龟王八，让你这个龟儿子出来送死了？大伯用手把破草帽往起上一撑傲慢地骂道。让高旺财滚出来，今天老子必须跟他把老账新账一起算掉！

跟你这种让母鸡下不了蛋的公鸡对阵已经用不着我爸爸出面了！我用铁锨把指了下他说。我也不知道怎么突然说起这句村子里人私下里说他的话来，是什么意思我不太清楚，不过当众就说出来了。有什么事情就跟你三爷说，我爸爸已经不屑跟你这种东西纠缠！

乳臭未干的小杂种，给谁当三爷？他暴怒着两眼斥问我。

再骂，老子今天就让你长一点记性！我说着使劲把铁锨往地上蹾了一下。

呵呵，既然高旺财那个龟儿子没有胆量出来跟他爷爷对阵派你个狗杂种出来送死了，那我就成全你！

他说着就把右腿伸了出来。有种往你爷的脚上面剁！

他刚一说完，我右手握着的铁锨就提起来，两个眼睛仰着头看着他的同时铁锨就扎了下去。他的哭声还没响起来，血就先从下面溅上来了，紧接着就是一阵撕心裂肺的哭声在我们家场院传开。我知道发生了什么事情，不过没有急着离开，提起血淋淋的铁锨指着满脸一片惊愕的看客说，以后哪个龟儿子要是不服气，根本不用再找我爸爸的碴儿，直接冲着三爷来就行了！说完我就转过身子往回走，快到院子里时我看见父亲在门背后站着，站着的人还有我大哥二哥，大哥二哥两个人手里面都提着一个棒子。

完事以后我没有进屋子，坐在上屋门口的台子前抱着铁锨看着外边人来人往的场景。我没有进屋子，是等大伯的弟弟我的二叔，想着他肯定会提着铁锨或者镢头打上门来的。不过他没有进来，等来的只有大伯母亲的哭喊声，哭喊声里还有我太爷的名字，紧接着是他父亲有一声没一声的哭声和叫骂声。老两口一直都哭着骂我们一家老小，直到天黑尽声音嘶哑得张不开了嘴时才停下来。

诅咒着我们一家人的人里面还有二叔的两个女儿，她俩边哭边叫着我父亲的名字骂着我，语言非常恶毒。

听着她们那么骂我时，我就后悔以前没让小伙伴收拾她们。那事以后，我们就再不来往了，路上碰见时，她们会大老远朝我吐口水，几次我都想冲上去给她们两个一人一个响亮的耳光，不过一直都没有下得了手。毕竟她们姐妹两人真心对我和弟弟好过，我一直从心里感念她们两个人，这也是我一直忍着她们的原因。我们家搬到平阳川以后，有一年春天姐妹俩利用不同的时间来平阳川，干什么来的我没问，来我们家只是说讨要一碗水喝。那时候两个人都已经出脱成大姑娘了，喝完水都红着脸偷偷把自己亲手绣的一双“龙凤呈祥”的鞋垫和上面绣着“鸳鸯戏水”的一块真丝小手帕塞到我手里，老大是跟进我的屋子里塞的，老二是把我哄到后院塞的。我没有收她们的礼物，当着她们的面打开看完就又塞回她们手里。我之所以没有接受她们的礼物，是当年她们两个骂过我的话我还一直记着。之后的第三年和第四年她们两个陆续嫁人了，都没有邀请我们家参加她们两个人的婚礼。那时候我们两家早已经和好，母亲曾质问她们的母亲为什么不请我们家的人去喝喜酒？她们的母亲说两个女儿都哭着不要请我们一家人，要是请来她们就不嫁了，大概是小三子伤过她们大伯的事情两个人还一直记恨着，不然不会有那么大的成见。毕竟是娃娃的喜事，人家都不同意来请你们，我也就不敢再说什么……这些都是后话。

本来我在村子里面已经臭名昭著了，当我与大伯的事情发生后，不光我在我们村子里成为万人恨，把我们一家人也都牵扯进去。大人们私下说上梁不正下梁歪，有什么样的老子就有什么样的儿子！这话传进我的耳朵里时，我心里面很难受。别人怎么说我我都无所谓，把我父亲也拉扯进去我就受不了了。虽然我不喜欢我的父亲，可那是另外一回事。

接下来的日子里，我不仅在村子里再没有干过什么缺德事，还想着找个机会让村子里人重新审视我和我们一家人。能做出什么惊天动地的事情才能彻底改变大家对我的看法？我犯难起来。

六

那次大雨后，村子里就再没有下过一场雨，连续干旱起来，感觉划一根火柴能把整个村子都给点燃。我们在一个鬼不拉屎的大山上住着，完全是靠天吃饭。雨水好的时候倒也没什么，随便挖一个坑，里面的水就够村子里人吃一段时间。要是天干旱了，时间短一点还行，持续上半年，吃水就成了村子里最大的问题，只能吃泥浆水。要再旱下去的话，泥浆水都找不上了，只能去几十里外的地方驮水。这样的事以前出现过，记忆中好多个晚上大人都会赶着驮着两个大胶皮桶子的牲口驮水，有的时候跑一晚上都找不上一滴水。不过这样的时候不太多，最多旱半年就下雨了。那次情况特殊些，整整持续了一年多时间，好多人都哭起来，说老天爷有意要灭掉我们山旮村。为此做过好多法事，感觉自己村子里的方神法力不行，把外村的方神都请来祈雨了，同样是无济于事。没有水吃，村子里成天吃炒面和炒麦粒，大便干得都屙不出来用竹棍子往出来抠。上百公里的乡上有充足的水源，可驮上一次要一整天时间。好不容易驮来，大人都当成圣水珍藏着，发霉了都不轻易做饭用，每天每个人只给一小碗喝。

看到这种情况，我做梦都想着找出一眼泉水来解大家的燃眉之急，我觉得这是让村子里人改变对我和我们家人看法的最好时机了。只是能找的地方大家都找过，没有发现一滴水。我也只是想想，感觉实现这一愿望比登天都要难。

就在那一年，听说从没有见过的狼群突然偷袭了我们村子，几乎每户人家的后院都受到骚扰。那天我们都还在睡梦里，冷不丁听见隔壁大伯的母亲撕心裂肺地哭了起来，把我们一家人从睡梦中惊醒。父亲去后院小解，出去不多会进来把母亲叫了出去。那会天还没亮，我们以为是大伯的父亲过世了，正猜测着，就听见母亲也哭起来了。我们跑出去看时，就见父亲手电筒的灯光处有好多血迹，我们仔细查看了一下，发现我们家的鸡没有一只，我一直喂养的小猪崽也已经不全了，像让什么给吃过，咬断的肠子和皮肉到处都是。正看着，村子里的哭声猛地响开了，都是妇女的声音，听着瘆人。天亮以后我们出去，就见村子里的家路中央蹲着好多闷头抽旱烟的男人，才知道狼群偷袭了整个村子，活下来的家禽很少，小的当场吃掉了；牲口，大多数咬死后吃掉了一半。也有活物，只是身子都不浑全了，只是剩下的那口气还没有咽下去而已。

接下来的一段时间，村子里面一下子死气沉沉的，路上见到任何人都是一脸的阴沉不说，整个人没一点儿精气神。大人这样，小孩子也不例外。以前很活泼很淘气的一些小孩，现在也不再那么顽皮了，天天窝在家里哪里都不去。问他们，都说老天爷要收走大家呢，不敢乱跑，能和家人多待一天算一天。

又过了一段时间，好多人慢慢从家畜遭难的悲伤气氛之中走了出来，碰到我就挖苦着。有人说你不是有日天的本事吗？狼群都把村子糟蹋成这个样子，怎么不报仇？有种打死条狼回来，让大家看看你不光是窝里横；要有这本事，大家会让村子里人把你当真爷一样供上！大家不仅在我面前说，也在我们家其他人面前说着。父亲没有吱声，母亲听了很生气，当场骂这么说话的人，她说怎么就不让你们家的娃娃去喂狼？这话一传出，我们家与村子里的关系更紧张了，以前还有个别人和我父母来往着，那次以后就再没有一个人来我们家串门子了，包括那些小孩子。

出现这种情况，我心里比谁都难受。当然了，村子里人这么一说我也心动着。心想，自己有一身的本领，到底怎么样还没有真正试过；既然有这么好的机会，我为什么不去试试？于是我就下定决心要找狼群算账。我也想过自己或许会让狼群吃掉，可那样也总比活在村子里人的诅咒声中强。反正什么时候都是一死，要是能在为大家做的好事中死掉，对我虽然残忍些，但对我们家未必是坏事；拿我的命换取村子里人对我们一家人的重新认可，我觉得就死得值得了。再说，我未必就是个短命鬼，消灭了狼群而自己不死当然更好。想好了，我就开始准备着。

让人遗憾的是，村子里组织的猎狼队忙碌了大半个月都没有找到狼群的任何踪影。激情过后，猎狼队的人慢慢就不去了，后来直接解散，理由是老天爷想要惩罚山旮村了，根本没有狼群这一说；人都快要旱死，狼再怎么凶狠，毕竟也是畜生，没有水吃人都动不了，难道它们比人聪明比人更有智慧？再说，从老辈人手里面就没有见过狼了，世上到底有没有那东西谁能说得清楚？没见过的东西也往出来说，那只能是瞎说！后来大家把村子里这次的遭遇归结到我们村子里的守护神方神上，都说方神是马王爷转世，把牲畜弄死，是为了保人；人都吃不上水，还养那些玩意干吗？

这话一传出来，大家又把方神从庙里请出来做法事，感恩方神为大家着想，有人都感动哭了。村子里好多人都这么迷信，包括我父亲。虽然因为我他很少再往人堆里钻，法事开始时他还是拿着香表挤在跪着的人群里，怕得罪了方神，大家也不敢说他。

这种迷信活动，整个村子里也只有爷爷一个人不相信，他从没有参与过这些事。爷爷是村子里面唯一一个有文化的老人，读了那么多的书，能讲那么多古今，既然他不相信，作为他的铁杆粉丝我肯定也不会相信。我心里想，方神要真那么灵验，怎么就不给下一点雨，大家都求了他那么长的时间？我把这话说给爷爷听，爷爷露着没有门牙的嘴只是呵呵笑，什么话都没说。

我给爷爷说我要打狼去，只有这样大家才不会再说我只是窝里横。爷爷用他粗糙的大手抚摸着我的头说试试也行，只是千万别给你的娘老子说我给你这么说过，不然他们会骂我心术不正不像个当爷爷的样子。还有，也不能给你奶奶说，要是让她听去，保准会告诉你老子。你老子本来就对我有很大的成见，当他知道我让你干那事情，他会恨死我。

我抬头看爷爷时，发现他冲着我坏笑。我说高旺财不是东西，他和二杆子大伯一个球德行，所以他的话你不要往心里面去。他再怎么恨你，也是你和奶奶生下的种，又不是从石头缝里蹦出来的野货。

爷爷再没有说什么，只是一个劲地抚摸着我的头笑，嘿嘿地笑着。我看见他笑得那么开心，也跟着嘿嘿笑了起来。我笑着笑着鼻涕就出来了，赶紧伸起袖子揩掉。

七

我是要成为武林至尊一样的人，说过的话要一定算数。与爷爷简短对话以后，我就行动了。开始走的路线是村子里猎狼队走过的，想碰碰运气，忙碌了半个多月也没有任何收获。那条路线几乎把周围的大山都包括在里面，竟然连一根狼毛都没有碰到！起初我的兴致还比较高，辛苦了那么长时间什么都没有见到时，就有点灰心，有时候还会想起村子里的人说的那些话，或许真的是方神所为，不然怎么看不到任何与狼有关的蛛丝马迹来？

那天早晨我很心烦，尤其看到母亲把炒得焦黄的一大面盆子的麦粒端到正屋的炕上让大家吃时，我心里真的很烦躁。都吃了那么长时间炒麦，竟然就不给变换一下口味！柜子里面锁着的一个小坛子里面明明有满满的一坛子水，我亲眼见到过。就是给炒的麦粒里泼上那么一羹匙的水也行，起码炒出来的麦子有点潮气，也好往下去咽。居然就没有放，和以往一样干巴巴端来，我一看就来气了。父亲闭着眼睛一把一把抓着吃，他在，我就不敢说什么话了，借口说我不饿，叹息一声就走了出来。要出院子的时候，我习惯性地找出自己的那根棍拿在手上，然后背着手往外走。我没有想好去什么地方，只是棍子握在手里背着双手低头慢慢走着。

感觉走了好一会儿，我有些累，抬起头时，发现自己已经走出村子几十里的路了，正向万人坑的方向走去！我吓了一大跳，自己怎么糊里糊涂地朝这里走来？万人坑可是我们山旮村人的禁区，除一些特殊事情，没有人去那里，听说从老辈人手里，家里面有夭折的小孩都会扔进那里。我有记忆的一次是大伯家二叔的儿子死了扔进那里了。我还听人说，夭折的孩子只有扔进那个大坑里，将来才能顺利得到投胎转世，不然会变成孤魂野鬼。不仅我们村子里夭折的孩子都往那里扔，外村的也会来扔。以前我也来过，那是一个四面环山的地方，周围全是光秃秃的山，里面是一个大平场，有一个足球场那么大，中间有一个大天坑，锥形的，有半个篮球场一般大，让茂密的树木和各种杂草覆盖着。到底有多深，村子里没有一个人下去过，只是临近三米多点的距离时，从里面刮出来的风都能把人的头发吹起来。为探知它的深度，我曾经怂恿一些小伙伴一起把旁边一块很大的石头滚进坑里，那轰隆隆的声音持续了将近个把小时才消失。

去万人坑要通过一条小山路，这条山路是从一个洞子里通过，曲曲弯弯有个二三百米长，里面是一个天然的洞窟，有好多奇形怪状的吊石，要是用手电筒照，会看见各种颜色的石头，挺漂亮。要不用手电筒时，因为里面有好几个弯道，光线就暗了很多，不过进去适应一会儿还是能看清路。那是去万人坑的必经之路，哪家的大人要想把自己夭折的孩子仍进万人坑投胎转世，这个山洞是必须经过的。走出山洞往前再走大概一百米的山崖路就能远远看见万人坑了，再往下去走一百来米会进入万人坑广场。又听大人说，那下面空着，是我们这个乡的死人通往阎王殿的唯一一个通道；只要是死在这个乡的每一个人，鬼魂都要汇集在这里，然后从这里进阎王殿。

想起一些稀奇古怪的事情，我就想返回去，想一想又没有回去。爷爷给我说过，这个世界上根本就没有什么鬼魂一说，人和牲畜一样，死了也就死了，最后都变成了粪土让田地吃掉。大家喜欢说投胎转世这样的话，那是在教育人不要干坏事，其实是自家骗自家的。既然读了那么多书的爷爷都这么说，我就相信他的话是真的。二叔的儿子是在四年以前扔到这里的，他活着的时候我们关系很好，他是村子里唯一一个还把我叫哥哥的小孩，也是村子里唯一没有欺负过我和弟弟的小伙伴。他死了那么长时间，既然已经到了跟前，就想看看他让他父亲扔到哪里，现在变成了什么个样子。想好，我就继续往前走着。心想，反正小猪崽让狼给咬死了，又这么干旱，母亲也不会再四处吆喝着让我去打猪草，回去也没有什么事情做，不如看看我那可怜的弟弟。过去村子里人只要发现自家的孩子去过那里时，父母会往死里打，打完还要给布道场做法事，以此祛除由孩子带到家里面的邪气。我倒是不害怕，曾几次怂恿小伙伴把偷来的鸡在这里烧吃过；后面再没有来过，一是这里好多地方光秃秃的没有什么意思；再者，路实在远，想一想就不愿再来了。这么想着，我又走了好一阵，快要到晌午饭时终于走到了山下。

就在这里即将成为我的记忆时，我又鬼使神差般一个人来，还是饿着肚子赶来的。到底是什么原因，预示着什么，我说不清，只是觉得奇怪。本来我都已经累得快走不动了，看见山洞口，身上又有了一些力气，就硬忍着往跟前走。快到路口，有股凉风吹来，身心感到特别舒爽，便使劲走到山洞口。这儿风很大，吹在人身上要多舒坦就有多舒坦，于是我找了个舒服些的地方先躺下来休息。

早上没有吃，现在已经过了晌午饭的时间，肚子里空空的。可想着即便是现在赶回去了，吃的不是炒麦粒就是炒玉米，想着想着就又感觉不到饿了。前面想着看一下二叔的儿子就早一点回去，累得实在走不动，又是这么个让人舒心的地方，想着先躺一会儿再说。反正回去也没有什么正经事情可做，就想多待上一阵子。这么想着时，我就把两条腿直直伸了出去，把棍子抱在怀里闭上眼睛尽情享受凉风的沐浴。

八

就在我刚要睡着的时候，我听见山洞里面有刺啦刺啦的响动声传出来，猛地把我惊醒了。大人们说，其他地方只有晚上才会有鬼，白天没有；到晚上十二点以后一些孤魂野鬼才会出来活动，到了鸡叫三遍后都会陆续离开，不然就走不掉了。只有这个地方晚上和白天都有鬼，方圆几百里的人死后都要从万人坑进到阴曹地府，要一个个排着队进去。听说还要安检，鬼的队伍庞大，晚上进去不了的鬼就在附近待着，等晚上时辰到了地府的大门打开才继续排队。山旮村没有一个人愿意来这里，就是害怕沾染上不干净的东西。听说正常死亡的人很和善，基本上都能顺利进入地府，非正常死亡的人就不一定能顺利进去了，尤其一些生前作恶多端的人都被拒绝进入地府。可那些鬼也想着尽快投胎转世重新做人，又不让进去，生前的恶习就出来了，要是碰见一个活人，特别是身上缺乏煞气的那一类人，很容易附到身上被带到家里，这也是大人反复强调不让自己的孩子来这里的原因。就是那些迫不得已来过这里的一些人，快到村子以前都要拿出专门准备的纸钱在自己的身上禳解完撒出去才能进村……想到这里时，我有些害怕，觉得不太合适。可想起爷爷讲的一些话，我突然就又不害怕了。既然世上没鬼魂这么一说，那这个声音就是另外的东西给弄出来的。当猜想有可能是狼时，我猛然就兴奋起来。心想，要是一条狼那就太好不过了，这么远的路我也算没有白跑一趟！这么想的时候，我爬起来提着棍子慢慢往进走。

刚拐过一个弯道，我就看见有一个牛犊子一样的东西爬在一个大石头上用一只爪子往出来扒拉一些杂草。虽然我没有见过狼，不过看到它的那一刻我断定就是狼，心里很兴奋，就一手捏着棍子一手抓着石头蹑手蹑脚往上爬着。快到跟前时，它似乎发现了我，把一个脸盆大的头从里面伸出来，没看我，只是摆动着两个耳朵仔细听着。听了会儿把头转过来，露出了两个带光的绿眼睛看我，看了一会儿又把头转过去继续往出来扒拉着东西。

看着它瞧不起我的样子，我有点生气，就把棍子伸上去捣了下它毛茸茸松垮垮的肚子。肚皮下面吊着好多奶头，和快要下小崽的猪一样，左右两排有十来个。我刚捣了下，它又把头伸了出来转过来看着我，龇出牙齿冲着我呼呼吼了两声，然后又回过头继续忙起来。我心想，那么多人都害怕我，左一声三爷右一声三爷地叫着，只有你把我没有看起，真是欺人太甚了！这么一想时，我就想起爷爷说过的话，要是哪天碰到了狼，直接打它的腰，狼是铁头豆腐腰；越打头它越凶。要是盯准一棍打在它的腰上，它得缓好一阵子才能恢复过来。爷爷的话一出现在脑海里，我猛地举起棍子使出吃奶的劲打了下去，它连叫一声的机会都没有，我的棍子刚伸起来，它就侧着身子倒下来，然后轰隆隆地往下滚着。我从石头上跳下来继续往它身上抡棍子，几乎把我学到的武功全部在它身上演练了一遍。等我收起棍子，就见它的两个耳朵、两个眼睛、鼻子和嘴巴这些眼眼里一个劲地往出来流血。开始的时候四肢还动着，慢慢地就不动弹了。走到跟前，我学着村子里杀猪匠的姿势把手指伸到它的鼻孔前面试探，发现它的鼻孔一个劲地出气，和放了血的猪没有任何区别。想着它让我打死了，就得意起来，觉得狼也没传说中的那么厉害，几下就让我给放得展展的，还真没情况，就有点不过瘾。瞅着乐了一会儿，处于好奇我就想看一看它趴在那里倒腾什么。

爬上去时，发现那里是一个大坑，里面用好多树枝和杂草遮盖着。我把棍子往里插着，发现很深。担心棍子掉下去了，就再没有往下去探，提出来一看，发现是水！发现水后，我比打死狼还要兴奋好多，把棍子放在一边赶紧爬下去把里面的树枝取了出来，就隐约看见满满一潭清水出现在我的眼前！

看见水的那会儿，我特别渴，特别想喝。可我没东西往出舀，想用手去掬，没有掬上来。又没有其他的东西往出来盛水，可我又非常渴，没有别的办法，我只能脱下一只鞋用鞋子往出来舀。倒是舀了不少，只是脚臭味实在太重，只喝了两口就倒在一边把鞋子拧了下又穿在黑乎乎的脚上。

我急于回村子里炫耀，就没有心思再去看二叔的儿子了。我心想，反正以后还有机会，又不急于一时，先回去了再说。这么一想，我就下去拖那条狼，发现死沉死沉的。本来我想拖到一个石头上弄在我的背上背回去，但是重得干脆弄不到石头上。实在没有辙了，我只好把棍子抱在怀里提着狼的两条后腿往出去拖。

开始我还能轻轻松松拖着狼走，大概过了一个时辰后，拖得就没有前面那么利索了。肚子又饿，狼又死沉，只能拖一阵休息一阵。又过了一个时辰的样子，我就有点拖不动了，只能拖着狼的一条腿走着。前面我还希望再出现一些狼，我肯定都能打死。到了累得我气都快要喘不匀称了时，我就有些害怕起来，想着要是再出现几条狼，我不一定都能打死的。打死当然好了，要打不死的话，那我肯定会让它们吃掉！这么一想，我就更加害怕了，希望路上能碰见个人帮我一下。大家尽管都恨我，可看到我打死了狼，他们就不一定再那么恨我了。毕竟我打死一条狼就少一条狼危害大家，这点大家肯定能想明白，只要我求，他们肯定帮我。见鬼的是，我走了这么长时间，路上竟然没有碰到一个人影！

看着天色一点一点暗了下来，我心里很着急，原本想着天黑前一定能回到村子里的，可还有好长的一段路要走。要是天黑以前赶不到村子里，肯定会很危险！想到这里，我不敢再耽搁，棍子塞进裤腰里，使劲往前扯着狼腿。

我祈祷着天能黑得慢一些，但天并没有听从我的哀求，大概半个时辰过去后，四周就暗了下来，不一会儿夜幕就笼罩了大地，什么都看不清了。其实我已经看见了我们村子里的灯光，只是要走到，至少还得两个时辰。当我来到离我们村子里最近的一座山顶上面时，我已经没有一点力气了。就把狼拖在身边坐着看我们村子明亮的灯光，想着我父亲会不会找上来，不然我是没有力气把这条狼拖回去了。当然，我已经拖了这么长时间的路，这条狼对我和对我们家意味着什么，我绝对不会轻易丢弃。即便是晚上不能回到村子里，我也要一直守着它。

等了一会儿，我就看见村子里出现了大量火把，如果我没猜错的话，肯定是我父亲领着人正在找我。想着想着，我突然就想哭。以前以为父亲不喜欢我，其实还是很喜欢的，不然怎么会动员那么多人来找我！

我正伤感着，看见几十人组成的火把队正快速往这边走着。等越来越近了时，我就看见找我的人不仅打着火把，每个人的手里面还提着铁锨镢头。我想，他们大概是觉得我让狼给吃了，不然绝对不会那么兴师动众。看到这种场面，我的气力又上来了，冲着越来越近的人用手做着喇叭状大声喊起来。开始队伍没有变化，应该是离得太远他们没有听到。担心大家从别的路口走，又使劲喊，喊了好一会儿队伍才停了下来。我就继续喊，等喊了好几声，队伍又动起来，速度很快，看样子是在跑着。

又等了大约半个时辰，我父亲和我三叔两人先跑到我面前，不一会儿后面的人都跟了上来。本来父亲要骂我或者打我，他刚要把手里的镢头把调过去时我三叔才看见我身边有一条狼，赶紧将镢头把一把从我父亲手上夺过去扔在一边跑过来。后面的人在我三叔夸张的惊叫下也都发现了狼，知道是我打死的，都高兴地跑过来把我抱住一个劲地往起来抛着。大家闹腾了一会儿，我父亲就把我驾在他脖子上。从我记事起，父亲从没给过我好眼色，第一次这么对待我，把我感动得眼泪都流了出来。

我回头看时，就见大家轮换着把狼往回去抬，他们一边走着一边还三爷长三爷短地跟我说话，问我怎么发现狼又是怎么打死狼的？这些人按辈分我都叫爷爷或太爷，听着他们不论辈分的称呼，我高兴得不知道说什么好了，便把发现狼的经过给大家说了，只是没有说我是用学过的武功打死狼的事，我只说是用棍子打死的。说完大家一个劲地夸我，都把我前面做过的坏事和现在比。几乎村子里每户人家都让我指使的小伙伴糟蹋过，包括我三叔家里；我不断地指使三叔的儿子偷奶奶的鸡烧着吃，奶奶都快要把我恨死。可这时候大家都为我开脱着，他们说小的时候谁没有干过坏事，现在还不都好好的！三爷打死这么大的一条狼，这一条狼要祸害多少牲畜？完全能抵消掉那些芝麻大的事，以后别在背地里骂三爷了。听大家这么七嘴八舌说着，我更加高兴了。本来我不想把发现水的事情给这么多的人说，只想说给父亲一个人，见大家对我这么好，我就把发现水的事情说了出来。

大家一听我发现了水，都惊讶得两个眼睛差点从眼眶里蹦出来，都问我水在哪里？我父亲说先回去让崽子吃上一口，然后我慢慢问。父亲这么一说时，大家就不急着打听了。

前面我觉得距离我们家的路还很漫长，不知什么时候才到家里；那会儿感觉还没有听大家把我夸过瘾呢，刚一回头，发现都快到我们家场院了。场院里也有好多人，都举着个火把，其中就有我大哥、二哥和弟弟。我正要找母亲时，就听见母亲的骂声传进我的耳朵里。她刚一出声父亲就冲她吼了一声，让赶紧把那把挂面给我煮上。母亲犹豫了一下，又看见大家抬着的狼，转身赶紧往屋子里走。

就在我骑在父亲脖子上正要进院子里时，锣鼓突然响了起来。我回头看，发现瘸腿的大伯不知什么时候已经把村子里委托放在他们家保管的锣鼓搬出来了，他正带劲地打着鼓另外一个人敲着锣。我们村子里只有过大事的时候才会敲锣打鼓，看着村子里男女老少正往我们家的场院里面拥着，我不知道有多激动。

吃完母亲为我煮的挂面出来，我看见全村的人都担着桶子站在我们家的场院等着，还有些小伙伴，手里都提着瓦罐。我回头看时，母亲也担着两个桶子出来，大哥和二哥一人提着一个胶皮桶子，弟弟手里抱着个坛子。父亲是最后出来的，他的手里空着，把大门扣上以后向我走来。我看见好多人都掏出平日里舍不得抽的纸烟一个劲地往我父亲手里递，父亲一边客气着一边接住装进了口袋，然后走到我身边将我一把举起来又驾在他的脖子上。等我坐稳后，他冲着大家说我们去担水！他的话刚一落，所有的人都动起来，前面熄灭了的火把也都重新点燃了，把个天空都给照得通亮通亮的。

九

大家排队担水的那会儿我还醒着，往家里面走时，我睡着了。等我醒过来，已经是第二天的晌午。母亲一看我醒来了，给我端来了一大碗香喷喷的肉菜。这么好的饭我们家过年都吃不到，我问这是哪里弄来的？她说早上好多人家都端来肉菜，感谢我找到了水。我什么话都没有说，光着脚丫子端着碗一边吃一边往出走，想看一下狼还在不在了。发现那条死狼还在场院上扔着，几个小屁孩正拿着棍子一边哈哈笑着一边捣着狼的眼睛玩耍，有一些大小孩在一边起哄。看见我出来，都赶紧站在了一边。

老远看见狼还在，我就没有过去，坐在一个轱辘上低着头大口大口吃起来。过了一会儿，那些平日里常跟着我干坏事的小伙伴都一个劲往我跟前拥着，看见我吃完了，赶紧从我手里把碗筷抢过去拿到我们家里。等送碗筷的小伙伴出来，我看一眼他们说狼你们可以放开玩，只要不戳破皮。说完我就转过身子抬起头看天空，无意间发现我父亲居然在房顶上站着！都吓了我一跳。

山旮村人很奇怪的，不管男女，有什么想不开的事就一个劲往自家房顶上爬，也有跳下来的，不过没有摔死过一个，顶多也就是摔瘸。因为每户人家的房后面都有一大堆随时用来往后墙根添补的土，跳下去都落在土堆上，根本摔不死。有的不往下去跳而是点自家房子，爬上去的时候都会抱上一大捆麦草，专挑大家都在场院的时候点着。人多救得及时，顶多烧个房檐什么的，出不了什么大事情。我父亲背着双手，不像是要烧房子的架势，可能是要跳。我就不知道他这是唱的哪出，难道因为大哥的婚事？我觉得这种可能性比较小，尤其昨天我给村子里做了那么大的贡献的当口。

尽管想着父亲不会做出什么傻事，不过我心里面还是没底，想去看一下到底是怎么回事，于是往房后跑。到房后面时，我就看见瘸着条腿的大伯正敞开怀把瓦片往我们家墙根的土台子上铺着，还大声给我父亲说用瓦片铺上了好些，以后就再不麻烦着往上培土了。我抬头看，发现他们家院墙上长出来的一排瓦也都取下来铺在他们家的墙根上，我们家后房檐上长出的一排瓦已经在地上码着。看见我出现在面前，大伯一边用脏兮兮的手搓着脸一边笑眯眯地朝我点头哈腰，整个身子都躬下来了，和电影里的二鬼子没有任何区别。特别是对着我摇晃着身子谄媚地左一声三爷右一声三爷叫着时，因自己造成他残疾的愧疚心理突然就没了，觉得他天生就是当汉奸的料子，没有必要把他当个人看。所以，尽管他对我非常亲热，我还是没有理睬他，背着双手查看着瓦片的排列情况。

我正看着，父亲突然大声说狼皮我已经答应送给你大伯了，过一阵忙完这里的活我就和你大伯去剥。听我父亲这么一说时，我才知道两个人多少年的仇恨怎么一下子没有了，肯定是他主动向我父亲要的，不然一向抠门的父亲绝对不会大方到这种程度。听说一张狼皮背到县城里，要卖上千块钱，当时是一毛钱十个大白兔洋糖，这上千块钱要买多少东西我一下子都算不清楚。不过我没有过分心疼，两家人一直打闹下去也不是个事情，如果一张狼皮就能把所有的过节儿一次抹掉，我觉得也值。如此一想，我觉得还是很值，不过我什么话都没说。既然父亲已经答应送给人家了，父亲要耍这个人，那就让他耍去吧。只要他心情好，对我绝对不是件坏事。

转了一圈，我觉得很无聊，便转过身来要走。这时弟弟跑了过来，他说顶门柱和二狗子来我们家找我踢馆呢，让我赶紧去看看！我一听觉得很好笑，两个眼睛弄瞎了还没长记性！这么想着时，我就和弟弟往出去跑着，出门后我就再没有跑，慢慢走起来。

到了场院里，我看见围着狼起哄玩耍的小伙伴都站在我们家大门不远处围着什么东西，走近一看，就见顶门柱和二狗子两个每人一只手里拄一根歪七扭八的棍子一只手里端着一破草帽鸡蛋端端正正站在我们家大门前。要是光那棍子，那还真的以为来踢馆，可还有鸡蛋。鸡蛋在我们山旮村是比较金贵的东西，倒不是别人家里没有，是一家人一年的油盐酱醋茶基本上都用这些鸡蛋换取。再说了，自从上次村子里遭到狼群的突袭，原来的鸡都没有了，买来的大多是小鸡崽，正长着，短期内不能产蛋，这时候，鸡蛋就更加金贵了。他们两个端那么多的鸡蛋来，用意我已经看了出来，是想让我教武功。问题是，我会武功的事情他们怎么知道的，难道是什么时候我在场院里练时让他们发现了？想到这里，我便背着双手慢悠悠地往过去走着。走到了跟前，我并没点破他们的心思，而是仰着头看着他们大声问，这是来找我踢馆的吗？

我们要拜三爷为师学武功！两人说完居然都跪下来。

谁说三爷有功夫？我不高兴地问。

要是三爷没有功夫，怎么会打死那么大一条狼？顶门柱大声说。

就是！二狗子附和。

我再没有吭声，尽管我很想要那帽子里面的鸡蛋，但要是流露出来我有武功的事情，爷爷肯定会发现是我偷他的拳谱练的，那以后我就别想再去找他听古今了。我觉得用这两帽子鸡蛋换取我与爷爷的关系，还是有点划不来。关系破了就不容易和好了，鸡蛋有没有我觉得都能行，那东西不吃也死不了人。再说了，我是个即将成为武林至尊的人，到那时整个江湖都是我一个人的了，什么东西得不到，还在乎几颗鸡蛋？权衡了一下，我就矢口否认我有武功的事情。可这两个人都是死心眼，居然说要是我不答应他们就不起来！我一听气突然就往上来涌着，转身走进院子里，然后一把将门关上。

不多一会儿，我听见两个人都大声嚷着，从门缝往外看，发现他们的父母正在拧他们的耳朵，他们只是气呼呼地瞪着父母，没有站起来的意思。我想，这两个家伙蛮倔的，倒挺投我的脾气，以前还没看出来！当然，我们年龄悬殊，他们两个过去又都蛮横，我从没有和他们玩耍过。看了一会儿我就不想再看了，回到后院拿出我的宝贝玩。这时弟弟走了进来，他咽着口水说你就不想吃鸡蛋？我知道他说的是什么意思，就黑着脸看着他说，有本事你去拿回来！听了我的话弟弟再没说什么，蹲在一边一个劲地抹眼泪，看得人心里很烦，就把宝贝放在他面前出来了。

刚到前院子，发现爷爷进来了。我父亲和爷爷关系不好，从我记事起他这还是头一次进我们家的门。爷爷说我孙子有出息了，竟然把我的两本拳谱都偷去练，还练出了本事！我一听脸烧了起来，赶紧把头低了下来。他说我不骂你，那东西有人练成，那就是好书，练不成就是一堆废纸片，烧火作用都不大。能练成功，说明你在这方面还有一些天赋，我怎么会怪你？他一边说着一边抚摸我的头。大家都是一个村子里的人，按辈分都是你爷爷辈，和我同辈，把我叫大哥，让他们一直那么跪着村里人会骂我，就收下他们吧，只要是不用来干坏事情，学一些本事也有好处，以后闯社会时也多个门路。以后的社会肯定很发达，没有手艺很难混下去，你都把人家的眼睛弄瞎了，都那么大的人连一个媳妇都说不上，看着也怪可怜的。给教上些，往后去外边闯荡，说不上还能混出个脸面来，不然，他们两个这辈子就算废掉了。

听到爷爷说不生气，还鼓动我要收下他们，我不由得高兴起来。我说只要爷爷不生我气，全村的人想学我都会教！说完我就喊弟弟，喊完刚要转身，发现弟弟已经把我的棍棒提在手里站在一边。我没有去接棍棒，只背着手往出去走。出去时才发现门口的人越来越多了，那两个人还都跪在地上，气得脸发紫的父母还在一边站着。我走过去把他们两个扶起来，弟弟赶紧把两人的草帽收起来抱走了，两个手各捧着一顶草帽，左边胳膊窝里还夹着我的棍子。我苦笑一声什么都没说，只是不停地打量着他们的棍子。我说你们这棍子不行，也只能用来赶牲口什么的，想要学武功，还得我这样的棍子。刚说到这里，我才想起棍子不在我身边，回过头正要喊弟弟时，发现他什么时候已经抱着棍子站在我的身边了，就又回过头来问他们学了武功干什么用？

我们也要去打狼！二狗子大声说。

狼只有一条，已经让我打死。

肯定还有很多，不可能就一条。顶门柱也大声地说。我们从三爷打死的狼的爪子和脚趾甲上看出来，那次袭击我们家后院咬死我们家牲畜的罪魁祸首就是狼，绝对就是，我们验证过。弄不好最近就有狼群来偷袭我们村子，我们必须像三爷一样有过硬的武功才行，不然怎么保护牲畜？各家各户好不容易新买了些牲畜，这次要是给全部弄死了，估计就再没有能力买了。还有，有牲畜时它们来吃牲畜，要是没有牲畜了它们会不会就要找小孩子下口？所以我们必须防备，免得出人命。

还是娃们眼力好，把一些话说到了点子上。爷爷笑着说。只要娃娃们都能往正道走，我孙子都会教武功。真有武功，绝不是吹牛！爷爷说着看我一眼。先弄上一手让大家瞅一瞅，免得人家说我们爷孙在吹牛皮！看见好多大人都在一边站着看热闹，爷爷说话的嗓门就大了好多。

都让开些，我三爷要耍拳！弟弟给我圈场子。棍棒可没有长眼睛，会伤人的，都往远一些站，再往后一点！弟弟这么说着时，小伙伴们都往后退，大人们却都一个劲笑，不相信似的。我弟弟这么做着时，顶门柱和二狗子也帮忙圈起场子。等场子圈开以后，两个人还细心地把地上所有的碎瓦片和土疙瘩捡拾干净。

我想，这两个贼家伙肯定发现我练过的，不然不会这么老练。既然爷爷不反对，我就好好教。在教之前，我也很想让村子里的人知道我到底有没有真本事。

看着场子已经清理好，担心用力过度把鞋帮子弄破，我就把鞋子脱下来。刚脱下鞋，两个人就抢着一人手里面抱上了一只。我没理睬，接着把袖子和裤腿也都挽好，然后光着脚丫子绕着场子走着。开始有一点慢，走了一圈后速度快起来，到第五圈时我两条腿就腾空了，感觉像踩在棉花上面了一般。不多一会儿我就听见整个场院里都是喝彩声音。当我打完了一套空手拳，整个场院上百号人都一下子惊傻了眼，我收拳好一会儿了大家还都愣怔着。为了显摆自己，我又要了套打狗棍。棍子收起，整个场院都笼罩在了一片尘土当中。趁着大家视线模糊的当儿，我把顶门柱和二狗子两个人一把拉进我们家的院子里，等弟弟进来后我就把院门关上了，然后给他们两个人交代着要注意的一些事项。

大概有一袋烟的工夫，弟弟说大门口又一下子跪了好多人，黑压压一大片。听弟弟这么一说，我赶紧打开门去看，发现每个人一手端着一草帽鸡蛋一手拄着一把看似刚从镢头上或铁锹上卸下来的工具把，几乎村子里十五岁以下的人全部都来了，有一百多。本来我只想着给顶门柱和二狗子教，看到这么多人时，我心里面就有点不愿意了，觉得人多了麻烦得很，就不想出去。正想着要把门关上，谁知道弟弟横在中间不让我关，他正满脸通红地看着大家手里端着的鸡蛋。我很想说弟弟几句，觉得他有点贪心，可弟弟也是个爱面子的人，我担心伤着他，只好走了出去。

好多小伙伴的父母也陆续往我们家场院走，他们一边在跪着的人群里找自己的孩子，一边用一种复杂的眼神打量着我。我从大人堆里面找父亲，想把这个要人的机会送给他，没有找着，侧过身子去看时，发现他正和大伯及大伯的弟弟二叔三个人蹲在地上一边说笑着一边剥着狼皮。听见后面有跑步声，转身一看，弟弟正气喘吁吁地跑过来。再去看顶门柱和二狗子，两人正端端正正站在我两边，顶门柱怀里抱着我的棍子，二狗子两手恭敬地端着我那顶从我记事起就戴着的破黄军帽。两人脸蛋通红，自豪与荣耀就写在脸上。我的目光扫视完别处后，一边叹息着一边看着整齐地跪在地上的人。

这是要干什么？我站在众人面前故作高深地大声问道。

跟三爷学武功！大家异口同声地喊着。

学武功是件很吃苦的事情，开始的时候觉得还有那么一点意思，越往后面就越没有意思了，还是不学得好。

顶门柱和二狗子瞎了一只眼睛都能吃下苦跟着三爷学，我们好端端地肯定能吃下苦！五斤子有点不服气地大声说。顶门柱和二狗子能学我们也能学！

他们两个人学好以后，是要找我报一箭之仇，你们学成干什么？我瞪一眼五斤子扫视着大家问。我刚一说完，顶门柱和二狗子赶紧扑通一声跪在我面前。

我可没有想过要报仇，那都是小时候的事情了。顶门柱跪在地上低着头紧张地说道。

就是，我可以发誓的！二狗子紧接着说。

我开玩笑，别当真了。我小声说着把两个人拉起来，然后又背着手仰着脖子在大家面前走来走去。

刚才顶门柱和二狗子也帮大家求情让三爷我把大家收下，说实心话，真不想收。不是三爷偏心眼，是人多实在麻烦。既然顶门柱和二狗子给大家求情，从今天开始，他们就是三爷的大弟子、二弟子了，那三爷我必须考虑他们的意见。不过要收大家以前，有两个要紧的事情必须说清楚，免得三爷以后翻脸不认人。

如果能够答应，三爷就收，要做不到的话，那就算了。我说着停顿了下。第一，学好手艺以后不能干坏事，要用到正当的地方，把它真正的作用给发挥出来；如果三爷发现有人学到了手艺干一些辱没先人的事，三爷会当着大家的面把他的筋给挑断，让他终生成为残疾人。第二个，三爷收徒弟是赔本的买卖，不像别的人收徒弟还兼着挣钱，大家没这条件；三爷家里大家也是知道的，是村子里最困难的人家；教武功是一件很费体力的事情，三爷家里人多又没有多余的粮食让三爷消耗，三爷也不想多要，每次来时都一人拿个馒头花卷什么的作为报酬吧。如果能做到这两点三爷我今天就看在顶门柱和二狗子的面子上把你们全部收下。

我们听三爷的话，绝对能做到！大家齐声说。

那好。武打片大家以前也都看过多次了，既然是正规收徒弟，那就都好好给三爷磕三个响头，从今天开始，不管辈分高低，都是三爷的徒弟。我正说着，顶门柱和二狗子已经把一个轱辘滚到我面前，两人把我扶到了轱辘上坐下。等我坐下来，在顶门柱和二狗子的带领下大家扑通扑通给我磕起头来。等三个响头磕完，我看见大家的额头上都红了，就站起来继续说，顶门柱和二狗子是三爷的大弟子、二弟子，从今天起也就是你们的大师兄二师兄，以后好多事情得由他们两个人替大家操心，你们也给他们两个磕个头吧。我说完大家都犹豫起来，互相看对方，没有一个人磕。我说不同意就算了！我一说完大家又照着两人磕起了头，弄得两人很紧张，涨红着脸跑去扶这个扶那个。

都把鸡蛋往这边拿！弟弟突然大声地说。他刚一说完，大家都跑过来把自己端来的鸡蛋给弟弟，顶门柱和二狗子帮忙把鸡蛋拿进我们家里。等顶门柱和二狗子出来，我就让他们指挥大家把手里面的工具放一边排队，个头小的排在前面，个头大的依次往后面排。等排好队，我们就开始练起来。我很想让我弟弟也参与到里面，他似乎没有这个想法，正拿着两个大鸡蛋在一边玩着，也就没有再去叫他。

快到吃午饭的时间，我的一套拳的基本动作大家都记下来了。然后我给大家说回去后把工具从哪里卸下来的原给安到哪里，有条件能找上我这种棍的好好找一根，找不上的我们一起想办法弄。家里大人用的不能拿，我们都是练着玩的，不能影响家里人干活。每天早晨凌晨五点都在顶门柱和二狗子的组织下准时来场院里，我们要练基本功，练完大家回去干活，晌午饭吃了再集中练上一遍，晚饭后再练一遍。每天要练三次，必须要按时来。说完后我就把大家打发回去吃饭了。

从那天开始，我就成了山旮村小伙伴的武术师傅。因为大家一天三次每次来时都会给我带个花卷、馒头什么的，感觉我们家里的生活比以前好多了，起码每顿饭都能吃饱肚子。于是，父母也不再像以前一样让我干这干那，除了给新买来的猪仔一天打两背篼野草外，其他的家务活能不让我干的也就不让我干了。只是叮咛我，既然都已经收了大家的东西，那就要专心教人家。于是我也就全身心投入进去了，不敢懈怠。

开始跟我学的人很多，村子里一百多个小伙伴基本上全部到齐了。后来辛苦一些，特别是大清早的训练，有的人就跟不上趟了，顶门柱和二狗子都很生气，建议我开除他们。我说不要勉强，这是个苦力活，只要他们不去干坏事，能来几次学几次。再说了，有的人家里有这样那样的困难，不要过分强迫他们。我这么一说两人才不再为难他们。

我把能教的都教给了大家，不过那本秘籍上的内容我没有教，我不想有人超越我，免得以后有人找我挑战时我打不过他们。目前看不出来有这么种人，提防着些不是坏事，人心隔着个肚皮，爷爷的古今里这样的事例不少，听得人心里面直发毛。不过后来我的这个念头减弱了，尤其是每次看到缺了一只眼睛的顶门柱和二狗子对我那么忠心时，我就把那本秘籍里的内容也都偷偷地教给了他们。

有一段时间我一直担心他们两个来找我报仇，因为我不止一次看到两个人缺了一只眼睛后的诸多不便。不过，后来的一些事情证明他们两个不是那种人。两个人由于眼睛有问题，义务教育普及时，乡政府的人动员他们去上学，两人都嫌丢人没去，在家帮父母务农。我们一家人离开山旮村时间不长的一天，两个人一人扛着半头猪半只羊来我们家里看我，告诉我他们想把村子里闲待着的我教过的徒弟组织起来去外边务工。那几年社会风气有了一些变化，困难家庭的儿子连个媳妇都不容易找上。他们说周边的一些村子凡是去建筑工地上务工的人每年回来时都带回来不少钱，日子一家要比一家过得好，他们也有类似的想法，那次来是想征求一下我的意见。我那时已经懂事不少，就同意了两个人的想法。只是反复叮咛他们带出去的人一定要看护好，不能拿我教给他们的本事去干坏事情，也不能让外边的人欺负，他们满口答应。后面他们两个又接我去村里做动员工作，我去了。本来一些人嫌自己的年龄大了，有的人也有了家室，不愿意出去，见我苦口婆心劝说着大家，慢慢地也都同意跟着他们两个人外出挣钱。

几年以后，顶门柱和二狗子两个人都成了大包工头，还合伙注册了个公司，员工是原班人马。有些以前跟着其他人干的我的徒弟，后来也都陆续进入两人的公司。我们家最困难的那几年里，都是他们资助着我们。我和弟弟上大学以后，所有的费用都是由他们负担着，没有让我父母花一分钱。当然，这都是后话了。

十

等基本动作学会，为扎实基本功，我就把凌晨和晚上练习的科目改成了去野外拉练。凌晨五点多出发，跑两个多小时，晚上五点半出去也是跑两个多小时，只有中午才在我们家场院里训练。大概练了半年多时间，不仅我的武功快速长进着，其他徒弟的武功也都有了不小的长进，几乎每个人都能把我们家场院里二百多斤重的轱辘抱起来绕着场院跑三圈，我看了很高兴。那时候幻想，自己成为武林至尊后，他们就是我的亲信了，我会把他们分散到不同的山头让他们帮着我打理江湖。武侠电影里，武林至尊一般都是这样，大事情由至尊来决定，小事情都是由至尊的亲信来处理。那时候我九岁多了，随着自己的本事不断提高，我的野心也越来越大，做梦都想一统江湖。

十岁那年的冬天，我正做着武林至尊的美梦，狼群又一次偷袭了我们村子。那天凌晨我们去拉练，等回到村子里，几乎每户人家里都有女人哭着，整个村子里一片哀号声。哭得最为凄凉的当数大伯的母亲和他的父亲，两个人的嗓子都哭哑了。我们跑去看时，发现大伯的父母一边痛哭着一边捡拾散乱在场院里的大伯的尸骨。看样子整个人是给撕碎以后才吃的，场面相当残忍，我们都不忍近距离去看。

回到家里，母亲也抹着眼泪，我去后院看，就见我们家的牲畜没有一个是活着的，大多都剩下了一半。出来后，母亲就数落起了我，说如果我不打死那条狼的话，狼群就不会来祸害村子了。我什么话都没说，蹲在院子里发呆。

过一阵出门，路上碰见的一些大人都恶狠狠地瞪着我，没有再像以前那样亲热地给我打招呼。从他们仇视的眼神里我看得出来，这一次狼群的偷袭与我打死那条狼有直接的关系。我就纳闷，要是来报仇，前几年怎么没有来，非要等几年以后才来报？按理说，它们应该在我打死那条狼的当年就来报仇，怎么隔了这么长时间？

那天晌午过后来我们家场院里集合训练的人只有六十四个人，其他的都没有来。来的人像前面一样一人手里用头巾包着个花卷或者馒头，我想着听见动静弟弟肯定会像以前一样高高兴兴地跑来收这些酬物，谁知他没有出来，叫半天都不见人影。再看着站在我面前的这些或大或小的徒弟们忧郁的眼神，我也有些灰心了，就想着要解散大家。顶门柱和二狗子都不停地哀求着我不要解散，他们两个一边说着一边找来个袋子往进装大家带来的食物。

我对不起大伯！我坐在轱辘上低头叹息说。弄残他我心里面已经很内疚了，如今又出现了这么个情况，我都不敢面对他们一家人！

怪他！顶门柱生气地说。那张狼皮早已经干透了，都这么多年还一直钉在墙上到处给人炫耀着。要是早一点收起来，狼会把他吃掉？

我们不能让狼群这么羞辱大家！二狗子恶狠狠地说。大家跟着三爷练了这么长时间，到底练到什么程度还没有检验过。狼群既然自己找死，那就怪不得我们，这个仇必须要报！

就是，绝对不能解散掉！大家齐声附和着。

既然大家不想解散，那我就有信心继续陪着大家练下去。我站起来背着双手抬头扫视着大家说。不过，从今天开始我们不能再盲目地练了，要有个假想的攻击目标才行，那就是狼群！接下来的一段时间，我们要以进攻狼群为目标来加强训练！反正大家练了这么长时间，都有了一定功底，每个人应付三五条狼应该没有任何问题。从今天中午开始，我们的训练场地转移到萝卜山树林里，去了以后我们要创立一些阵法对付狼群。用哪些阵法好大家都可以想，每个人想两种，到时候我们一起讨论。

要不要等一下其他人？二狗子问。

这种情况下能来的都已经来了，不能来的我估计都来不了了。我说着操起自己的棍子。以后不要勉强，能来多少就算多少。说完我提着棍子走了，大家都在后面跟着。

以前我们出发时都是跑着去训练地点，那天我没有让大家跑，让走着去就行。反正天已经冷了，地里也没有什么活可干，家里的牲畜又没有了，家里也没有什么事情做，就没有像以前那么赶时间。往萝卜山走的时候我给大家说现在就想各自的阵法吧，等到萝卜山以后我们就要确定阵法，确定好以后开练。开始的时候大家还都乱说着话，我这么一提醒，都不再说话了，一边想着攻击狼群的阵法一边往萝卜山走去。

萝卜山是离村子最近的一个大树林，有十多里的路程。快到时，我让大家在一个荒坡上坐下，接着让大家把各自想好了的阵法都说出来我们一起讨论。大家都看过不少武侠电影，见过电影上不少阵法，每个人都按照我叮咛的想出来了几个，我们一起用不同的土疙瘩摆上分析，最后我们把十二生肖行走的动作作为攻击狼群的阵法确定下来，然后在我的指挥下开始演练。到底是一些孩子，又都很有天分，记忆力也非常强，每个阵法反复演练了几遍后，大家基本上都记下了，就是不娴熟。不过不用担心，只要能记住就好，不娴熟的问题好办，反复练习就能解决。

演练阵法的那几天我也在观察来的人的情况，除这六十四个人父母管不住每天三次都能按时来，其他的有一次没一次的。倒不是自己不想来了，是父母不让来；父母看得紧了就来不了了，看得松了才会跑出来。要想利用阵法攻打狼群，必须有固定的人数，不然到时候阵法一乱会出事情。村子里十五岁以下的小伙伴都拜我为师，有一百八十六人，这些人和他们家里的情况我都很了解，必须把这些人重新调整，不能再像过去一样搅在一起练了。

这时，村子里又组织起猎狼队。我曾向村干部建议把我们这支队伍也编入到他们的队伍里去，村干部不同意。好多大人也不同意，认为我们闹着玩一玩可以，让自己的孩子编入到他们的队伍他们不放心不说，还会拖后腿。听了各方面反馈来的消息，我心里很不是滋味。不是我吹牛，就我这一百八十六个徒弟，把哪一个打发出来一次都能撂倒四五个大人。别看那些大人们都一个个人高马大的，要真枪实弹干起来，他们一大群人都顶不过我们这里的几个小屁孩。别看他们一个个都大声大气，除了能咋呼人，几个人联手都不一定能打死一条狼，可大人都不同意。话又说回来了，小伙伴们也不愿意与大人一起掺和这次的事情，都想独立露一手。谁知大人不仅不让和他们一起参与猎狼，知道我们的想法以后都开始严厉管教起自己的孩子来，这也是我不想让大家在一起练的原因。

一天下午趁着大家都来齐的机会，我把这几天一直盘绕在脑海里的想法说了出来。我说我们现在已经有了强大的攻击目标，我们的对手是一群凶残的狼，这一点大家都知道，也都想着出这口恶气，这很不错，从今天起我们就要分开训练。说完我就重新调整了人员，前面的六十四个人作为攻击狼群的一线主力归顶门柱和二狗子来领导；剩下的分为两拨，家里管得严些的六十一个人由三叔的小儿子领导。训练从今天开始在村子里。

看到三叔小儿子这一组人很灰心时我说，这一支队伍也很重要。大家想一想，大人们都进山猎狼去了，万一狡猾的狼群趁着大人们都出去的机会再次偷袭村子怎么办？所以这支队伍的主要任务是要保护好村子，大人不在的时候发生任何情况都不能离开村子。

第三支队伍六十一个人，这些人的父母要求训练的时候不能离家太远，所以我就把他们安插在村口的山顶上，也就是萝卜山。他们的主要任务是增援，第一支队伍有危险就增援第一支队伍，第二支队伍有危险增援第二支队伍。村子里和第一支队伍同时有危险时要增援村子里。人员调整好，我就说从今天开始，每支队伍的负责人每时每刻身上都要带上炮仗，出现危险以炮仗作为增援信号。等把人员调整妥当，我就把我们排练好的“十二生肖阵法”全部传授给他们，让他们在各自领队的带领下进行苦练。

等三队所有阵法都练娴熟了，我就想让顶门柱他们开始往万人坑附近打埋伏。村子里的猎狼队除过万人坑以外的所有地方都地毯式搜寻过，并没有发现狼群的任何踪影。他们因忌讳、尤其天下了雨村子里的吃水问题解决以后，没有人愿意再去万人坑。我就把那支队伍拉上去。确定在那里埋伏以前我曾反复给大家叮咛去这个地方的事绝对不能告诉家里人，免得大人阻止我们的计划。

虽然大家对攻击狼群激情高涨，都想显露一手给大人们看，可到底有多少条狼我们心里面都没有个底，但我确定狼群就在万人坑驻扎着，我有这个预感。为防止出现意外，我犹豫了几天后还是下决心把那本秘籍上的内容传授给这一支队伍。等大家练熟后，我就告诉大家从今天起我们就要进入战斗，这支队伍整天在万人坑附近埋伏。反正家里没有什么正经农活，每天早晨出发的时候都把干粮带在身上，我们早晨去吃晚饭前赶回村子。决定好，第二天早晨我们就出发了。

队伍到了万人坑山口下面，我把六十四个人又分成了八组，每组又重新任命了一个小组长，把他们分布在八个不同的路段。靠近山洞这一组由我和二狗子带领，埋伏在洞口下面一个避风的地方；其他靠后，最后八个人我让他们埋伏在大路口，这支队伍的一个任务是观察萝卜山的动向和我们这边的情况，以便发出增援信号。他们八个每人身上都带着炮仗。

守了半个月都没有狼出现，天气又冷，有的人的脸和手脚都给冻破了，激情在大家身上慢慢减退起来了。我对大家说，再守上半个月吧，等腊月二十六还没有狼出没，我们就撤回去。我这么一说，大家又都打起精神坚守起来。

我们埋伏的这段时间天气一直阴着，干冷干冷的。那天快到晌午时，天放晴，太阳出来了。看大家都冻得发抖，我就传出话让其他七组的人去找暖和的地方休整一下，不能走太远。我们这一组的人在附近休整。

等大家散开后，我刚在一个旮旯里躺好，不远处的二狗子往来爬着，脸色很难看。我警惕地往头顶上一看，发现几十条狼不知什么时候已经出现在我们头顶的山坡上了！看它们似乎没有要攻击我们的样子，有的还打起了盹来。我吓一跳，去看其他伙伴时，大家都靠在不同的旮旯里跷着二郎腿闭着眼睛假寐，除我们两个人外，其他人都没有发现狼群已经出现在我们头顶上！我一边抓起棍子一边暗示二狗子原地趴着别动，说完我就大喊起来：都聚拢！我喊着的同时一下跳起来，二狗子紧跟着跳起来了。

大家还以为要去埋伏，都懒洋洋地往起来爬着。我又喊了一声：龙蛇！我这么一喊，大家这才意识到了什么，边摆着阵法边四处看。当看见狼群时，有人两条腿就不由得打起颤来，感觉棍子都有点握不住了。

三爷，怎么办，都在头顶站着，感觉阵法都用不上了！二狗子握着棍一边看着我一边看着头顶的狼大声地说道。要不，我们放开了打？

不行，先往出去撤，和外边汇合再打！我大声说着往后退。赶紧放求救信号！

我担心炮一响狼都给吓跑了，那我们这段时间的罪就白受了！二狗子退在队伍后面掩护着大家说。我看撑死也就二十多条，不要说外边还有人接应，就是没有接应我们这一组的人就能对付得了！

先往出撤，应该比这些还多！

等我们撤出来时，发现有二三百条狼的样子，已经把外边七个小组全部围在里面！

怎么不放信号？我生气地喊道。

我们先打，实在不行了再放！大家涨红着脸异口同声地说。

那好，长蛇阵！我刚一说，八组全部往一块汇合了起来。谁知道，当大家动弹起来时，围着我们的狼群也动弹开了。都说狼很狡猾，我是第一次看见它们有多么聪明，居然也都和我们一样分头围攻起来，这一点我们练的时候倒是没有预料到！

等我们聚拢在一起时，越来越多的狼群把我们全部围在了中间，而且越来越多，都从四面八方往来跑着，个个都一副凶残的样子，恨不得要把我们一口给吞掉。我心想，它们肯定也有组织也有头目，于是去找，发现山坡上一群狼围在一条站在大石头上的狼。我猜它一定是头狼！肯定是它带领着狼群偷袭我们村子吃掉了大伯，那我今天就要让它血债血还！我不想和其他的狼打，我既然是小伙伴们的师傅，我就是老大；老大就要有老大的派，我就找头狼去打！想到这里，我就号令六十四个人八组合围进攻，围不住时各自为政！我的号令刚一发出，人群就快速四散开了，各自为政进攻狼群，练习了多日的阵法根本就没有派上用场。可我也管不了那么多，看着大家打了鸡血一般兴奋地冲进狼群时，我就提起棍子往山上扑去。

最前面守护头狼的八条狼被我攻散，有一些狼离开围攻的人群往我这边跑，边跑边向我扑来，不让我冲上去。我抡起棍子乱打着，几下就把最先扑上来的八条狼全部打倒了。可我还没有喘过气来，其他的八条又扑了上来，我只能继续迎成。

好不容易攻打到了山坡上，我看见几十条狼同时向我扑来，我一边打一边快速扫视其他人，发现每个人身边都有好多狼。感觉就我们这组一直打下去肯定会出现危险，我用棍子把扑上来的狼群推出去后大声吆喝让放信号。不管我怎么大声喊，就是没有一个人拿出炮仗来放。我知道他们想要独立打狼，问题是这么多狼我们根本就不是对手，但就是没有一个人听我的话，都甩开膀子玩起了命。我想走近他们，可一大群狼围着我，没法脱身。看着那么多的狼，我就害怕起来。这支队伍是我给拉出来的，都是家里的宝贝疙瘩，要死掉一个，我都不知道怎么向他们的家人交代！想到这里，我就不敢再往上打了，边打边往后面退着。

我正与保护头狼的一群狼周旋，发现顶门柱和二狗子两个人从不同的地方打上来。如果我没有猜错的话，他们一定是来救我的。我赶紧冲着他俩喊，不要再往上来走了，快放信号，不然会出大事情的！我这么一说，他俩又调过头往下去打。大概有一袋烟的工夫，我听见一声炮仗刺耳地响了起来。我根本就没有工夫看是谁放的，与扑上来的一群狼开打着。我正打着时，头狼突然从我的身后扑了上来，牙齿直接插进我的右肩上，把我挑起来摔了出去……

十一

我是三天以后才醒过来的，睁开眼睛的那会儿，看见我们家屋子里蹲着好多人，都是些小伙伴。他们的身上都有伤，每个人身上都绑着纱布。我想坐起来，努力了好几次都没有成功，整个人好像捆绑着一般。

三爷醒了！左胳膊吊在胸前的顶门柱说着一个健步冲上炕来，眼泪哗啦啦的。我们都以为三爷活不过来了！他说着时大家也都围拢上来，都红着两眼看我。

其他的人都怎么样了？我数着出现在我面前的小伙伴轻声问。

都在家里养着。顶门柱笑着说，这一次收获可大了，我们总共打死了三百八十二条狼。跑掉了两条，让你三叔的儿子领着三支队伍一直追到了万人坑里，无处可逃的两条狼都跳进万人坑自杀了。他们回来说他们追到万人坑时，有好多小狼崽子在一片空地上玩着，让他们抓起来一个个给摔死。如果没有猜错的话，狼群这一次基本上让我们全给消灭光了。

死人了没？我问。

八斤和小弟子死了。顶门柱说着两个眼睛潮湿起来。来增援我们时脚下不小心踩空掉进悬崖下面给摔死了，等我们去悬崖下面看时两个人已经咽气。

打死的狼拉回来了没有？我流着眼泪问。

堆在我们家场院的地窖里，我让二狗子带人守着。

二狗子没事吧？

我们这伙人里面就他浑全。

八斤和小弟子下葬了没有？

都下葬了。本来按照我们山旮村里的风俗不能下葬，是我坚持下葬的。他们和其他的小孩不一样，是为我们村子立过功的人。顶门柱叹息着说。本来想着等三爷醒来了再下葬，看下的日子不等人，我就和二狗子代替三爷做主给他们两个一人身下铺了一张狼皮。三爷要是骂就骂我一个吧，别怪二狗子了。

做得不错，我为什么要骂？我叹息一声说。由你组织大人把那些狼皮全部剥掉吧，狼肉保护浑全，分上三份，分别扔到进村子的三个大路口周围，让还想危害我们村子的狼知道进村以后是什么下场。

狼皮怎么处理？

给八斤和小弟子家各送去一百五十张，剩下的八十张你们就送到我大伯家里去。我大伯虽然没能参与攻打狼群，但他用命把狼群引来了，这才有了我们今天的收获，不能让他白死。

村上的意思留下一些。我父亲突然进来说，你们打狼那阵子，乡政府正好派计划生育工作队来我们村里，碰上你们受伤，医疗队放下工作给你们治病了。走的时候乡长让剥一些狼皮送到乡政府，你昏迷着，这事就先放了下来，我已经答应支书了。多亏这些人来得及时，不然村子里不知道要死多少娃娃，那样一来，我们一家的罪孽就更加深重了。

按我交代的去做吧。我没有理会父亲，大声对顶门柱说，谁要是喜欢狼皮，那就让他们去这三个人的家里面买。

我说完后，顶门柱出去了，其他的人也都陆续走了出去，最后屋子里只剩下父亲和弟弟。我以为父亲会骂我，但并没有骂，叹息着给我的伤口上敷完药也出去了。

你也够大方的，听人说，现在的狼皮都赶上金子一般贵了，一张狼皮能卖上千元钱。你又是大家的师傅，留下一二十张谁敢说你？等父亲出去以后弟弟瞪着我说，我还想着沾你的光看能不能给我买一双球鞋，我做梦都想有一双球鞋穿。每年爸爸和娘都答应要买，这都说了好多年，就一直没有兑现过。你看人家穿上球鞋多神气，就我们家里的人一年四季穿着布鞋，土气得我都没脸出去！原想着沾你的光，你这么一分配，我连个屁的光都沾不上了！

我什么话都没有说，只是闭着眼睛。过了一会儿有个弟弟的伙伴进来叫弟弟，说我父亲正和一些人剥狼皮，要拉着他一起去看。弟弟说他去不了，要照看我。我说我没事了，你跟着他去玩一会儿，球鞋的事我记着，等明年夏天挖了半夏我给你买一双，就买你喜欢的那种黄军鞋，解放军穿的那种。弟弟什么话都没说，用手摸了下我的额头跳下炕跟着小伙伴出去了。

躺了半个月后，我能拄着棍子下炕了。我躺在炕上的那段时间里，小伙伴们每天都来看望我，每次来的时候还是每人带着一个新蒸出来的馒头或者花卷。我不想再要了，说了好几次，可他们还是每次来的时候都拿着。

感觉自己能出门的那天上午，我让顶门柱和二狗子把大家召集在我们家场院，然后从家里找出来了一些香蜡纸和炮仗在顶门柱和二狗子的搀扶下分别去八斤、小弟子和大伯的坟上磕头祭奠。这三个人和我们家一样在村子里属于辈分最小的一拨人，等我跪下来时，其他人都在我身后跪了下来，没有任何犹豫，都跟着我磕头。

这件事情做完，我告诉大家我有的功夫都已经全教给了大家。想要坚持练的可以在自家后院里去练，没有特殊情况再不一起训练了。起初大家都不愿意，也不太习惯，每天还是按时来。可我的身体还没完全恢复，不能和大家一起练，只好解散了。

过后的一段时间里，尽管队伍已经解散了，大家有时间了还是愿意来我们家里找我聊天。有的人家里做了什么好吃的时，也会偷偷给我端一碗送到我们家里，让我很是感动。

十二

我一直有着闯荡江湖的计划，这个计划没有改变过不说，还有了升级的念头。通过这一次打狼，我也检验了一下自己的本事，整个队伍里面我打死的最多，听顶门柱和二狗子说有五十几条狼是让我打死的。打狼的队伍之所以没有大的伤亡，还是因为我打头狼，其他狼跑去保护头狼时给大家提供了下手的机会。听了他们的话，我对自己将来能够称霸武林成为武林至尊的信心更大，尤其每次去外村看了武打电影后，那个念头更加强烈。

十一岁那年的春天，我看好吉日正要准备离家出走时，因为我没有满足村干部给乡长要狼皮的愿望，为了报复，村上的干部向乡政府举报了我们家，说我们家是村子里生小孩最多的一户，于是乡政府给我们家开了一张数额大得我们不敢想象的罚款单……我父亲一直是一个小木匠，把我大哥二哥也培养成了小木匠，经常去村外的一些人家里做一些小家具。曾经在平阳川住了一段时间，觉得那地方好，我们在山旮村又是那么个处境，父母商量好以后就把我们家搬迁到了平阳川。当时没有地方住，在一个废弃的农具厂暂时住了下来。

来平阳川时间不长，平阳川乡中心小学的教导主任有一天领着几个老师来我们家里走访，让我们弟兄四个人都去上学，说是义务教育。那时我大哥早已经成大人，他不想去，想留在家里和父母一起挣钱，让我们三个人去。二哥和弟弟也不愿意去，他们和大哥是一个口吻。问我时，我肯定不会去那种地方，我的理想还没有实现，跑到那个像牢房一样的地方干什么去！学校我去看过，和传说中的牢房没有任何的差别。都说书中有黄金，我看那都是骗人乐的，要是有黄金，平阳川就不会有那么多人上到中途都不上了跑去做小本买卖；都说念了书将来能当大干部，整个平阳川有那么多的读书人，我就没有听说有一个人当干部的。有的听说考了好几年大学没有考上都跑回家务农，还都挂着个近视眼镜，麦地里拔草时，经常把麦苗当草拔掉，惹出来的笑话几天几夜都说不完。还是当武林至尊好，谁都不敢欺负不说，还有专门的人伺候我，干什么都不用自己动手，衣来伸手饭来张口，想想都能把个人幸福死。再说了，我有一身本领，放着那么好的差事不做，跑那地方去受罪，我才没那么弱智！父母征求我的意见时，我直接一口回绝。

学校正式报名的前一天晚上，我中途醒来，就听见父母小声说着什么，我仔细听时说的是我们上学的事。母亲说让“三害”必须去学校，其他人谁不去都行，他不去可不行。过去在山旮村，大家碍于面子也不会把他往死里弄，现在在平阳川住着，我们又是外来户，干什么都得看人家脸色，再让他像过去一样惹出那么多乱子，我们就没脸面再待下去了。好不容易搬来，再搬回去会把人给丢死。

明天早上我就领他去学校，先把他的名报上，其他的再说。我听见父亲长长地叹息一声说。他要不听话，直接打断他的腿!

听了父亲的话，我心里突然就拔凉拔凉的。家里我只怕父亲，他这么一说时，我都不知道怎么办才好!看来，我一直想要去闯荡江湖的梦想有可能就此画上句号!想到这里，我的眼泪突然滚了下来。

后记

我本来没有计划写后记，是自费出版的一本集子，要自己掏出版费用呢，想着多一页肯定会有多一页的钱，前面都已经写了那么多文字，再写似乎有些浪费。几天前与觉民兄电话闲聊时，他问起书的出版进度，我就说了我的想法，他建议我写上一点，文字多少都行；他说你多年未出书了，肯定还有好多话要给大家说一下。想想，还真有话要说，于是再写几句，啰嗦也好浪费也罢，先把我要表达的意思写出来了再说。

也想过请一位名人给我做个序，毕竟这是我创作过程中的第一部中篇小说集，于我意义重大。只是不知道要请谁，既害怕看人的脸色又害怕花钱；听说现在写序大多要支付报酬，有的还比较高；我一个穷酸人，少了拿不出手，太多我会心疼。我不反对给写序的人支付一定数额报酬，毕竟人家也在辛苦劳动着，你是出名又得利的，人家得到了什么呢？不过，在通常情况下，有偿序文，大多不会往深里写、不会往透了写，如同蜻蜓点水一般，不痛不痒，完任务的痕迹非常明显。这样的文章我真不会喜欢，不管是多么有威望的人写出来。既然要写，我觉得就要写深写透，好的地方要一定充分去肯定，不能有嫉妒心理；不足的地方必须针针见血地提出来。我想，只要下定决心想一门心思要在这条路上走下去的人，都希望听到公正的评价；要不然，这样的序文只是害人，没有任何益处。因此，我打消了请名人写序文的念头。但没有个序文又显得单调，突然想起觉民兄十八年前给我写的一篇连载在《甘肃矫治报》上的文章，翻出来一读，依然有味道不说，还能与我多年来的创作情况及生活情形构成一个照应。心里面很是欢喜，便给他说了这件事，他同意了，我就作为代序收录在我的这部作品集里。

那时候觉民兄大学毕业时间不长，是《甘肃矫治报》的文字编辑兼记者，而我正读大学。我的第一部长篇小说《土殇》出版以后，他非常高兴，于是给我写了一篇八千多字的文章在他们报纸上连载了几个月，我的励志故事和奋发图强的精神曾在他们系统里轰动过一阵子。

我之所以要把这篇旧文作为代序收录在我的新书里，是我这几年的文学之路没有受到任何影响，继续往前爬行着。虽然出的作品不太多，但我从没有想过哪一天要放弃，并一直把文学作为我人生追求的一种“道”来对待着来热爱着。而且觉民兄在这篇文章里不仅公正地评价了我作为在校大学生所创作处女作《土殇》的优缺点，还详实地记录下了我作为一个文学小青年在生活极度贫困的境况下对文学的痴迷以及对我未来文学之路的期盼。尽管我的创作成果不是非常突出，可我坚持到了现在；我由那时候的一个二十一岁的青涩青年，到如今步入中年；这十多年来，我所处的生活环境正不断发生着巨大变化、我的年龄也一天天增长、我的容颜也一年年往老里变着，唯独没有多少变化的依然是我的那颗童心，对文学如此，对人也是一样，始终以爱的心对待人和物，这是我最为欣慰的。不仅我这么认为着，觉民兄也如此说：眼看到中年，人还那么幼稚，就像个小孩子。不光觉民兄多次这么说着，我爱人也如此说过不少次了。其实我喜欢有人这么说我，说明我受不良环境的影响还不大。归结起来，我觉得还是要感念于文学对我这么多年的熏陶，让我能始终如一地去做人。在这篇文章里，觉民兄很真实地再现了我的生活轨迹和文学轨迹；通过这篇文章，喜欢我的朋友能进一步了解我是如何一步一个脚印走到今天，创作上是这样，生活上依旧，在这篇文章里面都能发现；这是我将这篇文章作为代序收录在我这部作品集里的价值所在。

重读这篇文章，我发现那时候的我比现在有才。我出版第一部长篇小说《土殇》时，正在读大学二年级，那时候刚二十一岁。按说以我当时的文学天赋和才华，只要坚持下去，随后的哪一年里必定会产生出来一部大块头的作品，但二〇〇六年出版第二部长篇小说《谜爱》以后我就很少有作品问世。也写了不少，大多都没有完成。因为我贫寒家庭出身、父母又不在身边，独自在外边打拼的我，不仅要兢兢业业上班，人生一些很重要但又很琐碎的事诸如相亲、买房、结婚和带孩子等等都得由我亲自操办亲自上场，精力实在没有办法集中在一起，就荒废下来。过去我一直在写长篇小说，光是一部八十多万字的长篇就断断续续把我拖了好多年。去年开始，我发现写长篇不光很费人，也不容易出成果，只好转到中短篇小说创作上，于是就有了第一部中篇小说集《我本善良》面世。

我才尝试着写，里面肯定会存在好多问题，都有哪些不足之处，得请亲爱的朋友您来做个评判；只有您提出中肯的意见，我才能真正地进步。我是一个善于倾听善于纳言的人，于我的任何意见和建议我都能认真吸纳。

有关新书的话题就先写这么多，接下来我想写一写人，因为在我人生成长的道路上，有太多的好心人为我默默地付出过或者一直都在付出着。用一句通俗的话来说，我是从这些好心人的手掌上一路走来。这么来形容，或许有些不太贴切，却代表了我的心声，因为是这些好心人的关爱和付出成就了今天的我。

首先要感谢的人，是我的恩师、全国著名古典文学研究专家、西北师范大学文学院博士生导师、博士后流动站负责人赵逵夫教授。在我上大学时，先生知道我家里困难而我又上进，很欣赏我，不仅把他的电脑借给我修改书稿，还把我安排在文学院微机室勤工俭学挣点生活费，后来还帮我减免了一些学杂费。毕业以后，他知道我在外边四处混搭着，就又以文学院院长的身份把我举荐到省文联，让我有一份稳定收入的同时也能安心创作。因为我是自考生，在转正手续上他又四处找人说情，这才让我有了个安定的工作、生活和创作环境。上班后，每次去看他或者电话问候，他都会反复叮嘱我如何工作如何读书如何创作，继续扶持着我让我往更高的层次发展。

接下来我要感谢的人是我的老领导、时任省文联党组书记、副主席的张炳玉先生。我是由赵逵夫教授举荐给张炳玉书记的，当时去找张书记时，我只带着我大学时出版的签了名的长篇小说《土殇》，再没有带任何东西。张书记爱惜人才是出了名的，他看到我的书后感叹着说，不容易呢，在那么困难的情况下能出这么一部大块头的书，那要多大的毅力呢！他当即给我们人事处长批示：破格录用!找张书记时我只带着我的一本小说，没有给他送任何礼品，就业压力那么大的情况下他没有任何犹豫就把我要下来。等上了班，我也没有去拜访过他，逢年过节也没有走动过一次。真正走动上，是他从省政协退下来，逢年过节时我才开始去看望他，有时候也电话和短信问候，给他汇报着我在工作、读书、创作上的一些事。每一次与他联系，他都反复叮咛我要认认真真上班；多读些书，多写些好文章。过去他这么给我说着，现在依然是。

第三个需要感谢的人，是时任省委组织部副部长、人事厅厅长的杨诚先生。我让单位接收以后，由于人事改革，“五大生”进入事业单位有好多的关卡。通过赵逵夫教授举荐，我去找他，他说既然是个特殊人才，那就按特殊人才来办理，于是，我的身份很快转正了。办理过程中，我从来没有给杨厅长送过礼，只是办完事情后，我从老家带来了一壶二十斤的胡麻油作为答谢送去，他没有拒绝，欣然接受。

第四个需要感谢的人，就是我的学长、兄长的郝觉民先生。我们两个人是一九九九年认识的，那时他在《甘肃矫治报》当编辑，我正上大学一年级。当时我生活特别困难，于是写信向我的高中老师魏旭先生借生活费，魏老师回信说他也非常困难，不过他有个文友在甘肃省监狱管理局办的《甘肃矫治报》当编辑，估计他也没有钱借你，不过我可以写信举荐你让你在他当编辑的报纸上发些小文章挣一点生活费。魏老师给我寄来的信里面有一封是写给觉民兄的，让我带着信找他。我去找了，觉民兄很热情地接待了我，不仅领我在外边吃了个便饭，还在他的仅有的一千块钱的工资折里取出来八百块钱让我带回去用。自那以后，我们两个正式接触上，关系一直处到现在；越处越近越走越亲，与他一起出去时，他都把我以一个小兄弟给大家介绍。与他交往中，不管我有着什么样的困难，只要我提出来，他都尽自己最大的能力去帮；当我经济上困难得实在周转不开来时，就去找他，只要我去找，他从没有让我空着两只手出来。什么忙都给我帮，小到我开车迷路或者要去哪里不知道路，他就用手机替我导航，直到安全到达了目的地；不熟悉的路，他都耐心给我说在哪里上高速在哪里下高速又往哪里拐去，让我都记下来，然后照着单子开。如今他已经官至地厅级了，仍旧没有弃我，逢年过节时还常来看我。不管是生活上、工作上、创作上，还是在精神上，他已然成为我一个很大的支柱。

第五个需要感谢的人，是我们单位原人事处长张致谦先生。我的身份没有转正的那两年里，是我人生最为苦闷最为彷徨的两年，压力大到我几乎要崩溃。几次萌发要离开时，张处长都让我坚持住，等实在办不下来了再说。因为有他给予的鼓励、关照，让我终于熬到转正手续办下来的那一天。

第六个需要感谢的人是我的爱人金玲女士。我从上小学一年级穷到了大学毕业，直到上班的第二年才把欠同学的债务还清。与她认识后，我的生活立马发生了翻天覆地的变化，突然之间什么都有了。结婚后，她一边上班一边操持家务抚养孩子，非常辛苦；而我本来就很懒散又邋遢，有了她也就有了依靠，基本上变成了一个甩手掌柜。

还有敦煌文艺出版社我这本书的责任编辑侯君莉女士、封面设计马吉庆先生、甘肃海通印务有限责任公司总经理王海敏先生及其他们公司不厌其烦反复为我修改书稿的小金、小王……需要我感恩的人实在很多，在这里我就不再一一罗列。不管是我提到名字的这些人还是没提到名字的那些人，我都从心里感激他们，并郑重道一声：感谢大家，我给大家鞠躬了，祝愿大家在各自的人生轨道上一帆风顺、常乐永安！

季羡林先生在其《回忆陈寅恪先生》一文中说："我不是一个忘恩负义的人。我一向认为，感恩图报是做人的根本标准之一。"先生的这句话永远都不会过时，也让我一直铭记于心；因为只有知道感恩的人，他的人生之路才会走得顺畅。

2019.3.20